现代名家经典文库。

鲁彦作品精选

鲁彦 著

云南出版集团
云南人民出版社

图书在版编目（CIP）数据

鲁彦作品精选 / 鲁彦著. -- 昆明：云南人民出版社，2019.7
ISBN 978-7-222-18457-2

Ⅰ.①鲁… Ⅱ.①鲁… Ⅲ.①中国文学—现代文学—作品综合集 Ⅳ.①I216.2

中国版本图书馆CIP数据核字（2019）第136529号

项目策划：杨　森
责任编辑：朱　颖
装帧设计：何洁薇
责任校对：范晓芬
责任印制：李寒东

鲁彦作品精选

鲁　彦　著

出版	云南出版集团　云南人民出版社
发行	云南人民出版社
社址	昆明市环城西路609号
邮编	650034
网址	www.ynpph.con.cn
E-mail	ynrms@sina.com
开本	710mm×1000mm　1/16
印张	16
字数	230千
版次	2019年7月第1版第1次印刷
印刷	华睿林（天津）印刷有限公司
书号	ISBN 978-7-222-18457-2
定价	49.80元

如需购买图书、反馈意见，请与我社联系
总编室：0871-64109126　发行部：0871-64108507　审校部：0871-64164626　印制部：0871-64191534

版权所有　侵权必究　印装差错　负责调换

云南人民出版社微信公众号

前　言

　　20世纪的中国文坛名家辈出，他们借着"诗界革命""文学革命"的推动，从"五四新文学革命"前后发轫，以白话文学为主导，以思想启蒙为目标，奠定了至今一个多世纪的中国文学的主体形态。

　　在那样一个社会剧烈动荡、思想文化狂飙突进的年代，众多的文学名家展现出无与伦比、令人惊叹的才情。说到"才"，主要指他们创作中的才华。中国白话文学创作在发端后的短短几十年时间里，诗歌、小说、散文、杂文、戏剧，每一个文学领域都有突破，都有传之后世的经典作品出现，而每一个领域又都涌现出众多的代表性人物。说到"情"，文学前辈们对于国家、民族、民众的挚爱，对于乡土、亲人的眷恋，都通过他们笔下的文字传神地表达出来。"才"和"情"的历史际遇性的统一，是20世纪文学历史上一个突出的特点，也是我们得以继承的宝贵的文学遗产和思想财富。

　　我们从这众多的文坛名家里首选尤以才情著称的十七位，精选他们的代表性作品，编辑了"现代名家经典文库"。这十七位才情名家分别是戴望舒、胡也频、林徽因、刘半农、庐隐、鲁彦、柔石、石评梅、苏曼殊、闻一多、萧红、徐志摩、许地山、郁达夫、郑振铎、朱湘、朱自清。

　　选取他们，不仅因为他们的过人才华在文坛上的地位和影响，也因为他们每个人的经历和作品都充满了耐人寻味的"情"的因素，使我们久久品读而不能忘怀。但令人惋惜的是，他们中大多数人的生命之花刚刚绽放便过早地凋零了——石评梅逝世于

1928年，时年26岁；胡也频逝世于1931年，时年28岁；柔石逝世于1931年，时年29岁；萧红逝世于1942年，时年31岁；徐志摩逝世于1931年，时年34岁……

  在阅读他们作品的时候，我们不禁想到，如果他们的生命不是这样短暂，他们又会有多少经典的作品流传下来，又会给我们增添多少精神上的财富。

  这套丛书只能说是20世纪中国文学史的一个小小的侧面和缩影，因为篇幅的限制，所选取的也只能是每位名家的少量代表性作品，难免挂一漏万，同时，在保留原作品风貌的基础上，我们按照通行标准对原作的部分文字和标点符号进行了修订和统一。

他们的生命虽然短暂，
但他们才华横溢、激情四射，
如历史夜空中一颗颗璀璨的流星；
那一个个令人久久不能忘记的名字，
让我们常常追忆那远去的才情年华……

编 者
2019年7月

目 录

鲁彦简介 ………………………………………… 1

散 文

狗 …………………………………………………… 3
风 筝 ……………………………………………… 10
雪 …………………………………………………… 15
父亲的玳瑁 ……………………………………… 19
听潮的故事 ……………………………………… 26
关中琐记 ………………………………………… 35
旅人的心 ………………………………………… 53
母亲的时钟 ……………………………………… 60

小 说

秋 夜 ……………………………………………… 71
许是不至于罢 …………………………………… 81
菊英的出嫁 ……………………………………… 94
毒 药 ……………………………………………… 104
阿长贼骨头 ……………………………………… 116

童年的悲哀…………………………………… 156
小小的心……………………………………… 179
屋顶下………………………………………… 195
岔　路………………………………………… 221
桥　上………………………………………… 231

鲁彦简介

鲁彦（1901~1944），现代小说家、翻译家。浙江镇海人，原名王衡臣，又名王衡、王鲁彦、返我。

1901年，鲁彦出生于农村小商人家庭，小学未毕业便在上海洋行当学徒。

1920年，参加由李大钊、蔡元培等创办的工读互助团，自上海到北京大学旁听。

1923年夏，到湖南长沙平民大学、周南女学和第一师范任教。同年在《东方杂志》11月号发表处女作《秋夜》。

1926年，出版第一部小说集《柚子》。

1927年，任湖北武汉《民国日报》副刊编辑，同年《小说月报》7月号发表他的小说《黄金》。

1930年，任福建厦门《民钟日报》副刊编辑，后辗转在福建、上海、陕西等地中学任教。

鲁彦在抗战期间从事抗日救亡工作，1938年任文协桂林分会主席，并主编大型刊物《文艺杂志》，有《炮火下的孩子》《伤兵医院》等短篇小说出版，并在《广西日报》副刊上连载长篇小说《春草》。

1941年，参加中华全国文艺界抗敌协会的组织工作，主编大型文学刊物《文艺杂志》。

1944年，在桂林逝世。

鲁彦的文学作品语言细腻、朴素，故事自然流泻，在文坛享有很高的声誉。主要作品有短篇小说集《柚子》《黄金》《童年的悲哀》《小小的心》《屋顶下》《雀鼠集》《河边》《伤兵旅馆》《我们的喇叭》等，中篇小说《乡下》，长篇小说《野火》，散文集《驴子和骡子》《婴儿日记》《旅人的心》等，译作主要有《显克微支小说集》《世界短篇小说集》等。

散文

正文

狗

"我们的学校明天放假,爱罗先珂君请你明晨八时到他那里,一同往西山去玩。"一位和爱罗先珂君同住的朋友来告诉我说。

"好极了,好极了!"我喜欢得跳了起来,两只手如鼓槌似的乱敲着桌子。

同房的两位朋友见我那种样子,哈哈的大笑了。

住在北京城里,只是整天的吃灰吃沙,纵使有鲜花一般的灵魂的人也得憔悴了。

到马路上去,不用说;大风起时,院子内一畚箕一畚箕扫不尽的黄沙也不算稀奇;可是没有什么风时关着门,房内桌上的灰也会渐渐的厚起来,这又怎么说呢?

北京城里有几条河,都如沟一样的大,而且臭不堪闻。有几个池多关在皇宫里,我不知他们为什么叫那些池为"海",或许想聊以自慰罢。所谓后海,现在已种了东西。

北京城里也有几个小山,但是都被锁在皇宫里。

这样苦恼的地方,竟将飘流的我留了四五年,我若是不曾见过江南的风景倒也罢了,却偏偏又是生长在江南。

许多朋友都羡慕我,说我在北京读了这许久书,却不知道我肚里吃饱了灰。

西山离城三十余里,是一座有名的山,到过北京的人,大概都要去游几次。只有我这倒霉的人,一听人家谈起西山就红了脸。

来去的用费原花不了多少，然而"钱"大哥不听我的命令，实在也是无可奈何的事情。

扑满虽曾买过几次，但总不出半月就碎了。

从高柜子上换得的几千钱，也屡屡不能在衣袋中过夜。

不幸，住在北京四五年，竟不曾去过一次。这次爱罗先珂君邀我一道去游这里的名山，我还不喜欢吗？

和爱罗先珂君同住的朋友走后，我就急忙预备我的东西。从洗衣作里取回了一身衬衣，从抽斗角里找出了一本久已弃置的抄写簿，削尖了一支短短的铅笔，从朋友处借来了一只金黄色的热水瓶。

晚饭只吃了一碗，因为我希望黑夜早点上来。

约莫八点钟，我就不耐烦的躺在床上等候睡神了。

"时间"是我们少年人的仇敌。越望它慢一点来，好让我们少长一根胡髭，它却越来得迅速，比闪电还迅速；越希望它快一点来，好让我们早接一个甜蜜的吻，它却越来得迟缓，比骆驼还迟缓。

"天亮了吗？天亮了吗？"我时时睡眼蒙眬的问，然而仔细一看，只是窗外的星和挂在墙上的热水瓶的光。

"亮了！亮了！……"窗外的雀儿叫了起来。我穿了衣，下了床，东方才发白，不敢惊动同房的朋友，只轻轻的开了门走到院中。

天空浅灰色，西北角上浮着几颗失光的星。隔墙的柳条儿静静的飘荡着，一切都还在甜睡中，只有三五只小雀儿唱着悦耳的晨歌，打破了沉寂。我静静的站着，吸着新鲜的空气，脑中充满了无限的希望，浑身沐在欢乐之中了。天空渐渐变成淡白的——白的——浅红的——红的——玫瑰色的颜色。雀儿的歌声渐渐高了起来，各处都和奏着。巷外的车声和脚步声渐渐繁杂起来。一忽儿,柳梢上首先吻到了一线金色的曙光,和奏中加入了鹊儿的清脆的歌声。巷内的人家都砰嘭的开了门,我的旅馆的茶房也咳嗽着开了大门。

我回到房中,那两位朋友还呼呼的酣睡着。开了窗子,在桌旁坐下,看着他们沉醉似的微笑的脸,我暗暗的想道:

"西山也有如梦一般的甜蜜吗?"

一会儿,茶房送了脸水来。我洗过脸,挂上热水瓶,带了簿子和铅笔要走了。回过头去一看,那两位朋友依然呼呼的酣睡着,看着他们沉醉似的微笑的脸,我对他们低低的吟道:"静静的睡着罢,亲爱的朋友们。梦中如有可爱的人儿,就不必回来了。"

太阳已将世界照得灿烂,微风摇曳着地上的柳影,我慢慢儿的踏了过去。

在路旁的小店里,我买了几个烧饼,一面咬着,一面含糊的唱着歌,仰着头呆看那天上的彩云,脚步极其缓慢的移动着。今天出门早,早到爱罗先珂君处也要等待,所以走得特别的慢。然而事实并不这样,这极长极长的路,却不知不觉地一会儿就走完了。

爱罗先珂君仍和平日一样的赤着脚躺在床上和一个朋友谈话。他热烈地握着我的手,问我为什么来得这样早,我说我的灵魂还要早呢,它昨夜已到了西山了。他微微一笑,将我的手紧紧的捏了一捏。

我们三人吃了一点饼干,谈了一会,就陆续来了几位朋友。要动身时凑巧又来了一个日本的记者,谈论许久,说是爱罗先珂君将离开中国,要照一个相。照相后,我们方才动身。去的人一起十二个,除爱罗先珂君外,其中有一个日本人,一个台湾人,三个内地人,其余都是朝鲜人;我们随身带去一点橘子，糕饼等物。

　　出了西直门，我们分两路走。坐洋车的往大路，骑驴子的往小路。我和爱罗先珂君都喜欢骑驴子。

　　那时正是植树节，又逢晴天，我们曲曲折折的在田间小路上走，享受不尽春日的野景。有些人唱着日本歌，有些人唱着世界语歌，有些人唱着中国歌。我的驴子比谁的都快，只要我"得而……"一喝，拉紧缰绳，它就飞也似的往前疾驰。只是别的驴子多不肯跟着上来，它们都走得很慢，使我屡次不耐烦的在前面等。有一次我的驴子在路旁等它们，让它们往前走，不知怎的，忽然那些驴子都疾驰起来。我很奇怪，将自己的驴子跟在别一匹驴子后一试，也多是这样。后来我仔细一看，原来我的驴子要咬别的驴子的屁股，别的怕了起来，所以疾驰了。于是我发明了一种方法，等大家鞭不快驴子时，我就挽转缰绳跑了回去，跟在后面。这样一来，大家就走得快了。

　　"为什么它们不怕鞭子，只怕你呀？"爱罗先珂君惊异的问我。

　　"因为我的驴子是雄的……"我回答说。

　　大家都笑了。

　　西山原不很远，我们出城门时早已望见，但是仿佛有谁妒忌我们似的，任我们如何走得快，他只是将西山暗暗的往远处移去。我很焦急，爱罗先珂君也时时问我远近。确实的里数我不知道，我便问驴夫。

　　离山不远时，路上的石子渐渐多了起来，最后便满路上都是。那些灰白色的石子重重的堆盖着，高高低低，不曾砌入泥中，与普通的石子路完全不同。驴子的脚踏下去，石子就往四面移动。在这一条路上，真是"英雄无用武之地"，我的驴子虽有"千里之材"，也不能在这里施展，一不小心，就是颠蹶。大家只好叹一口气，无可奈何的慢慢儿走。驴蹄落在石子上，发出轧轧的声音。我觉得我是坐在骆驼上。

这时离山已很近，山上青苍的丛林，孤野的茅亭，黄色的寺院，以及山脚下的屋子都渐渐在我们眼前清楚起来。喜悦从我的心底涌了上来，我时时喊着"到了！到了！"爱罗先珂君的眉毛飞舞着，他似乎比我还喜欢。大家望着山景，手指着东，指着西，谈那风景。

我仿佛得了胜利似的，在他们的前面走。

忽然，一阵低低的呜咽声激动了我的耳鼓。我朝前一看，有一个衣服褴褛的妇人坐在路的右边哭泣。她的头发蓬乱，脸色又黑又黄，消瘦得很，约莫四十余岁。她坐在路外斜地上，下面是一条一丈许深的干了的沟。她拉着草坐着，似要倒下去的一般。哭泣声很低微，无力似的低微。

"游览的地方，都有这种乞丐，"我略略一想，就昂着头过去了。

"先生！先生！"爱罗先珂君在后面喝了起来。

我仍然往前走着，只回过头来问他什么。

"什么人在路旁哭呀！王先生？"他说着已经走过了那妇人的面前。

"是一个妇人，"我说。

"她为什么哭着？什么样的人呢？"

"或许是要钱罢，穷人。"我说着仍昂然的往前走。

爱罗先珂君是在我后面的第四个人，他的前面是一个朝鲜人。他用日本话问那朝鲜人，朝鲜人也用日本话回答他，似乎在将那妇人的模样描写给他听。

"王先生！你为什么不下去问问她呀？"爱罗先珂君忽然的问我。这时离那妇人已经很远了。

我没有回答。我觉得这没有问的必要。在游览的地方，我曾看见过许多没有手和脚的乞丐，他们都是用这种方法讨钱的。

"你为什么不下去问问她呢，王先生？你为什么不给她一点钱呢？"爱罗先珂君接连的问我。

乞丐不来扯我的驴子，我却下去问她？平日乞丐扯着我的车子跟了来，我总是摇一摇头。多跟了一程，我就圆睁着眼，暴怒似的大声的说："没有！"

向来不肯说"滚！"这已是很慈悲的了，今天却要我下去问她？——但是我想不出一句话回答爱罗先珂君。

我一摸口袋，袋中有六七元的铜子票。爱罗先珂君出来时共带了十二三元，在路上都换了铜子票，一半交给了坐车去的，一半交给了我，我这时想依从爱罗先珂君的意思回转去给她一点钱，但回头一看，已距离得很远，便仍往前走了。

爱罗先珂君知道我没有什么话可以回答，很忿怒的在后面和朝鲜的朋友谈着。

我听见那忿怒的声音，渐渐不安起来。我知道自己错了。

到了山脚下，我们都下了驴子。我握着爱罗先珂君的右手，那位朝鲜的朋友握着他的左手，在宽阔的山路上走。

"你为什么不下去问她呢，王先生？"他依然忿怒的问我，皱了眉毛。

我浑身不安起来，脸上火一般的发烧，依然没有话可以回答，只低下了头。

"在我们那里，"他忿怒着继续说："谁一见这种不幸的人时，谁就将她扶了回去。在这里，你却经过她面前，如对待一只狗似的安然走了过去！……"

狗，我才是一只狗！我从良心里看见了我所做的事情，我承认他所说的是对的,我才是一只狗!我恨不得立刻钻入地下!……

我如落在油锅中,沸滚的油煎着我。我羞耻,我恨不得立刻死了!……

西山有如何的好玩,我不知道。在山间,我们曾喝过溪水,但是在水中,我照见了我自己是一只狗;在岩石上我曾躺了一会,但是我觉得我那种躺着的样子与别的狗完全一样。在山上吃蛋时,我曾和爱罗先珂君敲尖,赌过胜负,在半山里,我们曾猜过石子;但是我同时又觉得不配和他,和其余的人玩耍。

的确,我经过她面前时,我是如对待一只狗似的安然走了过去!

(选自短篇小说集《柚子》,1926年10月,北新书局)

风 筝

"五代李业于宫中作纸鸢,引线乘风为戏。后于鸢首以竹为笛,使风入竹,声如筝鸣,故名风筝。"——《询刍录》。但据我所知道,现在的风筝,或纸鸢,有些变化了。现在有许多不会鸣的风筝,不像鸢的纸鸢和不会鸣亦不像鸢而名为风筝或纸鸢的。此外还有一种特别的变化,如在宁波的风筝。

"风筝"和"纸鸢"这两个名字,在宁波只有读过书的人才懂得这是什么东西,没有读过书的人,只晓得"鹞子"这一个名字。据说这是一个通俗的名字,除了宁波还有许多地方也是这样喊的。其所以喊为"鹞子"的原因,是因鹞和鸢略同的缘故。宁波的鹞子除了不像鹞之外还变了一种极可怕的东西。如果孩子的鹞子落在谁的屋上,不仅鹞子要被踏得粉碎丢在粪缸里,那屋里的男男女女还要跑出来辱骂孩子,跑到孩子的父母那里去吵闹,要求担保三年的太平,据说鹞子落在屋上,这屋子不久就要犯火灾的。

这所以要犯火灾的原因,宁波人似乎都还不知道。我个人因通俗以鹞子喊纸鸢的事情却生出了一个胡乱的类推,以为鹞子和老鸦也发生了什么关系。

老鸦与乌老鸦还有很大的分别,但它们与火灾的关系都极为密切。老鸦在白天叫,不一定是发生火灾的预兆,也可以作为一切大小祸事的预兆,如口角、疾病、死亡等等。白天,宁波人一听见远处的一声老鸦叫,他们便要喊三声,"呸!出气娘好!"(这"出气娘好"四字也许还没有写错，因为这句话平常用为"出气"的居多。例如谁的屁股或那里忽然痛了起来，动弹不得的时候，宁波人叫做中了"醒醒气"，意即鬼气。便立刻吐了几滴唾沫在手心上，响了一声"呸！"忙把手心往痛的地方打去，一面说"出气娘好！"

这样的三次，醒醒气便被赶出去，他就好了。所谓"娘"，是说鬼是他的儿子，蔑视鬼也。）老鸦若在夜里叫，那便必是火灾的预兆。谁听见了，谁就必须立刻（必须立刻，第二天便无效）起来喊邻居，告诉他刚才老鸦叫过了。

这叫做"喊破"，老鸦的叫被喊破以后便不能成为火灾的预兆。若是谁听见了，怕冷或贪睡不起来喊破，数日后，远近必有一次火灾。这火灾的地方虽然并不一定在听见老鸦叫的人的地方，但人人毕竟怕这灾祸不幸的落到自己的头上。至于乌老鸦的叫，那便大不同了。冬天满田满天的乌老鸦，任它们叫几千声几万声都不要紧。在他们的眼光中这并不是一种不祥之鸟。不过火灾时纷纷四飞的火星，他们都叫做"乌老鸦"，像这种乌老鸦确也极使他们恐怖。

我回想到自己幼时的几种游戏，觉得有许多也还满足。例如看见摇船的不在船上，船又没有载着什么的时候，跳下去把它荡到河的中心去，在他人的眼中原是最下等最顽劣的孩子的游戏，我却也背着母亲学会了。因此三年前在玄武湖中得到了许多的兴趣，雇船去游时可以不受船夫的掣肘，自由自在的荡到太平洋（我们给湖中最宽阔的地方起了这一个名字）中去洗脚。但想起来其中有两件最使我怅惘的是游泳和放风筝。母亲对于这两种事情防范我最严。她不准我游泳的原因除了赤着屁股在河里浮着是不体面之外，最重要的自然是怕我溺死了。我好几次偷偷的去学——后来已经能够把下颚扣在裤做的球上游一丈远——差不多都被她发觉了。她不说要我上来，但拿着一根又长又粗的晒衣用的竹竿，说是要把我按到河底去。这样，我便终于没有学会。至于放风筝，不用说是更其困难了。这是关系于许多人的祸福的事情。

但是大人们尽管禁止，每年冬天和春天田野中总还有大人们所谓顽童的在那里偷着放。自然，我也是极愿意加入这一党的。但是这游戏太不容易了。不仅自己没有钱，就有钱也没地方去买。自己偷偷的做了几次，不是被母亲发觉就是做得不灵。而其中尤感觉难办的是线。母亲用的都是短短的一根一根的线，没有极长的线。若是偷了去，一则容易发觉，怕屁股熬不得痛，二则一根一根结起来不灵活，所以没有法子想，我就只有跑去呆子似的仰着头看人家的风筝。若是那个放风筝的是我的熟人，他的风筝落下了，我便自告奋勇的跑去帮他拾。他要放时，我便远远的捧着风筝给他送了上去。这样我就非常的喜欢。但尤其满足的是千求万求的才允许了我在几分钟内拉着空中飞舞着的风筝的线。

三星期前的有一天下午，看见窗外大杞树的飘动，我忽然又想到风筝了。

我急切的想做一个放。我忙把这个意思告诉唐珊和静弟。唐珊告诉我，湘乡的风俗和宁波的差不多，风筝落在屋上也是火灾的预兆。但是她又说我不妨做一个放，这里屋子非常的稀少，不至于落在屋上；静弟的母亲不信从这种风俗，也不会来阻挡我。于是她便为我寻线，我和静弟动手做风筝了。静弟向来没有做过，我也只会做瓦片风筝。这虽然不好看而且不会鸣，但是我想只要放得高倒也罢了。不一会，风筝成功了。这确像一块瓦片，背脊凸着，只是下面拖了一根长长的草尾巴。我知道这尾巴是最关紧要的，起首不敢怎样的放线，只试验尾巴的轻重，但是，把尾巴的重量增而又减，减而又增，总是放不高，不是翻筋斗，便是不肯上去，任凭我怎样的拉着线跑。这样的天就黑了。第二天，我注意到风筝背上的那三根引线，怕有太长或太短的毛病，改长改短的又试放了半天。结果还是放不高，而且有一半落在水田里。

第三天没有进步，第四第五天没有风。第六天觉得平地上的风太小，跑到山顶上去放，但是依然觉得太小了。有一天，风可大了，但是我拿出去试觉得又太大了。这样，我只有懊恼着把风筝高高的挂在壁上了。"我为什么和风筝这样的无缘呢？"我绝望后这样的想。"难道是因为我自己太重了拖住了它吗？"于是我感到自己的身体的确重了，年纪的确大了。我觉得我是一个不幸的人。

"在贵州"，静弟的妈妈——她是贵州人——告诉我说，"放风筝是非常热闹的。大大小小的铺子几乎没有一家不卖风筝。那风筝不像你做的那样不好看。那里的风筝有像鸟的，有像鱼的，有像虫的，有像兽的，有像人的——几乎无奇不有。那里没有像宁波和湘乡这种迷信。他们不仅不把风筝当做不祥的东西，他们遇到人家的风筝的线在他们屋上不高的时候他们还要用一根拴着石子的线丢上去把风筝的线钩了下来抢风筝。在自己屋上抢风筝，是作兴抢的，只要你有本领。有些人故意把自己的线割断了，让风筝飘去。

有些人在一个大风筝——有时大的像八仙桌那样大——上系两三个小风筝。

有些人在夜里放风筝，在风筝上系了一串鞭炮，鞭炮的引线上接着一根纸煤（即卷纸引火的那种东西），纸煤的一端点了火，待风筝放高了，纸煤便渐渐燃到鞭炮的引线上，鞭炮便在黑暗的半空中劈劈啪啪的响了起来，火光四散的飞走，随后风筝失了相当的重量便几个筋斗翻了下来。男男女女大大小小在清明前后几乎都带了风筝拜坟去。他们请死者吃过了羹饭，便在坟边堆起了石头，摆上锅子——煮饭菜的器具都带了去的——将饭菜烧热了，大家在地上坐着吃。吃完了暂时不回家，便在那里放风筝。有一次，一个衙门里的少爷竟做了一个非常好看的大蜈蚣，上面系着响铃，据说是花了几元钱定做的，因为风筝重，线便粗了许多，放线的时候手拿着要出血，便用毛巾裹了手。就在这一次，他把线割断了，让蜈蚣自己飞去。还有最令人发笑的是，有些人放马桶风筝，飞在半空里摇摇摆摆的确乎像一只真马桶。"静弟的妈妈讲到这里，听的人都大笑起来了。

于是我想："这马桶风筝如果落在宁波人的屋上，在火灾之前，怕不是先有一场极大的灾祸吗？"

我觉得风筝也如人似的，有幸与不幸。

（原载1925年5月25日《东方杂志》第22卷第10期）

雪

美丽的雪花飞舞起来了。我已经有三年不曾见着它。

去年在福建，仿佛比现在更迟一点，也曾见过雪。但那是远处山顶的积雪，可不是飞舞着的雪花。在平原上，它只是偶然的随着雨点洒下来几颗，没有落到地面的时候。它的颜色是灰的，不是白色；它的重量像是雨点，并不会飞舞。一到地面，它立刻融成了水，没有痕迹，也未尝跳跃，也未尝发出窸窣的声音，像江浙一带下雪子时的模样。这样的雪，在四十年来第一次看见它的老年的福建人，诚然能感到特别的意味，谈得津津有味，但在我，却总觉得索然。"福建下过雪"，我可没有这样想过。

我喜欢眼前飞舞着的上海的雪花。它才是"雪白"的白色，也才是花一样的美丽。它好像比空气还轻，并不从半空里落下来，而是被空气从地面卷起来的。然而它又像是活的生物，像夏天黄昏时候的成群的蚊蚋，像春天流蜜时期的蜜蜂，它的忙碌的飞翔，或上或下，或快或慢，或黏着人身，或拥入窗隙，仿佛自有它自己的意志和目的。它静默无声。但在它飞舞的时候，我们似乎听见了千百万人马的呼号和脚步声，大海的汹涌的波涛声，森林的狂吼声，有时又似乎听见了情人的切切的密语声，礼拜堂的平静的晚祷声，花园里的欢乐的鸟歌声……它所带来的是阴沉与严寒。但在它的飞舞的姿态中，我们看见了慈善的母亲，柔和的情人，活泼的孩子，微笑的花，温暖的太阳，静默的晚霞……它没有气息。但当它扑到我们面上的时候,我们似乎闻到了旷野间鲜洁的空气的气息,山谷中幽雅的兰花的气息,花园里浓郁的玫瑰的气息,清淡的茉莉花的气息……在白天,它做出千百种婀娜的姿态;夜间,它发出银色的光辉,照耀着我们行路的人,又在我们的玻璃窗上札札地绘就了各式各样的花卉和树木,斜的,直的,弯的,倒的;还有那河流,那天上的云……

现在,美丽的雪花飞舞了。我喜欢,我已经有三年不曾见着它。我的喜欢有如四十年来第一次看见它的老年的福建人。但是,和老年的福建人一样,我回想着过去下雪时候的生活,现在的喜悦就像这钻进窗隙落到我桌上的雪花似的,渐渐融化,而且立刻消失了。

记得某年在北京的一个朋友的寓所里,围着火炉,煮着全中国最好的白菜和面,喝着酒,剥着花生,谈笑得几乎忘记了身在异乡;吃得满面通红,两个人一路唱着,一路踏着吱吱地叫着的雪,踉跄地从东长安街的起头踱到西长安街的尽头,又忘记了正是异乡最寒冷的时候。这样的生活,和今天的一比,不禁使我感到惘然。上海的朋友们都像是工厂里的机器,忙碌得一刻没有休息;而在下雪的今天,他们又叫我一个人看守着永不会有人或电话来访问的房子。这是多么孤单,寂寞,乏味的生活。

"没有意思!"我听见过去的我对今天的我这样说了。正像我在福建的时候,对四十年来第一次看见雪的老年的福建人所说的一样。

但是,另一个我出现了。他是足以对着过去的北京的我射出骄傲的眼光来的我。这个我,某年在南京下雪的时候,曾经有过更快活的生活:雪落得很厚,盖住了一切的田野和道路。我和我的爱人在一片荒野中走着。我们辨别不出路径来,也并没有终止的目的。我们只让我们的脚欢喜怎样就怎样。

　　我们的脚常常欢喜踏在最深的沟里。我们未尝感到这是旷野，这是下雪的时节。我们仿佛是在花园里，路是平坦的，而且是柔软的。我们未尝觉得一点寒冷，因为我们的心是热的。

　　"没有意思！"我听见在南京的我对在北京的我这样说了。正像在北京的我对着今天的我所说的一样，也正像在福建的我对着四十年来第一次看见雪的老年的福建人所说的一样。

　　然而，我还有一个更可骄傲的我在呢。这个我，是有过更快乐的生活的，在故乡：冬天的早晨，当我从被窝里伸出头来，感觉到特别的寒冷，隔着蚊帐望见天窗特别的阴暗，我就首先知道外面下了雪了。"雪落啦白洋洋，老虎拖娘娘……"这是我躺在被窝里反复地唱着的欢迎雪的歌。别的早晨，照例是母亲和姊姊先起床，等她们煮熟了饭，拿了火炉来，代我烘暖了衣裤鞋袜，才肯钻出被窝，但是在下雪天，我就有了最大的勇气。我不需要火炉，雪就是我的火炉。我把它捻成了团，捧着，丢着。我把它堆成了一个和尚，在它的口里，插上一支香烟。我把它当做糖，放在口里。地上的厚的积雪，是我的地毡，我在它上面打着滚，翻着筋斗。它在我的底下发出嗤嗤的笑声，我在它上面哈哈的回答着。我的心是和它合一的。我和它一样的柔和，和它一样的洁白。我同它到处跳跃，我同它到处飞跑着。我站在屋外，我愿意它把我造成一个雪和尚。我躺在地上愿意它像母亲似的在我身上盖下柔软的美丽的被窝。我愿意随着它在空中飞舞。我愿意随着它落在人的肩上。我愿意雪就是我，我就是雪。我年青。我有勇气。我有最宝贵的生命的力。我不知道忧虑，不知道苦恼和悲哀……

　　"没有意思！你这老年人！"我听见幼年的我对着过去

的那些我这样说了。正如过去的那些我骄傲地对别个所说的一样。

不错，一切的雪天的生活和幼年的雪天的生活一比，过去的和现在的喜悦是像这钻进窗隙落到我桌上的雪花一样，渐渐融化，而且立刻消失了。

然而对着这时穿着一袭破单衣，站在屋角里发抖的或竟至于僵死在雪地上的穷人，则我的幼年时候快乐的雪天生活的意义，又如何呢？这个他对着这个我，不也在说着"没有意思！"的话吗？

而这个死有完肤的他，对着这时正在零度以下的长城下，捧着冻结了的机关枪，即将被炮弹打成雪片似的兵士，则其意义又将怎样呢？"没有意思！"这句话，该是谁说呢？

天呵，我不能再想了。人间的欢乐无平衡，人间的苦恼亦无边限。世界无终极之点，人类亦无末日之时。我既生为今日的我，为什么要追求或留恋今日的我以外的我呢？今日的我虽说是寂寞地孤单地看守着永没有人或电话来访问的房子，但既可以安逸地躲在房子里烤着火，避免风雪的寒冷；又可以隔着玻璃，诗人一般的静默地鉴赏着雪花飞舞的美的世界，不也是足以自满的吗？

抓住现实。只有现实是最宝贵的。

眼前雪花飞舞着的世界，就是最现实的现实。

看呵！美丽的雪花飞舞着呢。这就是我三年来相思着而不能见到的雪花。

（选自散文集《驴子和骡子》，1934年12月，上海生活书店）

父亲的玳瑁

在墙脚跟刷然溜过的那黑猫的影，又触动了我对于父亲的玳瑁的怀念。

净洁的白毛的中间，夹杂些淡黄的云霞似的柔毛，恰如透明的妇人的玳瑁首饰的那种猫儿，是被称为"玳瑁猫"的。我们家里的猫儿正是那一类，父亲就给了它"玳瑁"这个名字。

在近来的这一匹玳瑁之前，我们还曾有过另外的一匹。它有着同样的颜色，得到了同样的名字，同是从我姊姊家里带来，一样地为我们所爱。

但那是我不幸的妹妹的玳瑁，它曾经和她盘桓了十二年的岁月。

而现在的这一匹，是属于父亲的。

它什么时候来到我们家里，我不很清楚，据说大约已有三年光景了。父亲给我的信，从来不曾提过它。在他的理智中，仿佛以为玳瑁毕竟是一匹小小的兽，比不上任何的家事，足以通知我似的。

但当我去年回到家里的时候，我看到了父亲和玳瑁的感情了。

每当厨房的碗筷一搬动，父亲在后房餐桌边坐下的时候，玳瑁便在门外"咪咪"的叫了起来。这叫声是只有两三声，从不多叫的。它仿佛在问父亲，可不可以进来似的。

于是父亲就说了，完全像对什么人说话一样："玳瑁，这里来！"

我初到的几天，家里突然增多了四个人，在玳瑁似乎感觉到热闹与生疏的恐惧，常不肯即刻进来。

"来吧，玳瑁！"父亲望着门外，不见它进来，又说了。

但是玳瑁只回答了两声"咪咪"仍在门外徘徊着。

"小孩一样，看见生疏的人，就怕进来了。"父亲笑着对我们说。

但是过了一会，玳瑁在大家的不注意中，已经跃上了父亲的膝上。

"哪，在这里了。"父亲说。

我们弯过头去看，它伏在父亲的膝上，睁着略带惧怯的眼望着我们，仿佛预备逃遁似的。

父亲立刻理会它的感觉，用手抚摩着它的颈背，说："困吧，玳瑁。"

一面他又转过来对我们说："不要多看它，它像姑娘一样的呢。"

我们吃着饭，玳瑁从不跳到桌上来，只是静静地伏在父亲的膝上。有时鱼腥的气息引诱了它，它便偶尔伸出半个头来望了一望，又立刻缩了回去。

它的脚不肯触着桌。这是它的规矩，父亲告诉我们说，向来是这样的。

父亲吃完饭，站起来的时候，玳瑁便先走出门外去。它知道父亲要到厨房里去给它预备饭了。那是真的，父亲从来不曾忘记过，他自己一吃完饭，便去添饭给玳瑁的。玳瑁的饭每次都有鱼或鱼汤拌着。父亲自己这几年来对于鱼的滋味据说有点厌，但即使自己不吃，他总是每次上街去，给玳瑁带了一些鱼来，而且给它储存着的。

白天，玳瑁常在储藏东西的楼上，不常到楼下的房子里来。但每当父亲有什么事情将要出去的时候，玳瑁像是在楼上看着的样子，便溜到父亲的身边，绕着父亲的脚转了几下，一直跟父亲到门边。父亲回来的时候，它又像是在什么地方远远望着，静静地倾听着的样子，待父亲一跨进门限，它又在父亲的脚边了。它并不时时刻刻跟着父亲，但父亲的一举一动，父亲的进出，它似乎时刻在那里留心着。

晚上，玳瑁睡在父亲的脚后的被上，陪伴着父亲。

我们回家后，父亲换了一个寝室。他现在睡到弄堂门外一间从来没有人去的房子里了。

玳瑁有两夜没有找到父亲，只在原地方走着，叫着。它第一夜跳到父亲的床上，发现睡着的是我们，便立刻跳了出去。

正是很冷的天气。父亲惦念着玳瑁夜里受冷，说它恐怕不会想到他会搬到那样冷落的地方去的，而且晚上弄堂门又关得很早。

但是第三天的夜里，父亲一觉醒来，玳瑁已在床上睡着了，静静的，"咕咕"念着猫经。

半个月后，玳瑁对我也渐渐熟了。它不复躲避我。当它在父亲身边的时候，我伸出手去，轻轻抚摩着它的颈背。它伏着不动。然而它从不自己走近我。我叫它，它仍不来。就是母亲，她是永久和父亲在一起的，它也不肯走近她。父亲呢，只要叫一声"玳瑁"，甚至咳嗽一声，它便不晓得从什么地方溜出来了，而且绕着父亲的脚。

有两次玳瑁到邻居家去游走，忘记了吃饭。我们大家叫着"玳瑁玳瑁"，东西寻找着，不见它回来。父亲却猜到它那里去了。他拿着玳瑁的饭碗走出门外，用筷子敲着，只喊了两声"玳瑁"，玳瑁便从很远的邻屋上走来了。

"你的声音像格外不同似的，"母亲对父亲说，"只消叫两声，又不大，它便老远的听见了。"

"是哪，它只听我管的哩。"

对于寂寞地度着残年的老人，玳瑁所给与的是儿子和孙子的安慰，我觉得。

六月四日的早晨，我带着战栗的心重到家里，父亲只躺在床上远远地望了我一下，便疲倦地合上了眼皮。我悲苦地牵着他的手在我的面上抚摩。他的手已经有点生硬，不复像往日柔和地抚摩玳瑁的颈背那么自然。据说在头一天的下午，玳瑁曾经跳上他的身边，悲鸣着，父亲还很自然的抚摩着它亲密地叫着"玳瑁"。而我呢，已经迟了。

从这一天起，玳瑁便不再走进父亲的以及和父亲相连的我们的房子。我们有好几天没有看见玳瑁的影子。我代替了父亲的工作，给玳瑁在厨房里备好鱼拌的饭，敲着碗，叫着"玳瑁"。玳瑁没有回答，也不出来。母亲说，这几天家里人多，闹得很，它该是躲在楼上怕出来的。于是我把饭碗一直送到楼上。然而玳瑁仍没有影子。过了一天，碗里的饭照样地摆在楼上，只饭粒干瘪了一些。

玳瑁正怀着孕，需要好的滋养。一想到这，大家更其焦虑了。

第五天早晨，母亲才发现给玳瑁在厨房预备着的另一只饭碗里的饭略略少了一些。大约它在没有人的夜里走进了厨房。它应该是非常饥饿了。然而仍像吃不下的样子。

一星期后，家里的亲友渐渐少了。玳瑁仍不大肯露面。无论谁叫它，都不答应，偶然在楼梯上溜过的后影，显得憔悴而且瘦削，连那怀着孕的肚子也好像小了一些似的。

一天一天家里愈加冷静了。满屋里主宰着静默的悲哀。一到晚上，人还没有睡，老鼠便吱吱叫着活动起来，甚至我们房间的楼上也在叫着跑着。玳瑁是最会捕鼠的。当去年我们回家的时候，即使它跟着父亲睡在远一点的地方，我们的房间里从没有听见过老鼠的声音，但现在玳瑁就睡在隔壁的楼上，也不过问了。我们毫不埋怨它。我们知道它所以这样的原因。

可怜的玳瑁。它不能再听到那熟识的亲密的声音，不能再得到那慈爱的抚摩，它是在怎样的悲伤呵！

三星期后，我们全家要离开故乡。大家预先就在商量，怎样把玳瑁带出来。但是离开预定的日子前一星期，玳瑁生了小孩了。我们看见它的肚子松瘪着。

怎样可以把它带出来呢？

然而为了玳瑁，我们还是不能不带它出来。我们家里的门将要全锁上。

邻居们不会像我们似的爱它，而且大家全吃着素菜，不会舍得买鱼饲它。单看玳瑁的脾气，连对于母亲也是冷淡淡的，决不会喜欢别的邻居。我们还是决定带它一道来上海。

它生了几个小孩，什么样子，放在哪里，我们虽然极想知道，却不敢去惊动玳瑁。我们预定在饲玳瑁的时候，先捉到它，然后再寻觅它的小孩。因为这几天来，玳瑁在吃饭的时候，已经不大避人，捉到它应该是容易的。

但是两天后，我们十几岁的外甥遏抑不住他的热情了。不知怎样，玳瑁的孩子们所在的地方先被他很容易的发见了。它们原来就在楼梯门口，一只半掩着的糠箱里。玳瑁和它的小孩们就住在这里，是谁也想不到的。外甥很喜欢，叫大家去看。玳瑁已经溜得远远的在惧怯地望着。

我们想，既然玳瑁已经知道我们发觉了它的小孩的住所，不如便先把它的小孩看守起来，因为这样，也可以引诱玳瑁的来到，否则它会把小孩衔到更没有人晓得的地方去的。

于是我们便做了一个更安适的窠，给它的小孩们，携进了以前父亲的寝室，而且就在父亲的床边。

那里是四个小孩，白的，黑的，黄的，玳瑁的，都还没有睁开眼睛。贴着压着，钻做一团，肥圆的。捉到它们的时候，偶然发出微弱的老鼠似的吱吱的鸣声。

"生了几只呀？"母亲问着。

"四只。"

"嗨，四只！怪不得！扛了你父亲的棺材，不要再扛我的呢！"母亲叹息着，不快活的说。

大家听着这话，愣住了。

"把它们丢出去！"外甥叫着说，但他同时却又喜悦地抚摩着玳瑁的小孩们，舍不得走开。

玳瑁现在在楼上寻觅了，它大声的叫着。

"玳瑁，这里来，在这里，"我们学着父亲仿佛对人说话似的叫着玳瑁说。

但是玳瑁像只懂得父亲的话，不能了解我们说什么。它在楼上寻觅着，在弄堂里寻觅着，在厨房里寻觅着，可不走进以前父亲天天夜里带着它睡觉的房子。我们有时故意作弄它的小孩们，使它们发出微弱的鸣声。玳瑁仍像没有听见似的。

过了一会，玳瑁给我们女工捉住了。它似乎饿了，走到厨房去吃饭，却不防给她一手捉住了颈背的皮。

"快来！快来！捉住了！"她大声叫着。

我扯了早已预备好的绳圈，跑出去。

玳瑁大声的叫着，用力的挣扎着。待至我伸出手去，还没抱住玳瑁，女工的手一松，玳瑁溜走了。

它再不到厨房里去，只在楼上叫着，寻觅着。

几点钟后，我们只得把玳瑁的小孩们送回楼上。它们显

· 24 ·

然也和玳瑁似的在忍受着饥饿和痛苦。

玳瑁又静默了,不到十分钟,我们已看不见它的小孩们的影子。现在可不必再费气力,谁也不会知道它们的所在。

有一天一夜,玳瑁没有动过厨房里的饭。以后几天,它也只在夜里,待大家睡了以后到厨房里去。

我们还想设法带玳瑁出来,但是母亲说:"随它去吧,这样有灵性的猫,哪里会不晓得我们要离开这里。要出去自然不会躲开的。你们看它,父亲过世以后,再也不忍走进那两间房里,并且几天没有吃饭,明明在非常的伤心。现在怕是还想在这里陪伴你们父亲的灵魂呢。它原是你父亲的。"

我们只好随玳瑁自己了。它显然比我们还舍不得父亲,舍不得父亲所住过的房子,走过的路以及手所抚摸过的一切。父亲的声音,父亲的形象,父亲的气息,应该都还很深刻地萦绕在它的脑中。

可怜的玳瑁,它比我们还爱父亲!

然而玳瑁也太凄惨了。以后还有谁再像父亲似的按时给它好的食物,而且慈爱地抚摸着它,像对人说话似的一声声地叫它呢?

离家的那天早晨,母亲曾给它留下了许多给孩子吃的稀饭在厨房里。门虽然锁着,玳瑁应该仍然晓得走进去。邻居们也曾答应代我们给它饲料。然而又怎能和父亲在的时候相比呢?

现在距我们离家的时候又已一月多了。玳瑁应该很健康着,它的小孩们也该是很活泼可爱了吧?

我希望能再见到和父亲的灵魂永久同在着的玳瑁。

(选自散文集《驴子和骡子》,1934年12月,上海生活书店)

听潮的故事

一年夏天，趁着刚离开厌烦的军队的职务，我和妻坐着海轮，到了一个有名的岛上。

这里是佛国，全岛周围三十里中，除了七八家店铺以外，全是寺院。为了要完全隔绝红尘的凡缘，几千个出了俗的和尚绝对地拒绝了出家的尼姑在这里修道，连开店铺的人也被禁止带女眷在这里居住。荤菜是不准上岸的，开店的人也受这拘束。

只有香客是例外，可以带着女眷，办了荤菜上这佛国。岛上没有旅店，每一个寺院都特设了许多房子给香客住宿，而且准许男女香客同住在一间房子里。厨房虽然是单煮素菜的，但香客可以自备一只锅子，在那里烧肉吃，这样的香客多半是去观光游览的，不是真正烧香念佛的香客。

我们就属于这一类。

这时佛国的香会正在最热闹的时期里，四方善男信女都跨山过海集中在这里。寺院里一天到晚做着佛事，满岛上来去进香领牒的男女恰似热锅上的蚂蚁，把清净的佛国变成了热闹的都市。

我们游览完了寺刹和名胜，觉得海的神秘和伟大不是在短促的时间里领略得尽，便决计在这岛上多住一些时候，待香客们散尽再离开。几天后，我们选了一个幽静的寺院，搬了过去。

它就在海边，有三间住客的房子，一个凉台还突出在海上，当时这三间房子里正住着香客，当家的答应过几天待他们走了就给我们一间房子，我们便暂在靠海湾的一间楼房住下了。

楼房的地位已经相当的好，从狭小的窗洞里可以望见落日和海湾尽头的一角。每次潮来的时候，听见海水冲击岩石的声音，看见空中细雨似的、朝雾似的、暮烟似的飞沫的升落。有时它带着腥气，带着咸味，一直冲进了我们的小窗，粘在我们的身上，润湿着房中的一切。

像是因为寺院的地点偏僻了一点的缘故，到这里来的香客比较少了许多，佛事也只三五天一次，住宿在寺院里的香客只有十几个人。这冷静正合我们的意，而我们的来到，却仿佛因为减少了寺院里的一分冷静，受了当家的欢迎。待遇显得特别周到：早上晚上和下午三时，都有一些不同的点心端了出来，饭菜也很鲜美，进出的时候，大小和尚全对我们打招呼，有时当家的还特地跑了来闲谈。

这一切都使我们高兴，妻简直起了在那里住上几个月的念头了。

"要是搬到了突出在海上的房子里，海就完全属于我们的了！"妻渴望地说。

过了几天，那边走了一部分香客，空了一间房子出来，我们果然搬过去了。

这里是新式的平屋，但因为突出在海上，它像是楼房。房间宽而且深，中间一个厅。住在厅的那边的房里的是一对年青的夫妻，才从上海的一个学校里毕业出来，目的想在这里一面游玩，一面读书，度过暑假。

"现在这海——这海完全是我们的了！"当天晚上，我们靠着凉台的栏杆，赏玩海景的时候，妻又高兴地叫着说。

大海上一片静寂。在我们的脚下，波浪轻轻地吻着岩石，睡眠了似的。

在平静的深暗的海面上，月光辟了一条狭而且长的明亮的路，闪闪地颤动着，银鳞一般。远处灯塔上的红光镶在黑暗的空间，像是一个宝玉。它和那海面银光在我们面前揭开了海的神秘——那不是狂暴的不测的可怕的神秘，那是幽静的和平的愉悦的神秘。我们的脚下仿佛轻松起来，平静地，宽怀地，带着欣幸与希望，走上了那银光的道路，朝着宝玉般的红光走了去。

"岂止成佛呵！"妻低声的说着，偏过脸来偎着我的脸。她心中的喜悦正和我的一样。

海在我们脚下沉吟着，诗人一般。那声音像是朦胧的月光和玫瑰花间的晨雾那样的温柔，像是情人的蜜语那样的甜美。低低地，轻轻地，像微风拂过琴弦，像落花飘到水上。

海睡熟了。

大小的岛屿拥抱着，偎依着，也静静地蒙眬地入了睡乡。

星星在头上也眨着疲倦的眼，也将睡了。

许久许久，我们也像入了睡似的，停止了一切的思念和情绪。

不晓得过了多少时候，远处一个寺院里的钟声突然惊醒了海的沉睡。它现在激起了海水的兴奋，渐渐向我们脚下的岩石推了过来，发出哺哺的声音，仿佛谁在海里吐着气。海面的银光跟着翻动起来，银龙似的。接着我们脚下的岩石里就像铃子，铙钹，钟鼓在响着，愈响愈大了。

没有风。海自己醒了，动着。它转侧着，打着呵欠，伸着腰和脚，抹着眼睛。因为岛屿挡住了它的转动，它在用脚踢着，用手拍着，用牙咬着。它一刻比一刻兴奋，一刻比一刻用力。岩石渐渐起了战栗，发出抵抗的叫声，打碎了海的鳞片。

海受了创伤，愤怒了。

它叫吼着，猛烈地往岸边袭击了过来，冲进了岩石的每一个罅隙里，扰乱岩石的后方，接着又来了正面的攻击，刺打着岩石的壁垒。

声音越来越大了。战鼓声，金锣声，枪炮声，呐喊声，叫号声，哭泣声，马蹄声，车轮声，飞机的机翼声，火车的汽笛声，都掺杂在一起，千军万马混战了起来。

银光消失了。海水疯狂地汹涌着，吞没了远近的岛屿。它从我们的脚下浮了起来，雷似地怒吼着，一阵阵地将满带着血腥的浪花泼溅在我们的身上。

"可怕的海！"妻战栗地叫着说，"这里会塌哩！"

"哪里的话！"

"至少这声音是可怕得够了！"

"伟大的声音！海的美就在这里！"我说。

"你看那红光！"妻指着远处越发明亮的灯塔上的红灯说，"它镶在黑暗的空间，像是血！可怕的血！"

"倘若是血，就愈显得海的伟大哩！"

妻不复做声了，她像感觉到我的话的残忍似的，静默而又恐怖地走进了房里。

现在她开始起了回家的念头。她不再说那海是我们的话了。每次潮来的时候，她便忧郁地坐在房里，把窗子也关了起来。

"向来是这样的，你看！"退潮的时候，我指着海边对她说。"一来一去，是故事！来的时候凶猛，去的时候多么平静呵！一样的美！"

然而她不承认我的话。她总觉得那是使她恐惧，使她厌

憎的。倘使我的感觉和她的一样,她愿意立刻就离开这里。但为了我,她愿意再留半个月。

我喜欢海,尤其是潮来的时候。因此即使是和妻一道关在房子里,从闭着的窗户里听着外面模糊的潮音,也觉得很满意,再留半个月,尽够欣幸了。

一天,两天,我珍视的日子,已经过去了四天。我们的寺院里忽然来了两个肥胖的外国人,随带着一个中国茶房,几件行李,那是和尚们从轮船码头上接来的。当家的陪他们到我们的屋子里看了一遍,合了他们的意以后,忽然对我们对面住着的年青夫妻提出了迁让的要求。

"一样给你们钱,为什么要我们让给外国人?"他们拒绝了。

随后这要求轮到了我们,也得到了同样的回答。

当家的去后,别的和尚又来了,他们明白的说明了外国人可以多出一点钱的原因,要求我们四个人同住在一间房子里,让一间房子出来给外国人。

他们甚至已经把行李搬到我们的厅里来了。

"什么话!"年青的学生发怒了。"外国人出多少钱,我们也出多少钱就是!我们都有女眷,怎么可以同住在一间房子里!"

他们受不了这侮辱,开始骂了起来,终于立刻卷起行李,走了。妻也生了气,提议一道走。但我觉得这是常情,劝她忍受一下。

"只有十天了。管他这些!谁晓得什么时候还能再来听这潮音呵!"

妻的气愤虽然给我劝住了,但因她的感觉的太灵敏,却愈加不快活起来。

她远远的看见了路上的香客，就以为是到这个寺院来住的，怀疑着我们将得到第二次的被驱逐。她觉察出当家的已几天没有来和我们打招呼，大小和尚看见我们的时候脸上没有笑容，菜蔬也坏了，甚至生了虫的。

"早些走吧！"妻时常催促我。

"只有八天了。"我说。

"不能留了！"过了一天，妻又催了。

"只有七天了。"

"只有六天，五天半了。"我又回答着妻的催促。

"等到将来我们有了钱，自己在海边造起房子来，尽你享受的，那时海就完全是你的了！"

"好了，好了，只有四天半了哩！以后不再到海边听潮也行。海是不能属于一个人的。造了房子，说不定还要做和尚的。"

然而妻终于不能忍耐了。这天晚上，当家忽然跑来和我们打招呼，脸上没有一点笑容。

"香期快完了，大轮船不转这里，菜蔬会成问题哩！……"

我们看见他给外国人吃的菜比我们好而且多到几倍。他说这话，明明是一种逐客的借口，甚至是一种恫吓。

"我们就要走了！你不用说谎！"

"哪里，哪里！"他狡猾地微笑一下，走了。

"都是你糊涂！潮呀，海呀，听过一次，看过一次，就够了，偏要留着不肯走！明天再不走，还要等到人家把我们的行李摔出去吗？我刚才已经看见他们又接了两个香客来了！"妻喃喃地埋怨着。

"好，好，明天就走吧，也享受得够快乐了！"

"受了人家的侮辱，还说快乐！"

"那是常情，"我说，"到处都一样的。"

"我可受不了！"

"明天一上轮船，这些事情就成为故事了。二十四，二十三，二十二，二十一，十八，不是只有十八个钟头了吗？"我笑着说。

然而这时间也确实有点难以度过。第二天早晨，正当我们取了钱，预备去付账，声明下午要走的时候，我们的厅堂里忽然又搬进行李来了，正放在我们这一边。那正是昨天才来的香客。

妻气得失了色，说不出话来，只是瞪着眼睛望着我。不用说，当家的立刻又要来到，第一次的故事又要重演一次了。

"给这故事变一个喜剧让妻消一点闷吧！"我这样想着，从箱子里取出了军队里的制服，穿在身上，把那方绫的符号和银质的徽章特别露挂在外面，往厅里走了去。

当家的正从外面走了进来，看见我的奇异的形状，突然站住了。

他非常惊愕地注视着我，皱一皱眉头，又立刻现出了一个不自然的笑容。

"鲁……"他不晓得应该怎样称呼我了，机械地合了掌，"老爷，你好！"

"有什么事吗，当家的？"我瞪着眼望他。

"没有什么——特地请个安。唔！这是谁的行李？"他转过头去，问跟在后背的小和尚。

"这就是李先生的。"

"哼——阿弥陀佛！你们这些人真不中用！怎么拿到这

里来了！我不是说过，安置在西楼上的吗？"

"师父不是说……"

"阿弥陀佛！快些拿去！快些拿去！——这样不中用！"

我看见了他对小和尚夹着眼睛。

"到我房子里坐坐吧，当家的，我正想去找你呢！"

"是，是，"他睁着疑惑的眼光注意着我的脸色。"请不要生气，吵闹了你，这完全是他们弄错了。咳！真不中用！请老爷多多原谅。"他又对站在我后背发笑的妻合着掌说："请太太多多原谅！"

"哪里，哪里！"我微笑地回答着。

我待他跟进了房里，从衣袋里摸出几张钞票，放在他面前说："我们今天要走了，当家的，这一点点香钱，请收了吧。"

他惊愕地站着，又机械地合了掌，似乎还怀疑着我发了气。

"原谅，老爷！我们太怠慢了！天气热得很，还请住过夏再走！钱是决不敢领的！"

为要使他安静，我反复地说明了要走的原因，是军队里的假期已满，而且还有别的重要的公事。钱呢，是给他买香烛的，必须给我们收下。他安了心，恭敬地合着掌走了，不肯拿钱。我叫茶房送去了两次，他又亲自送了回来。最后我自己送了去，说了许多话，他才收下了。

他办了一桌酒席，给我们送行，又送了一些佛国的特产和蔬菜。

"这一个玩笑开得太凶了！和尚也可怜哩！"现在妻的气愤不但完全消失，反而觉得不忍了。

"这只是平常的故事，一来一去，完全和潮一样的！"我说，"无爱无憎，才能见到真正的美，所以释迦成了佛呢！"

"无论你怎样玄之又玄,总之这海,这潮,这佛国,使我厌憎!"妻临行前喃喃的不快活的说。

她没有注意到当家的站在门口,还在大声的说着,要我们明年再来。

（选自散文集《驴子和骡子》,1934年12月,上海生活书店）

关中琐记

一 古旧的潼关

一九三四年二月二十八日夜深,车子进了潼关。几分钟后,我踏着了关中的土地。在以前,这里才算是真正的中国,我的故乡是南蛮,是外国。所以历来由东方来的,一进河南灵宝县的函谷关,就叫做"进关"。所谓"出关",乃是指东出函谷关,或西南出散关,东南出武关,西北出今甘肃之萧关而言的。这说法,现在似乎必须变换了,尤其是在我这个南方人看起来,西过函谷关,仿佛是到了关外一般。

潼关的夜,冷静而且黑暗。除了从火车下来的很少的旅客和几辆人力车外,便没有别的人迹。街上没有路灯。城门已经关了,等到了一辆要人的汽车,才给开了,一齐进城。气候并不觉得冷,似乎和上海的差不多。

第二天正是阴历正月十六日,街上一队一队的走过高抬和高跷,人非常拥挤。店铺很少,有几家柜台里装着炉灶,煎熬着鸦片,有几家正在县政府的邻近。原来鸦片的买卖,在这里是公开的。

下午到东街看了一株大槐树,据说就是马超刺曹操的古迹。树干一半在药店里,一半在布店里,墙壁拦着,辨别不出多少大。据说五六个人还抱不住。离地一丈多,树干上有一个洞,说是枪刺的痕迹,三角形,直径有一尺多,里面分成两个小洞,不晓得多少深。我爬上特设的梯子,抚摸了一下,哄骗着自己遇到了古迹。

出了东北门，循着冯玉祥所辟的汽车路，不久就到了金陡关。金陡关一名第一关，在豫陕分界的地方。关在两岗间，不很高。据说游人都到这里来观赏，想是历来战事所必争的缘故了。火车隧道就在关外的右侧，上面设有天井通烟灰。走上关，北行一二十步，底下就是黄河。对岸山西境内的高山即伯夷叔齐饿死的那个首阳山了。那面的河边有一个市镇，叫做风陵渡，说是从前有女娲墓，女娲姓风，所以叫做风陵。山西有汽车直通那里，为陕晋交通的要道。黄河沿着南北行的首阳山从北来，到这里和西来的渭水相合，突然由首阳山东折，潼关正对着两水交合的口子，水势的确是很大的。潼关的城厢地位很低，岸边的泥土且极容易崩溃。《水经注》云："河在关内，南流潼激关山，因谓之潼关。"然而现在却没有危险。车夫说，那是因为城下压着宝物的缘故；要不然，城里一定给水冲走了。

潼关城厢的后背是华山脉，往东去叫做崤山，起伏重叠，形势很险。但和郑州以西的山一样，没有草木，没有石头，都是灰白色的粘土，山上一层层的平地，是种麦子的，一个一个的洞，是住人的窑子。

潼关没有特别的出产，除了有名的酱菜。它只是交通的要道。

古旧，冷落，衰败，这便是现在的潼关。

二　荒凉的旅程

三月二日，坐着人力车，由潼关西行约十五里，即折向北行。村落渐行渐稀渐小。每个村落都筑着土堡，这也是我没有看见过的情形。由潼关到朝邑县都是平原，计程六十里，过了两条狭窄的河，在南的是渭河，近朝邑县的是洛河。这两条河都没有桥，洛河上连系着几只船，和浮桥一样，水大的时候，这浮桥就变做了渡船。过渭河有一只很大的渡船。几辆牛车、骡车、人力车都用这渡船载着过了河。

朝邑县城在黄河滩上，地势特别低，背后有三个土堡在高原上。远远望去，以为那就是县城。

第二天早晨，坐着一辆骡车往郃阳。朝邑到郃阳有一百十里，渐走渐高，是上坡的路，还要翻沟，因此人家叫我天才黎明就起行，给我雇了一辆快车。所谓快车，就是两个骡子拉着走的。但是我虽然起得早，车夫却来得很迟，出发的时候，已经七点半了。而快车也很慢，我的两个骡子和人家的一个骡子一样，一小时只能走十里路。这骡车，虽然从前在别的地方常常见到过，却还是初次坐，因此坐着也不舒服，睡着也不舒服，老是在车里碰着头，心像快被摇了出来，肠子震动得要断了一样。

一路往北，村落愈稀，差不多五里一个，十里一个，小的村落只有二三十家，没有街市，没有店铺，只有到了市镇，才有卖吃的。这一百十里中，车子只经过朝邑县的一个市镇，叫做两女镇。十时半到那里，车夫问我要不要吃点东西，我不晓得这种情形，觉得肚子并不饿，没有吃，因此一直饿到下午二时半，车子特地多走了十里路，弯到郃阳境内的露井镇去休息。

四时从露井镇出发，离县城尚有三十里。翻了一个很长的沟，天将黑的时候，到了金水沟。过了沟，到县城只有五里了。但这个沟是最不容易翻的。

所谓翻沟，原来就是过一条河道。但因为现在这河道没有水，所以就成了车路。

金水沟一上一下，约有一里路。坡很陡峻，没有转弯休息的平地，没有攀手的东西，两边高耸着峭壁。头上的天是长的，只有一丈光景宽。我下了车步行着，车夫扎紧了车内的行李，用一根木棍，绑住了一个轮子，只让一个轮子转动。他一路用另一根木棍随时阻挡着那一个转动的轮子，不让它走得太快，一面又紧紧地拉着骡子的缰绳，随时勒住它们的脚步。上坡的时候，去了轮上的木棍，加了一匹牛拉着走，车夫又在后面随时用木棍阻挡着轮子的倒退，一面叱咤地鞭打着牲口。骡子悲惨地喘着气，仿佛要倒毙的模样。

没有山水草木，地上全是灰白的粘土，找不到一块石子，荒凉冷落，如在沙漠里一般，这旅途。

三　郃阳——古有莘氏之国

《郃阳县志》云："尝稽唐尧时，鲧取有莘氏女，而夏启以莘封支子。殷初，伊尹耕于其野，后为周太姒所生国。《诗·大雅》云：文王初载，天作之合，在洽（原注引《朱传》云：洽，水名，在同州郃阳夏阳县，流绝，故去水加邑）之阳，在渭之涘，文王嘉止，大邦有子。据此，则唐虞夏商之世，郃阳为莘国明矣。"所以现在郃阳的东北区有伊尹墓，东区有太姒墓、帝喾墓。

据《县志》，郃阳城东西二里，南北二里，但实际走起来，南北不到一里，东西最多也只有一里半。从城墙上遥望，城外一望无际，看不见什么村落。县城西北约四十里有梁山，但为高原所遮住。天气晴朗时，可以在城墙上隐约地望见百七十里外的华山。

城内文庙中存着一个曹全碑，明万历年间出土，为汉碑中最完全的一个，当时只一"因"字半缺，现则历经拓摹，损缺的颇多，且搬动时受伤，断裂为二，拼合之后，有十余字损缺。但在所有的汉碑中，它仍算最完全，最清楚的一个。字为八分体，清逸而遒劲，琢字亦无刀痕，没有书撰人姓名。

教育局中又存着观音佛塑像一个，为隋开皇四年所造。石纯如玉，作声。面貌和装饰颇似印度人。此像前在城外某村中，没有人注意，前几年一个古董商人偷卖了出去，已经运到黄河边，大家才知道它是件古董，把它夺了回来。

和潼关、朝邑一样，郃阳的街上开着许多卖大烟的店，一元钱可买二两多。据说每一家人家都有一二副烟具，自吸或招待客人。有些人吸的是四川的卷烟，或者兰州的水烟。未到陕西以前，听说陕西人有熬烟油点灯，有三五岁小孩子吸烟的，但在郃阳，并没有听到这种情形，据说这样的事情是有的，但不是郃阳，吸大烟最厉害的说是要算山西的有些地方，那里的人多吃白丸，那是烟土中最强烈的一种。今年的政府禁种鸦片似颇认真，三申五令，逼着县知事亲自到乡下去铲烟苗，所以我一路来去，官堂大路旁都没有看见罂粟。

郃阳没有酱油店，只有醋店；挂着醋店的招牌的，并不带卖酱油。大家都不很爱吃酱油，买来的酱油味道是苦的，墨汁一般浓黑。有一次，我们的厨子在檐口滴下了几滴酱油，它便像漆似的凝固在那里，太阳晒了几天，愈加胶固了。只有醋，是大家不能少的作料。一碟醋，一碟盐，有时一碟辣椒油或大蒜，便是很好的下饭的菜。郃阳县境内没有水，许多井掘挖到七八十丈深，有的地方甚至吃沼中的污水。大家都爱惜水，有一家七八口共用一盆水洗脸的。只有离县城三十里的夏阳镇是在黄河滩上，且有瀵水，种了一些菜蔬。郃阳人几乎没有东西下饭。一年到头很少下雨，井水很混浊，茶水里全是灰土，白的衣服愈洗愈黑，做出来的豆腐是黄色的。猪肉很便宜，一元钱可买六斤，鸭每只值大洋二毛，然而邠阳人也不常吃。夏阳的潢水出鱼，大家不爱吃，也不敢吃，说是有毒。鸽子成对成群地栖宿在每家的屋梁上，没有人捉来吃，连它们的卵也不收。大家已经习惯了不吃菜的生活，只要有醋，有盐，有蒜，有辣椒，一个一个的馍，无论冷的硬的，都吃得很有味。

邠阳没有什么工业品，店家贩卖的布、帽子、袜子、鞋子以及一切的消耗品，几乎全是河东来的，所谓河东，就是指的山西。只有羊毛毡子是它的特产品，但不及俄国货的美而柔而轻，所以它的销路也有限，而出产这毡子的地方又很多。

邠阳的土地全是黏土，一黏在衣服上，便不容易把它刷掉。随便哪里的土都可以挖起来烧砖瓦，用不着像江浙一带挖得很深，而且还只限少数的土地。大家用的土砖，做起来非常容易。在一个长方形的木盒底里撒一点灰，从地上铲起土来，放在木盒里，只用棍子轻轻一敲，倒出来便是一块土砖，所有的屋子几乎全用这种土砖做墙，屋上瓦下衬的也是那种泥土。

房子的构造是这样：朝南的有三间祖堂（他们叫祠堂），两边是朝西朝东的厢房，中间一个很狭窄的长方形的天井。人都住在厢房里，每一个房里有一个大土炕（夫妇睡的炕叫做配），横直都可以躺上好几个人。冬天一到，底下就生起火来。女人家做女红的一天到晚盘着腿坐在炕上，据一个医生说，邠阳的女人特别多病，就是这缘故，因为坐在那里血脉不活，生火的时候，下身特别热，光线空气又不佳（纸糊的窗子和天花板）。但大家还是最爱住窑子，造屋的时候，里面特别用泥土造成窑子，有的甚至没有窗子，黑洞洞的，大家说更加舒服，冬温夏凉。

地广人稀，是陕西一般的情形，邠阳已经接近陕北，所以在旧关中道中最甚。天时坏，种田的人愁收获不多；天时好，愁工作的人少。牛车、骡车、驴子，拖的负的又非常迟缓。大家想人口兴旺，结婚得很早，男子十六岁，女子十三岁，都结了婚。某一个中学校，初中二三年级学生总数为三十八人，年龄以二十岁以内的占多数，没有结婚的只有三人。结果怎样，是很容易知道的：妇人多病，生育不多，子女羸弱；加上天气过热和太冷，饮食缺乏养料，不讲卫生（妇人生产时坐在灰袋上，故产妇常多危险），没有医院，要生存是很不容易的。

和其余地方一样，邠阳最多的是农人，其次是商人，再次是读书人。因为读书人历来是做官，做绅士，因此地位最高。学生出门，学校里写一张护照，完全照着军队里所发的一样，命令着"沿途驻军不得留难，切切此令"。

上面再用朱砂在"为"字上涂下一个大点，在有些字旁边加上几个红圈。于是拿着这护照的学生便可通行无阻，不受检查盘问了。在中学校里毕了业，便有人送捷报到他家里，贴在他的门口，说要由教育厅厅长省主席"转呈国民政府大学院以小学教师及普通文官任用。"但是否有小学教师或普通文官可做，要看命运，要看会不会钻营了。

四　送穷鬼——邠阳风土之一

阴历正月初五，在南方是接财神的日子，但在邠阳，却是送穷鬼的日子。

一送一迎，一惧一喜，一个是消极，一个是积极，目的都是一样。南方接财神，年年奉行的多是商家，一般住家大都没有什么表示。而邠阳的送穷鬼，却是家家户户都做的。

这一天天还没有亮，大家就起来，争先恐后的放鞭炮，有的从房内一直燃放到大门外，把穷鬼吓了出去，一面举行大扫除，把房内的尘土全扫到大门外。平常扫地都从外面扫进来，把尘土当做了财宝，这一天把尘土当做了可怕的穷鬼，所以往外扫。虽然过年才五天，窗纸才新糊过，但时常起大风，有一二天便被刮破的，这一天早晨必须补好，地上如有洞，也得塞住，怕穷鬼从这些窟窿里钻出来。这叫做塞穷窟窿。这一天大家要吃馄饨，也叫做塞穷窟窿，因为喉咙也是窟窿之一。

明陈耀文所作《天中记》云："池阳风俗，以正月二十九日为穷九，扫除屋室尘秽，投之水中，谓之送穷。"按池阳在今陕西泾阳县北，和邻阳同属旧关中道，故风俗略同，但日子却差了许多。又因为邻阳没有水，所以只把尘秽扫到大门外，不投水中。

五 招魂——邻阳风土之二

阴历正月初七，旧称人日，邻阳俗呼人七日，是招魂的日子。凡出门在近处的人，这一天都须回家过夜。大家吃一顿馄饨，叫做吃寿星馄饨。天将黑的时候，在土地神像前点上一对长烛（每家都有一尊泥塑的土地像，置在大门内墙龛间），房内也燃蜡烛，好让魂魄回来时，容易辨别门径。就寝前，家长在门口喊着家里的人的名字，叫他回来，房内有一个人代替着大家回答着"来啦"。

这情形颇像我的故乡的招魂。故乡的招魂并没有一定的日子，而是在谁生了病，以为吓走了魂魄而举行的。招魂的时间也在晚上，但在灶神的前面点着香烛，请灶神帮忙的。灶上取去了镬子，放一米筛（通常把米筛当做避邪的法宝），一碗清水，一只空碗上覆着一张皮纸。一个人喊一次某人回来，用小指勾一滴清水到覆纸的碗上，一个人在灶洞口回答着"来啦"。待纸上的水越滴越多，纸将破未破时，纸上就显出一二颗晶莹的圆滑的水珠，以为那就是魂魄了，便端着这碗，一路喊着应着走到病人身边，把纸捏成团，用它拍拍病人的额，再将碗内的水给他喝一二口，就以为魂魄回到病人的身上了。

但在邰阳，不论有病没病，是都须在正月初七日招魂的。

《西清诗话》载《方朔古书》云："岁后八日：一日鸭，二日犬，三日豕，四日羊，五日牛，六日马，七日人，八日谷。其日晴，所主之物育，阴则灾。"《荆楚岁时记》云："人日剪彩为花胜，或镂金箔为人胜以相遗，故唐人谓人日为人胜节。"现在这种风俗似已不易见到，今人亦多不知人日为何日的，邰阳人虽保留了人日的名称，但风俗却完全不同了。

六　逐雀儿——邰阳风土之三

雀儿在农家有着很大的害处，它成群结队飞来，可以搬走许多稻麦。中国人向来对它没有办法，只好听其自然，邰阳人却年年一度，在正月十一那一天要赶逐一次。

这一天清晨，天才发白，一个人就在房内燃放起鞭炮来，另一个人乱挥着鞭子赶打着，从每间房里赶到天井，从天井赶到门口，又从门口赶到土堡外的晒场上（每一家人家，都有一块空地作为打麦晒麦用），随后又把雀儿从自己的晒场上赶了出去，让它进了别一家的晒场。虽然这一天的雀儿早已飞的飞走，躲的躲开，但大家相信这么做一番，一年里就不害农事了。

七　老鼠嫁女——邰阳风土之四

老鼠和雀儿一样，是一种有害的动物，它最会损耗人家的东西，所以在北方，它的名字又叫做耗子（但在关中仍叫老鼠）。这东西昼伏夜出，灵捷狡猾，很有一点神秘，所以许多地方的人怕它，无法奈何它，便想出了一种方法，客客气气的想把它送了出去。阳的老鼠嫁女应该就是这个意思。

正月十二那一天，邰阳人把磨支了起来，让老鼠们去吃磨内剩留的麦粉之类的东西，给它们做喜酒。大家又煮了一锅杏仁，预备正月十五吃，十二那一天先把它煮熟，捻下杏仁衣，撒在地上。杏仁衣是有点红色的，给新娘子戴在头上做凤冠。到了晚上，大家在天将黑时就睡了觉，不点灯，让老鼠们大胆地出来吃喜酒，嫁女儿。到了半夜，姑娘们常蹑着足走到磨边，耳朵凑在磨中的洞口，倾听老鼠嫁女的消息。据说可以听到老鼠们的脚步声、说话声、嬉笑声。

浙江永康也有老鼠嫁女的风俗，时间是在正月初二，和邰阳的差了十天。他们也不点灯就睡了觉，放一点残烛在床上，作为送嫁的礼物，给他们做花烛，那里有两句话云："你把它静一夜，它把你静一年。"

宁波没有这风俗，但正月初一也不扫地，也不点灯，意思是尘秽和油都是财，一年第一天不扫出去，不消耗，全年便积得很多。而实际，这种风俗也暗中给与了老鼠们放肆的机会。

八　从冬天里逃出来的春天

春天在邰阳，甚至可以说，除了陕南一部分，陕西的春天是被冬天关住了的。风占据着整个的冬天，又压住了春天的逃遁。它整天整夜巡行着，把地上灰白的尘土卷到了空中，于是天上的颜色也全和地上的颜色一模一样了。几个月来看不见青天，只有那白日，真正的白日，在尘灰中模糊地露着哭丧的脸，失了魂魄似的忽隐忽现的荡漾着。

没有树，但像有森林在啸，火车在叫，汽车在狂驰。扯着纸窗，飞着瓦片，袭击着人的眼目，推动着人的脚步。看不见花草，看不见春天。冬天一过，夏天就接着来了。

但在夏阳，春天却从冬天里逃出来了。

清明节后两天，我骑着驴子出了城，往东南三十里外的夏阳去探望我所渴望的春天。

一路仍像来的时候的冬天的气象，只麦子出了几寸长的土。野草是没有的，偶然看见树木，也还未萌芽。经过几个村庄，都用几个大木支起了一个很高很大的秋千。妇女们成群的在那里围绕着游戏，一个六七十岁小脚的老妇人抱了孙子，也在打秋千。她们都是从小耍惯了的。年年寒食前后一星期，妇女们都做这游戏。这原是山戎的游戏，唐朝的寒食节即有女子玩秋千，男女踢球的风俗，现在男子在寒食节踢球的游戏已经没有，唯有女子的游戏还保存着。

夏阳镇在黄河滩上，是通山西的要道，即汉韩信袭魏，以木罂渡河处，预备木罂的地方，据说在今夏阳西十里的灵村。灵村已在黄河边，但因在高原上，所以和别处一样的乏水。我见到的一个井约有百丈左右深，汲一桶水，须四五个人吃力地扳动着辘轳。灵村的堡外有一座人工似的小山，叫做蝎子山（陕西最多蝎子，俗于谷雨日画符贴门上驱蝎子），上面倒有一些树木，但这时也还全未萌芽，这里的春天是要到夏天才来的。

然而下了一个坡，春天却已经在夏阳了。

从高坡上望去，绿色的夏阳一直延长到视线尽处。沿着黄河滩上南行，春天占据了半里宽十几里长的土地。

三步一株五步一株的高大的柳树榆树，全发了芽，间夹着的杏花桃花已经落红满地。车路的西边还是干燥的灰白的黏土，车路的东边便是滋润的肥腴的黄土了。一切都是艺术的：那树木，那田地，那水沟，都非常的整齐而清洁。到处都非常幽静、新鲜。我仿佛回到了南方似的。一样一样的菜蔬都长得高大而肥美，像在福建所见的一样。

夏阳的春天为什么能从冬天的禁闭中逃遁出来呢？开这禁闭的锁的钥匙是瀵。这是一个特别的水名，别的地方没有的。《尔雅》云，"瀵，大出尾下"，郝懿行作《义疏》，说，"瀵水喷流甚大，底源潜通，故曰出尾下"。《水经注》云："（瀵）水出汾阴县（山西）南四十里，西去河（指黄河）三里，平地开源，溃泉上涌，大几如轮，深则不测，俗呼之为瀵魁。古人壅其流以为陂水，种稻东西二百步，南北百余步，与阳瀵水夹河，河中渚上，又有一瀵水，皆相潜通。"又云："（郃阳）城北有瀵水，南去二水各数里。其水东经其城内，东入于河。又于城内侧中有瀵水，东南出城，注于河。城南又有瀵水，东流注于河。"这里所谓郃阳城，即指现在的夏阳镇，因从前的县城是在那里的。

现在夏阳的瀵，只有三个，据说尚有两个已经干了。黄水渚中的一个也还在。河水是黄的，但瀵水却非常清，并不深，可以看到底。在岸上的三个瀵都很小，附近的灌溉全靠的这瀵水，农夫开了许多沟，引流着水出去，但水永不会干涸，甚至减浅，也不会高溢出来。

夏阳的古迹除了不可靠的帝喾坟外，尚有一不可靠的子夏石室。据说子夏曾在这里讲过学，因此后人给他造了一个亭楼，塑了像，立了许多碑。

九　远眺中的华山

当我由潼关向北行，往郃阳去的时候，虽然曾经首先沿着华山西行了一二十里的路，但那时，正在阴暗的冬天的灰雾里，看不见华山的全景，随后折向北行，华山更被骡车的篷所掩住了。春去夏来，天气渐渐清朗，慢慢的看见了青色的天，当我快要离开郃阳不久以前，有一次忽然看见了远处一带隐约的山脉。我惊愕地听人家说那就是华山，正懊恼着平日不曾注意到，不久就循着原路南行了。

现在是下坡的路，天气又非常清朗，我的面正对着华山。它占据着正南的一带，又若断若续的蜿蜒到东南的一角。我越走越近，它越高越大越清楚，我才明白了那蜿蜒在东南角的是黄河东边的首阳山。

两天里，从早到晚，华山的顶上始终浮着银白的光辉的云。那云仿佛凝结在一团，没有动弹过。

第二天下午，华山离我愈近愈清楚了。最高的一个峰像一朵半开的花，顶是平的，没有峰尖，而是方的。我相信华山的名字就是因这个峰的形状而来的了。两边有几个较低的尖的山峰，像和中峰不相连接的样子。

过了不久，我忽然看见了一个可怕的面孔。那是一个鬼怪，他秃着尖头，尖着下巴，墨一样黑的脸上露着一副歪曲的嘴脸。眼睛、鼻子、嘴巴，是几点白的小孔，仿佛已经破烂了似的。他站在中峰的西边。

随后中峰的东边也露出了一个面貌来了，那像是一个未脱童子气的人的面庞。方头粗额，浓眉，高鼻，阔嘴，两只眼睛大而且深，像一个外国人。

他仰着头朝北侧着面，躺着，像睡熟了一样。

同时在他的东南，较高的地方，又转出了一个面庞。

那是一个女人，鞑靼人的模样。她侧着面微微俯视着，高鼻深眼，阴沉严肃地在沉思着，她的黑色的头巾一直披到了肩上，显出她已经是一个上了年纪的美人。

我的车轮滚着转着，中峰的东边忽然又现出了两个细小的奶头，随后这奶头渐渐变成了两个打坐的和尚。又由坐着的姿态变成了跪的姿态。

离开华山约五六里，我觉得它反而比先前矮了。在南方，比它高的山似乎多得很。它虽然黑了一点，可是一样的没有什么树木，仿佛石头也没有的样子。只有在山脚下，车路旁，随时看见了不少的树木。

华山的胜迹在哪里呢？我没有时间上去，不能知道。人人说上华山的艰难，它的胜迹怕就在山路的险峻了。那一条上中峰的路，我在车上远远地望见的，沿着峭壁，一直上去，没有转弯休息的平地，确实是一条最奇突最险峻的路。

十　华州的金钱龟

由潼关往西一直到长安，沿途汽车路上的风景和陇海路上所见的差不多，随时可以看见或远或近的一些树木。山的颜色虽然比较得深了，但一路上仍没有看见石头，只有将近华州的地方，忽然在车路的两旁发现了一些岩石、石子。但这样的过了三五里路，又恢复了原样，一直到长安，看不见石头。

这事使我惊异，一个同伴便在我询问之后，在颠簸的车中，告诉我一个关于这些石头的传说。

"大约是明末清初的时候，"我的同伴开始叙述说，"华州地方有一个最有钱的人，他的名字叫做李凤山，是一个最吝啬最刻薄的守财奴。他有了许多钱，却是一毛不拔，还做了许多恶事。他相信他的财产几世吃不了用不了,有一天竟夸口说:'干了黄河塌了天,穷不了华州李凤山。'于是他的罪恶和这自夸的话到了天上,天神发怒了,派了一个神到华州山脚下的一个寺院里来做和尚。有一天,这个和尚穿着一件破烂的衣服,便到李凤山家里来化缘,李凤山不但不给钱,反把他一顿打,赶出去了。他的家里一个善心的丫头,看着这和尚可怜,便暗地里偷了两个馍,送到大门口给了他吃。

"——姑娘——和尚感激地对那丫头说——这里快有极大的灾难来到了,你是一个好心的人,我愿意预先通知你:倘若有一天,你看见这大门口石狮子上的眼睛红了,你就一声不响的赶快离开这里吧,越跑得快越跑得远越好。不然,你的性命也难保的呢。请牢牢记住我的话吧,并且不要泄漏天机!

"于是这和尚就忽然不见了。丫头听着他的吩咐,天天早晚到大门口去看石狮子的眼睛。

"过了多少日子,一天清晨,那丫头果然发现石狮子眼睛红了。那像是谁开的玩笑,在石狮子的眼睛上贴了红纸。丫头觉得和尚的话有了应验,便立刻拼命的跑走了。

"就在这一天,华州的少华山崩了。岩石轰轰滚了下来,把李凤山一家人全压在石头下,但没压着山脚下的那个寺院。

"此后华州就出了一种特别的动物,叫做金钱龟,和钱一样大,饿上十来天不会死。大家相信那是李凤山一家人变的,因为他们生前有钱,人参吃得多的缘故。"

我的同伴的叙述就此完了。他不是华州人,所讲的似乎还不十分详细。

虽然是一个骂人太狠的民间传说,但李凤山那样吝啬刻薄的守财奴,世上是多得很的。

十一　临潼的华清池

过了华州到赤水，到渭南，为汽车路的中心点，陇海路已通车到这里。

由这里往西偏南，地势渐高，车路与渭河愈接近，远望沙尘如烟，疾驰而行，即是渭河滩上的飞沙。

从渭南到临潼，计程八十里，先经新丰县城，即杜甫《新丰折臂翁》所指处。县城南北不到半里，东西约半里，但见颓垣瓦砾，荒虚得很，没有居民。出了县城西门，才见到乡村似的街道和住屋。据说城中房屋都是冯玉祥时代兵火所毁的。

又西南行，经过项羽会汉高祖的鸿门，骊山愈走愈近，过一人工似的小山，即秦始皇冢。

骊山为一黄土的山，和一路所见到的山迥然不同，眼目为之一新。上有周幽王烽火台遗址。白居易诗云："骊山高处入青云，"实际上骊山是很矮的。

骊山最北峰下面即为临潼。山脚下出温泉。俗传神女为秦始皇疗疮而辟。

还有唐朝华清宫旧址，杨贵妃洗浴的地方。

现在那里有两家澡堂，归政府经营，几间中国式的房子，里面开了几个池汤，每一个池汤约一丈宽，一丈半长，水门汀式的底，水从一个圆洞里涌了出来，从另一个洞里流了出去，热得很，非常的清。白居易诗云："温泉水滑洗凝脂"，这水洗在身上，的确连皮肤都滑了。这样的水，杨贵妃天天洗了，难怪不成凝脂。别地方的温泉有硫磺的气息，这里却一点也没有。

东边一家的澡堂后面，有一个井似的圆池，据说是温泉的源，现在这里的水是专门吃的。女人洗澡的池汤为泉源首先经过的一个，据说即为贵妃所洗浴的地方，所以特名这一个做贵妃池。男子不能进去，带了女人，便可同浴。

　　澡堂的票价最高的一元，此外几角不等，看在哪一个池里洗。进去了，只要自己有工夫，可以洗了休息，休息了又洗。只是最不便利的地方，在于附近地方没有清洁的旅店（澡堂里虽有几间卧室，是给要人们住的）。潼关来的汽车每天有十来辆，但都在早晨同时开，在临潼下了车，便再也没有公共汽车走过。而长安东开的车，也在早晨同时开，在临潼下了车，也不能再遇到东行的车。所以到临潼洗澡，只有早晨坐着东行的车，下午坐了西行的车返长安。

　　从临潼西行，经过灞桥，浐桥，计程五十里，就到长安了。

十二　长安

　　长安的城是伟大而雄壮的，它像北平的城，高大坚固。街道店铺、住屋、饮食，以及许多生活方式，都像北平。骡车、人力车、水车，也像北平的。

　　街上的土的颜色，土的气息，也是北平的。

　　北平有民众所酷嗜的雄壮的京调，长安有民众所酷嗜的凄厉激昂的秦腔。北平有很多的古物，长安也相当地丰富。南城的碑林，集合了几千个历代的碑，有伟大的《十三经》全碑，有最高大，碑石最好，雕刻最精的玄宗的《孝经》碑，有和书坊中摹印出来不同的名家的真迹。中国字的艺术，完全给保存在这里了。这不但北平没有，走遍天下也没有的。

　　充满着历史的回忆的古迹，虽然已被时代洗涤得荡然无存，但那永久不变的天下第一终南山依然横在长安的南门外。我们可以一级一级的走到大雁塔的顶上，把终南山全景吸收在眼帘的。

　　商业的势力是在山西人的手里。陕西人经商的没有上海所见的那般狡猾，也没有北平人那样的以客气和恭敬留住了顾客的脚的力量。

提高文化的呼声是高的，长安城里有着大小七八个报馆，但没有什么杂志，好的印刷机也还没有。整个的陕西只有一个高级中学，就在长安城里。大学是没有的。

一切的建设，因了天灾人祸，交通阻塞，人才经济缺乏，显得迟慢落后。

今日的陪都没有电灯（只有机关和大商铺自用的），没有自来水。陪都的夜仍保持着古城的夜的黑暗与冷落。西北角上的居民仍在那里喝着苦井里的水。

开发西北不是容易的事，呼声虽然高，还不能说已经开始。西北人是和自然奋斗惯了的，他们有着坚强的意志和体格。倘使开发西北是有希望的事，则这希望就在这里了。

（选自散文集《驴子和骡子》，1934年12月，上海生活书店）

旅人的心

或是因为年幼善忘，或是因为不常见面，我最初几年中对父亲的感情怎样，一点也记不起来了。至于父亲那时对我的爱，却从母亲的话里就可知道。

母亲近来显然在深深地纪念父亲，又加上年纪老了，所以一见到她的小孙儿吃牛奶，就对我说了又说："正是这牌子，有一只老鹰！……你从前奶子不够吃，也吃的这牛奶。你父亲真舍得，不晓得给你吃了多少，有一次竟带了一打来，用木箱子装着。那比现在贵得多了。他的收入又比你现在的少……"

不用说，父亲是从我出世后就深爱着我的。但是我自己所能记忆的我对于父亲的感情，却是从六七岁起。

父亲向来是出远门的。他每年只回家一次，每次约在家里住一个月，时期多在年底年初。每次回来总带了许多东西：肥皂、蜡烛、洋火、布匹、花生、豆油、粉干……都够一年的吃用。此外还有专门给我的帽子、衣料、玩具、纸笔、书籍……

我平日最欢喜和姊姊吵架，什么事情都不能安静，常常挨了母亲的打，也还不肯屈服。但是父亲一进门，我就完全改变了，安静得仿佛天上的神到了我们家里，我的心里充满了畏惧，但又不像对神似的慑于他的权威，却是在畏惧中间藏着无限的喜悦，而这喜悦中间却又藏着说不出的亲切。我现在不再叫喊，甚至不大说话了；我不再跳跑，甚至连走路的脚步也十分轻了；什么事情我该做的，用不着母亲说，就自己去做好；什么事情我该对姊姊退让的，也全退让了。我简直换了一个人，连自己也觉得：聪明，诚实，和气，勤力。

父亲从来不对我说半句埋怨话，他有着洪亮而温和的音调。他的态度是庄重的。但脸上没有威严却是和气。他每餐都喝一定分量的酒，他的皮肤的血色本来很好，喝了一点酒，脸上就显出一种可亲的红光。他爱讲故事给我听，尤其是喝酒的时候，常常因此把一顿饭延长一二个钟头。他所讲的多是他亲身的阅历，没有一个故事里不含着诚实，忠厚，勇敢，耐劳。他学过拳术，偶然也打拳给我看，但他接着就讲打拳的故事给我听：学会了这一套不可露锋芒，只能在万不得已时用来保护自己。父亲虽然不是医生，但因为祖父是业医的，遗有许多医书，他一生就专门研究医学。他抄了许多方子，配了许多药，赠送人家，常常叫我帮他的忙。因此我们的墙上贴满了方子，衣柜里和抽屉里满是大大小小的药瓶。

一年一度，父亲一回来，我仿佛新生了一样，得到了学好的机会：有事可做，也有学问可求。

然而这时间是短促的。将近一个月，他慢慢开始整理他的行装，一样一样的和母亲商议着别后一年内的计划了。

到了远行的那夜一时前，他先起了床，一面打扎着被包箱夹，一面要母亲去预备早饭，二时后，吃过早饭，就有划船老大在墙外叫喊起来，是父亲离家的时候了。

父亲和平日一样满脸笑容，他确信他这一年的事业将比往年更好。母亲和姊姊虽然眼眶里贮着惜别的眼泪，但为了这是一个吉日，终于勉强地把眼泪忍住了。只有我大声啼哭着，牵着父亲的衣襟，跟到了大门外的埠头上。

父亲把我交给母亲，在灯笼的光中仔细地走下石级，上了船,船就静静地离开了岸。

"进去吧,很快就回来的,好孩子。"父亲从船里伸出头来,说。船上的灯笼熄了,白茫茫的水面上只显出一个移动着的黑影。几分钟后,它迅速地消失在几步外的桥的后面。一阵关闭船篷声,接着便是渐远渐低的咕呀咕呀的桨声。

"进去吧,还在夜里呀。"过了一会,母亲说着,带了我和姊姊转了身,"很快就回来了,不听见吗?留在家里,谁去赚钱呢?"

其实我并没想到把父亲留在家里,我每次是只想跟父亲一道出门的。

父亲离家老是在夜黑,又冷又黑。想起来这旅途很觉可怕。那样的夜里,岸上是没有行人也没有声音的,倘使有什么发现,那就十分之九是可怕的鬼怪或野兽。尤其是在河里,常常起着风,到处都潜着吃人的水鬼,一路所经过的两岸大部分极其荒凉,这里一个坟墓,那里一个棺材,连白天也少有行人。

但父亲却平静地走了,露着微笑。他不畏惧也不感伤,他常说男子汉要胆大量宽,而男子没的眼泪和珍珠一样宝贵。

一年一年过去着,我渐渐大了,想和父亲一道出门的念头也跟着深起来,甚至对于夜间的旅行起了好奇和羡慕。到了十四五岁,乡间的生活完全过厌了,倘不是父亲时常寄小说书给我,我说不定会背着母亲私自出门远行的。

十七岁那年的春天,我终于达到了我的志愿。父亲是往江北去,他送我到上海。那时姊姊已出了嫁生了孩子,母亲身边只留着一个五岁的妹妹。她这次终于遏抑不住情感,离别前几天就不时滴下眼泪来,到得那天夜里她伤心的哭了。

但我没有被她的眼泪所感动。我很久以前听到我可以出

远门，就在焦急地等待着那日子，那一夜我几乎没有合眼，心里充满了说不出的快乐。我满脸笑容，跟着父亲在暗淡的灯笼光中走出了大门。我没注意母亲站在岸上对我的叮嘱，一进船仓，就像脱离了火坑一样。

"竟有这样硬心肠，我哭着，他笑着！"

这是母亲后来常提起的话，我当时欢喜什么，我不知道。我只觉得心里十分的轻松，对着未来有着模糊的憧憬，仿佛一切都将是快乐的，光明的。

"牛上轭了！"

别人常在我出门前就这样的说，像是讥笑我，像是怜悯我，但我不以为意，我觉得那所谓轭是人所应当负担的，我勇敢地挺了一挺胸部，仿佛乐意地用两肩承受了那负担，而且觉得从此才成为一个"人"了。

夜是美的，黑暗与沉寂的美。从篷隙里望出去，看见一幅黑布蒙在天空上，这里那里镶着亮晶晶的珍珠。两岸上缓慢地往后移动的高大的坟墓仿佛是保护我们的堡垒，平躺着的草扎的和砖盖的棺木就成了我们的埋伏的卫兵。树枝上的鸟巢里不时发出嘁嘁的拍翅声和细碎的鸟语，像在庆祝着我们的远行。河面一片白茫茫的光微微波动着，船像在柔软轻漾的绸子上滑了过去，船头下低低地响着淙淙的波声，接着是咕呀咕呀的前桨声和有节奏喊咄喊咄的后桨拨水声，清洌的水的气息，重浊的泥土的气息，和复杂的草木的气息在河面上混合成了一种特殊的亲切的香气。

我们的船弯弯曲曲地前进着，过了一桥又一桥。父亲不时告诉着我，这是什么桥，现在到了什么地方。我静默地坐着，听见前桨暂时停下来，一股寒气和黑影袭进仓里，知道又过了一个桥。

一小时以后,天色渐渐转白了,岸上的景物开始露出明显的轮廓来,船仓里映进了一点亮光,稍稍推开篷,可以望见天边的黑云慢慢地变成了灰白色,浮在薄亮的空中。前面的山峰隐约地走了出来,然后像一层一层地脱下衣衫似的,按次地露出了山腰和山麓。

"东方发白了。"父亲喃喃地念着。

白光像凝定了一会,接着就迅速地揭开了夜幕,到处都明亮起来。现在连岸上的细小的枝叶也清晰了。星光暗淡着,稀疏着,消失着。白云增多了,东边天上的渐渐变成了紫色,红色。天空变成了蓝色。山是青的,这里那里迷漫着乳白色的烟云。

我们的船驶进了山峡里,两边全是繁密的松柏、竹林和一些不知名的常青树。河水渐渐清浅,两边露出石子滩来。前后左右都驶着从各处来的船只。

不久船靠了岸,我们完成了第一段的旅程。

当我踏上埠头的时候,我发现太阳已在我的背后。这约莫两小时的行进,仿佛我已经赶过了太阳,心里暗暗地充满了快乐。

完全是个美丽的早晨。东边山头上的天空全红了。紫红的云像是被小孩用毛笔乱涂出的一样,无意地成了巨大的天使的翅膀。山顶上一团浓云的中间露出了一个血红的可爱的紧合着的嘴唇,像在等待着谁去接吻。两边的最高峰上已经涂上了明亮的光辉。平原上这里那里升腾着白色的炊烟,像雾一样。埠头上忙碌着男女旅客,成群地往山坡上走了去。挑夫,轿夫,喝着道,追赶着,跟随着,显得格外的紧张。

就在这热闹中,我跟在父亲的后面走上了山坡,第一次远离故乡,跋涉山水,去探问另一个憧憬着的世界,勇往地肩

起了"人"所应负的担子。我的血在飞腾着,我的心是平静的,平静中满含着欢乐。我坚定地相信我将有一个光明的伟大的未来。

但是暴风雨卷着我的旅程,我愈走愈远离了家乡。没有好的消息给母亲,也没有如母亲所期待的三年后回到家乡。一直过了七八年,我才负着沉重的心,第一次重踏到生长我的土地。那时虽走着出门时的原来路线,但山的两边的两条长的水路已经改驶了汽船,过岭时换了洋车。叮叮叮叮的铃子和呜呜的汽笛声激动着旅人的心。

到了最近,路线完全改变了。山岭已给铲平,离开我们村庄不远的地方,开了一条极长的汽车路。它把我们旅行的时间从夜里二时出发改做了午后二时。然而旅人的心愈加乱了,没有一刻不是强烈地被震动着。父亲出门时是多么的安静、舒缓、快乐,有希望。他有十年二十年的计划,有安定的终身的职业。而我呢?紊乱,匆忙,忧郁,失望,今天管不着明天,没有一种安定的生活。实际上,父亲一生是劳碌的,他独自荷着家庭的重任,远离家乡,一直到七十岁为止。到了将近去世的几年中,他虽然得到了休息,但还依然刻苦地帮着母亲治理杂务。然而他一生是快乐的。尽管天灾烧去了他亲手支起的小屋,尽管我这个做儿子的时时在毁损着他的产业,因而他也难免起了一点忧郁,但他的心一直到临死的时候为止仍是十分平静的。他相信着自己,也相信着他的儿子。

我呢?我连自己也不能相信。我的心没有一刻能够平静。

当父亲死后二年,深秋的一个夜里二时,我出发到同一方向的山边去,船同样地在柔软轻漾的绸子似的水面滑着,黑色的天空同样地镶着珍珠似的明星,但我的心里却充满了烦恼、忧郁、凄凉、悲哀,和第一次跟着父亲出远门时的我仿佛是两个人了。原来我这一次是去掘开父亲给自己造成的坟墓,把他永久地安葬的。

(选自散文集《旅人的心》,1937年4月,文化生活出版社)

母亲的时钟

二十几年前,父亲从外面带了一架时钟给母亲:一尺多高,上圆下方,黑紫色的木框,厚玻璃面,白底黑字的计时盘,盘的中央和边缘镶着金漆的圆圈,底下垂着金漆的钟摆,钉着金漆的铃子,铃子后面的木框上贴着彩色的图画——是一架堂皇而且美丽的时钟。那时这样的时钟在乡里很不容易见到;不但我和姊姊非常觉得稀奇,就连母亲也特别喜欢它。

她最先把那时钟摆在床头的小橱上,只允许我们远望,不许我们走近去玩弄。我们爱看那钟摆的晃摇和长针的移动,常常望着望着忘记了读书和绣花。于是母亲搬了一个座位,用她的身子挡住了我们的视线,说:"这是听的,不是看的呀!等一会又要敲了,你们知道呆看了多少时候吗?"

我们喜欢听时钟的敲声,常常问母亲:"还不敲吗,妈?你叫它早点敲吧!"

但是母亲望了一望我们的书本和花绷,冷淡地回答说:"到了时候,它自己会敲的。"

钟摆不但自己会动,还会得得地响下去,我们常常低低地念着它的次数;但母亲一看见我们嘴唇的禽动,就生起气来。

"你们发疯了!它一天到晚响着,你们一天到晚不做事情吗？我把它停了，或是把它送给人家去，免得害你们吧！……"

但她虽然这样说，却并没把它停下，也没把它送给人家。她自己也常常去看那钟点，天天把它揩得干干净净。

"走路轻一点！不准跳！"她几次对我们说，"震动得厉害，它会停止的！"

真的，母亲自从有了这架时钟以后，她自己的举动更加轻声了。她到小橱上去拿别的东西的时候，几乎忍住了呼吸。

这架时钟开足后可以走上一个星期。不知母亲是怎样记得的。每次总在第七天的早晨不待它停止，就去开足了发条。和时钟一道，父亲带回家来的，还有一个小小的日晷。一遇到天气好太阳大，母亲就在将到正午的时候，把它放在后院子的水缸盖上。她不会看别的时刻，只知道等待那红线的影子直了，就把时钟纠正为十二点。随后她收了那日晷，把它放在时钟的玻璃门内。

我们也喜欢那日晷，因为它里面有一颗指南针，跳动得怪好看。但母亲连这个也不许我们玩弄。

"不是玩的！"她说。"太阳立刻就下山了，还不赶快做你们的事吗？……"

这在我们简直是件苦恼的事情。自从有了时钟以后，母亲对我们的监督愈加严了。她什么事情都要按着时候，甚至是早起，晚睡和三餐的时间。

冬天的日子特别短，天亮得迟黑得早。母亲虽然把我们睡眠的时间略略改动了些，但她自己总是照着平时的时间。大冷天，天还未亮，她就起来了。

她把早饭煮好，房子收拾干净，拿着火炉来给我们烘衣服，催我们起床的时候，天才发亮，而我们也正睡得舒服，怕

从被窝里钻出来。

"立刻要开饭了，不起来没有饭吃！"

她说完话就去预备碗筷。等我们穿好衣服，脸未洗完，她已经把饭菜摆在桌上。倘若我们不起来，她是决不等待我们的，从此要一直饿到中午，而且她半天也不理睬我们。

每次每次当她对我们说几点钟的时候，我们几乎都起了恐惧，因为她把我们的一切都用时间来限制，不准我们拖延。我们本来喜欢那架时钟的，以后却渐渐对它憎恶起来了。

"停了也好，坏了也好！"我们常常私自说。

但是它从来不停，也从来不坏。而且过了两三年，我们家里又加了一架时钟了。

那是我们阴配的嫂嫂的嫁妆。它比母亲的一架更时新，更美观，声音也更好听。它不用铃子，用的钢条圈，敲起来声音洪亮而且余音不绝。

我们喜欢这一架，因为它还有两个特点：比母亲的一架走得慢，常常走不到一星期就停了下来。

但母亲却喜欢旧的一架。她把新的放在门边的琴桌上，把揩抹和开发条的事情派给了姊姊。她屡次看时刻都走到自己的床边望那架旧的。

"你喜欢这一架，"母亲对姊姊说，"将来就给你做嫁妆吧。当然，这一架样子新，也值钱些。"

我想姊姊当时听了这话应该是高兴的。但我心里却很不快活。

我不希望母亲永久有一架那样准确而耐用的时钟。

那时钟，到得后来几乎代替了母亲的命令了。母亲不说话，它也就下起命令来。我们正睡得熟，它叮叮地叫着逼迫我们起床了；我们正玩得高兴，它叮叮地叫着，逼迫我们睡觉了；我们肚子不饿，它却叫我们吃饭；肚子饿了，它又不叫我们吃饭……

我们喜欢的是要快就快，要慢就慢，要走就走，要停就停的时钟。

姊姊虽然有幸，将得到一架那样的时钟，但在出嫁前两三个月，母亲忽然要把它修理了。

"好看只管好看，乱时辰是不行的，"她对姊姊说，"你去做媳妇，比不得在家里做女儿，可以糊里糊涂，自由自在呀。"

不知怎样，她竟打听出来了一个会修时钟的人，把他从远处请到家里，将那架新的拆开来，加了油，旋紧了某一个螺丝钉，弄了大半天。母亲请他吃了一顿饭，还用船送他回去。

于是姊姊的那架时钟果然非常准确了，几乎和母亲的一模一样。这在她是祸是福，我不知道。只记得她以后不再埋怨时钟，而且每次回到家里来，常常替代母亲把那架旧的用日晷来对准；同时她也已变得和母亲一样，一切都按照着一定的时间了。

我呢，自从第一次离开故乡后，也就认识了时钟的价值，知道了它对于人生的重大的意义，早已把憎恶它的心思一变而为喜爱的了。因为大的时钟不合用，我曾经买过许多挂表，既便于携带，式样又美观，价钱又便宜。

我记得第一次回家随身带着的是一只新出的夜明表，喜欢得连半夜醒来也要把它从枕头下拿来观看一番的。

"你看吧，妈，我这只表比你那架旧钟有用得多了，"我说着把它放在母亲的衣下。"黑角里也看得见，半夜里也看得见呢！"

但是母亲却并不喜欢。她冷淡地回答说："好玩罢了，

并且是哑的。要看谁走得准、走得久呀。"

我本来是不喜欢那架旧钟的,现在给她这么一说,我愈加发现它的缺点了:式样既古旧、携带又不便利,而且摆置得不平稳或者稍受震动就会停止;到了夜里,睡得正甜蜜的时候,有时它叮叮敲着把人惊醒了过来,反之,醒着想知道是什么时候,却须静候到一个钟头才能听到它的报告。然而母亲却看不起我的新置的完美的挂表,重视着那架不合用的旧钟。这真使我对它发生更不快的感觉。

幸而母亲对我的态度却改变了。她现在像把我当做了客人似的,每天早晨并不催我起床,也并不自己先吃饭,总是等待着我,一直到饭菜冷了再热过一遍。她自己是仍按着时间早起,按着时间煮饭的,但她不再命令我依从她了。

"总要早起早睡,"她偶然也在无意中提醒我,而态度却是和婉的。

然而我始终不能依从她的愿望。我的习惯一年比一年坏了:起来得愈迟,睡得也愈迟,一切事情都漫无定时。我先后买过许多表,的确都是不准确的,也不耐久的;到得后来,索性连这一类表也没用处了。

但母亲却依然保留着她那架旧钟:屋子被火烧掉了,她抢出了那架旧钟,几次移居到上海,她都带着那架旧钟。

"给你买一架新的吧,不必带到上海去"。我说。母亲摇一摇头:"你们用新的吧:我还是要这架用惯了的。"

到了上海,她首先拿出那架旧钟来,摆在自己的房里,仍是自己管理它。

它和海关的钟差不多准确,也不需要修理添油。只是外面的样子渐渐老了:白底黑字的计时盘这里那里起了斑疤,金漆也一块块地剥落了。

至于母亲,自从父亲去世后也就得了病,愈加老得快,消瘦下来,没有精力做事情。

"吃现成饭了,"她说,"一切由你们吧。"

她把家里的事情全交给了我和妻,常常躺在床上睡觉。

但是她早起的习惯没有改。天才一亮,她就起床了。她很容易饿,我们吃饭的时间就不得不和她分了开来。常常我们才吃过早饭,她就要吃中饭。

她起初也等待我们,劝我们,日子久了,她知道没办法,便径自先吃了。

"一天到晚,只看见开饭,"她不高兴的时候说,"我还是住在乡下好,这里看不惯!"

真的,她现在不常埋怨我们,可是一切都使她看不惯,她说要住到乡下去,立刻就要走的,怎样也留她不住。

"乡下冷清清的没有亲人,"我说。

"住惯了的。"

"把你顶喜欢的子孙带去吧。"

但是她不要。她只带着她那架旧钟回去。第二次再来上海时,仍带着那架旧钟。第三次,第四次……都是一样。

去年秋季,母亲最后一次离开了她所深爱的故乡。她自知身体衰弱到了极度,临行前对人家说:"我怕不能再回来了。上海过老,也好的,全家在眼前……"

这一次她的行李很简单:一箱子的寿衣、一架时钟。到得上海,她又把那时钟放在她自己的房里。

果然从那时起,她起床的时候愈加少了,几乎一天到晚都躺在床上,而且不常醒来。只有天亮和三餐的时间,她还是按时的醒了过来。天气渐渐冷下来,母亲的病也渐渐沉重起来,不能再按时去开那架时钟,于是管理它的责任便到了我们的手里。但我们没有这习惯,常常忘记去开它,等到母亲说了几次钟停了,我们才去开足它的发条,而又因为没有别的时钟,常常无法纠正它,使它准确。

"要在一定时候开它,"母亲告诉我们说,"停久了,就会坏的,你们且搬它到自己的房里去吧,时时看见它就不会忘记了。"

我们依从母亲的话,便把她的时钟搬到了楼上房间里。几个月来,它也很少停止,因为一听到它的敲声的缓慢无力,我们便预先去开足了发条。

但是在母亲去世前的一个月里,我们忽然发现母亲的时钟异样了:明明是才开足二三天,敲声也急促有力,却在我们不注意中停止了。我们起初怀疑没放得平稳,随后以为是孩子们奔跳所震动,可是都不能证实。

不久,姊姊从故乡来了。她听到时钟的变化,便失了色,绝望地摇一摇头,说:"妈的病不会好了,这是个不吉利的预兆……"

"迷信!"我立刻截断了她的话。

过了几天,我忽然发现时钟又停止了。是在夜里三点钟。早晨我到楼下去看母亲,听见她说话的声音特别低了,问她话老是无力回答。到了下半天,我们都在她床边侍候着,她昏昏沉沉地睡着,很少醒来。我们喊了许久,问她要不要喝水,她微微摇一摇头,非常低声的说:"不要喊我……"

我们知道她醒来后是感到身体的痛苦的,也就依从着她的话,让她安睡着。这样一直到深夜,我们看见她低声哼着,想转身却转不过来,便喂了她一点点汤水,问她怎样。

"比上半夜难过……"她低声回答我们。

我觉得奇怪,怀疑她昏迷了。我想,现在不就是上半夜吗，她怎么当做了下半夜呢？我连忙走到楼上，却又不禁惊讶起来：原来母亲的时钟已经过了一点钟了。

我不明白，母亲是怎样听见楼上的钟声的。楼下的房子既高，楼板又有二层。自从她的时钟搬到楼上后，她曾好几次问过我们钟点。前后左右的房子空的很多，贴邻的一家，平常又没听见有钟声。附近又没有报时的鸡啼。

这一夜母亲的房子里又相当不静寂，姊姊在念经、女工在吹折锡箔，间而夹杂着我们的低语声、走动声。母亲怎样知道现在到了下半夜呢。

是母亲没有忘记时钟吗？是时钟永久跟随着母亲呢？我想问母亲，但是母亲不再说话了。一点多钟以后她闭上了眼睛，正是头一天时钟自动地静默下来的那个时刻。

失却了一位这样的主人，那架古旧的时钟怕是早已感觉到存在的悲苦了吧？唉……

（原载1937年4月15日《文丛》第1卷第1期）

小说

秋 夜

"醒醒罢,醒醒罢,"有谁敲着我的纸窗似的说。

"呵,呵——谁呀?"我朦胧的问,揉一揉睡眼。

黑沉沉的看不见一点什么,从帐中望出去。也没有人回答我,也没有别的声音。

"梦罢?"我猜想,转过身来,昏昏的睡去了。

不断的犬吠声,把我惊醒了。我闭着眼仔细的听,知道是邻家赵冰雪先生的小犬——阿乌和来法。声音很可怕,仿佛凄凉的哭着,中间还隔着些呜咽声。我睁开眼,帐顶映得亮晶晶。隔着帐子一望,满室都是白光。我轻轻的坐起来,掀开帐子,看见月光透过了玻璃,照在桌上,椅上,书架上,壁上。

那声音渐渐的近了,仿佛从远处树林中向赵家而来,其中似还夹杂些叫喊声。我惊异起来,下了床,开开窗子一望,天上满布了闪闪的星,一轮明月浮在偏南的星间,月光射在我的脸上,我感着一种清爽,便张开口,吞了几口,犬吠声渐渐的急了。凄惨的叫声,时时间断了呻吟声,听那声音似乎不止一人。

"请救我们被害的人……我们是从战地来的……我们的家屋都被凶恶者占去了,我们的财产也被他们抢夺尽了……我们的父母兄弟姊妹多被他们杀害尽了……"惨叫声突然高了起来。

仿佛有谁泼了一盆冷水向我的颈上似的,我全身起了一阵寒战。

"吞下去的月光作怪罢？"我想。转过身来，向衣架上取下一件夹袍，披在身上。复搬过一把椅子，背着月光坐下。

"请救我们没有父母的人，请救我们无家可归的人！……"叫声更高了。有老人、青年、妇女、小孩的声音。似乎将到村头赵家了。犬吠得更厉害，已不是起始的悲哭声，是一种凶暴的怒恨声了。

我忍不住了，心突突的跳着。站起来，扣了衣服，开了门，往外走去。忽然，又是一阵寒战。我看看月下的梧桐，起了恐怖。走回来，从枕头底下拿出一支手枪，复披上一件大衣，倒锁了门，小心的往村头走去。

梧桐岸然的站着。一路走去，只见地上这边一个长的影，那边一个大的影。草上的露珠，闪闪的如眼珠一般，到处都是。四面一望，看不见一个人，只有一个影子伴着我孤独者。

"今夜有许多人伴我过夜了，"我走着想，叹了一口气。

奇怪，我愈往前走，那声音愈低了，起初还听得出叫声，这时反而模糊了。"难道失望的回去了吗？"我连忙往前跑去。

突突的脚步声，在静寂中忽然在我的后面跟来，我骇了一跳，回头一看，什么也没有。

"谁呀？"我大声的问。预备好了手枪，收住脚步，四面细看。

突突的声音忽然停止了，只有对面楼屋中回答我一声"谁呀？"

"呵，弱者！"我自己嘲笑自己说，不觉微笑了。"这样的胆怯，还能救人吗？"我放开脚步，复往前跑去。

静寂中听不见什么，只有自己突突的脚步声。这时我要追的声音，几乎听不见了。

"不要失望，不要失望，困苦者！我便是你们的兄弟，我的家便是你们的家！请回转来，请回转来！"我急得大声的喊了。

"不要失望，不要失望，困苦者！我便是你们的兄弟，我的家便是你们的家！请回转来，请回转来！"四面八方都跟着我喊了一遍。

静寂，静寂，四面八方都是静寂，失望者没有回答我，失望者听不见我的喊声。

失望和痛苦攻上我的心来，我眼泪簌簌的落下来了。

我失望的往前跑，我失望的希望着。

"呵，呵，失望者的呼声已这样的远了，已这样的低微了！……"我失望的想，恨不得多生两只脚拼命跑去。

呼的一声，从草堆中出来一只狗，扑过来咬住我的大衣。我吃了一惊，站住左脚，飞起右脚，往后踢去。它却抛了大衣，向我右脚扑来。幸而缩得快。往前一跃，飞也似的跑走了。

喽喽的叫着，狗从后面追来。我拿出手枪，回过身来，砰的一枪，没有中着，它的来势更凶了。砰的第二枪，似乎中在它的尾上，它跳了一跳，倒地了。然而叫得更凶了。

我忽然抬起头来，往前面一望，呼呼的来了三四只狗。往后一望，又来了无数的狗，都凶恶的叫着。我知道不妙，欲向原路跑回去，原路上正有许多狗冲过来，不得已向左边荒田中乱跑。

我是什么也不顾了，只是拼命的往前跑。虽然这无聊的生活不愿意再继续下去，但是死，总有点害怕呀。

呼呼呼的声音，似乎紧急的追着。我头也不敢回，只是匆匆迫迫越过了狭沟，跳过了土堆，不知东西南北，慌慌忙忙的跑。

这样的跑了许久，许久，跑得精疲力竭，我才偷眼的往后望了一望。

看不见一只狗，也听不见什么声音，我于是放心的停了脚，往四面细望。

一堆一堆小山似的坟墓，团团围住了我，我已镇定的心，不禁又跳了起来。脚旁的草又短又疏，脚轻轻一动，便刷刷的断落了许多。东一株柏树，西一株松树，都离得很远，孤独的站着。在这寂寞的夜里，凄凉的坟墓中，我想起我生活的孤单与漂荡，禁不住悲伤起来，泪儿如雨的落下了。

一阵心痛，我扭缩的倒了……

"呵——"我睁开眼一看，不觉惊奇的叫了出来。

一间清洁幽雅的房子，绿的壁，白的天花板，绒的地毯，从纱帐中望出去。我睡在一张柔软的钢丝床上。洁白的绸被，盖在我的身上。一股沁人的香气充满了帐中。

正在这惊奇间，呀的一声，床后的门开了。进来的似乎有两个人，一个向床前走来，一个站在我的头旁窥我。

"要茶吗，鲁先生？"一个十六七岁的女郎轻轻的掀开纱帐，问我。

"如方便，就请给我一杯，劳驾，"我回答说，看着她的乌黑的眼珠。

"很便，很便，"她说着红了面，好像怕我看她似的走了出去。

不一刻，茶来了。她先扶我坐起，复将茶杯凑到我口边。

"这真对不起，"我喝了半杯茶，感谢的说。

"没有什么，"她说。

"但是，请你告诉我，这是什么地方，你姓什么？"

"我姓林,这里是鲁先生的府上,"她笑着说,雪白的脸上微微起了两朵红云。

"哪一位鲁先生?"

"就是这位,"她笑着指着我说。

"不要取笑,"我说。

"唔,你到处为家的人,怎的这里便不是了。也罢,请一个人来和你谈谈罢。"她说着出去了。

"好伶俐的女子,"我暗自的想。

在我那背后的影子,似乎隐没了。一会儿,从外面走进了一个人。走得十分的慢,仿佛踌躇未决的样子。我回过头去,见是一个相熟的女子的模样。正待深深思索的时候,她却掀开帐子,扑的倒在我的身上了。

"呀!"我仔细一看,骇了一跳。

过去的事,不堪回忆,回忆时,心口便如旧创复发般的痛,它如一朵乌云,一到头上时,一切都黑暗了。

我们少年人只堪往着渺茫的未来前进,痴子似的希望着空虚的快乐。纵使悲伤的前进,失望的希望着,也总要比回头追那过去的影快乐些罢。

在无数的悲伤着前进,失望的希望着者之中,我也是一个。我不仅是不肯回忆,而且还竭力的使自己忘却。然而那影子真厉害,它有时会在我无意中,射一支箭在我的心上。

今天这事情,又是它来找我的。

竭力想忘去的二年前的事情,今天又浮在我眼前了。竭力想忘去的二年前的一个人,今天又突然的显在我眼前了。最苦的是,箭射在中过的地方,心痛在伤过的地方。

扑倒在我身上呜咽着的是,二年前的爱人兰英。我和她过去的历史已不堪回想了。

"呵，呵，是梦罢，兰英？"我抱住了她，哽咽的说。

"是呵，人生原如梦呵……"她紧紧的将头靠在我的胸上。

"罢了，亲爱的。不要悲伤，起来痛饮一下，再醉到梦里去罢。"

"好！"她慨然的回答着，仰起头，凑过嘴来。我们紧紧的亲了一会。

俄顷，她便放了我，叫着说，"拿一瓶最好的烧酒来，松妹。"

"晓得，"外间有人答应说。

我披着衣起来了。

"现在是在夜里吗？"我看见明晃晃的电灯问。

"正是，"她回答说。

"今夜可有月亮？可有星光？"

"没有。夜里本是黑暗，哪有什么光，"她凄凉的说。

我的心突然跳动了一下，问道："呵，兰英，这是什么地方？我怎样来到这里的？"

"这是漂流者的家，你是漂流而来的，"她笑着回答说。

"唔，不要取笑，请老实的告诉我，亲爱的，"我恳切的问。

"是呵，说要醉到梦里去，却还要问这是什么地方。这地方就是梦村，你现在做着梦，所以来到这里了。不信吗？你且告诉我，没有到这里以前，你在什么地方？"

我低头想了一会，从头讲给她听。讲到我恐慌的逃走时，她笑得仰不起头了。

"这样的无用，连狗也害怕，"她最后忍不住笑，说。

"唔，你不知道那些狗多么凶，多么多……"我分辩说。

"人怕狗，已经很可耻了，何况又带着手枪……"

"一个人怎样对付？……而且死在狗的嘴里谁甘心？……"

"是呵，谁肯牺牲自己去救人呵！……咳，然而我爱，不肯牺牲自己是救不了人的呀……"她起初似很讥刺，最后却诚恳的劝告我，额上起了无数的皱纹。

我红了脸，低了头的站着。

"酒来了，"说着，走进来了那一位年轻的姑娘，手托着盘。

"请不要回想那过去，且来畅饮一杯热烈的酒罢，亲爱的。"她牵着我的手，走近桌椅旁，从松妹刚放下的盘上取过酒杯，满满的斟了一杯，凑到我的口边。

"呵——"我长长的叹了一口气，一饮而尽。走过去，满斟了一杯，送到她口边，她也一饮而尽。

"鲁先生量大，请拿大杯来，松妹，"她说。

"是，"松妹答应着出去了，不一刻，便拿了两只很大的玻璃杯来。

桌上似乎还摆着许多菜，我不曾注意，两眼只是闪闪的在酒壶和酒杯间。

兰英也喝得很快，不曾动一动菜，一面还连呼着"松妹，酒，酒"，松妹"是，是"的从外间拿进来好几瓶。

我们两人，只是低着头喝，不愿讲什么话，松妹惊异的在旁看着。

无意中，我忽然抬起头来。兰英惊讶似的也突然仰起头来，我的眼光正射到她的乌黑的眼珠上，我眉头一皱，过去的影刷的从我面前飞过，心口上中了一支箭了。

我呵的一声，拿起玻璃杯，狠狠的往地上摔去，砰的一声，杯子粉碎了。

我回过头去看兰英，兰英两手掩着面，发着抖，凄凉的站着，只叫着"酒，酒"。我忽然被她提醒，捧起酒壶，张开嘴，倒了下去。

我一壶一壶的倒了下去，我一壶一壶的往嘴里倒了下去……

一阵冷战，我醒了。睁开眼一看，满天都是闪闪的星。月亮悬在远远的一株松树上。我的四面都是坟墓；我睡在濡湿的草上。

"呵，呵，又是梦吗？"我惊骇的说，忽的站了起来，摸一摸手枪，还在身边，拿出来看一看，又看一看自己的胸口，叹了一口气，复放入衣袋中。

"砰，砰，砰……"忽然远远的响了起来。随后便是一阵凄惨的哭声，叫喊声。

"唔，又是那声音？"我暗暗的自问。

"这是很好的机会，不要再被梦中的人讥笑了！"我鼓励着自己，连忙循着声音走去。

"砰，砰，砰……"又是一排枪声，接连着便是隆隆隆的大炮声。

我急急的走去，急急的走去，不一会便在一条生疏的街上了。那街上站着许多人，静静的听着，又不时轻轻的谈论。我看他们镇定的态度，不禁奇异起来了。于是走上几步，问一个年轻的男子。

"请问这炮声在什么地方，离这里有多少远？"

"在对河。离这里五六里。"

"那么，为什么大家很镇定似的？"我惊奇的问。

"你害怕吗？那有什么要紧！我们这里常有战事，惯了。你似乎不是本地人，所以这样的胆小。"他反问我，露出讥笑的样子。

"是，我才从外省来。"我答应了这一句，连忙走开。

"惯了，"神经刺激得麻木便是"惯了"。我一面走一面想。"他既觉得胆大，但是为什么不去救人？——也许怕那路上的狗罢？"

叫喊声，哭泣声，渐渐的近了，我急急的，急急的跑去。

"请救我们虎口残生的人……请救我们无家可归的人……请救我们无父母兄弟妻女的人……你以外的人死尽时，你便没有社会了，你便不能生存了……死了一个人，你便少了一个帮手了，你便少了一个兄弟了……"许多人在远处凄凄的叫着，似像向我这面跑来，同时炮声、枪声、隆隆、砰砰的响着。

我急急的，急急的往前跑。

"哙！站住！"一个人从屋旁跳出来，拖住我的手臂。"前面流弹如雨，到处都戒严，你却还要乱跑！不要命吗？"他大声地说。

"很好，很好，"我挣扎着说。"不能救人，又不能自救，没有勇气杀人，又没有勇气自杀，咒诅着社会，又翻不过这世界，厌恨着生活，又跳不出这地球，还是去求流弹的怜悯，给我幸福罢！……"

脱出手，我便飞也似的往前跑去。只听见那人"疯子！"一句话。

扑通一声，不提防，我忽然落在水中了。拼命挣扎，才伸出头来，却又沉了下去。水如箭一般的从四面八方射入我的口，鼻，眼睛，耳朵里……

"醒醒罢，醒醒罢！"有谁敲着我的纸窗，愤怒似的说。

"呵，呵——谁呀？"我朦胧的问，揉一揉睡眼。

黑沉沉的看不见一点什么,从帐中望出去。没有人回答我,只听见呼呼的过了一阵风。随后便是窗外萧萧的落叶声。

"又是梦,又是梦!……"我咒诅说。

(选自小说散文集《柚子》,1926年10月,北新书局)

许是不至于罢

一

有谁愿意知道王阿虞财主的情形吗？——请听乡下老婆婆的话：

"啊唷，阿毛，王阿虞的家产足有二十万了！王家桥河东的那所住屋真好呵！围墙又高屋又大，东边轩子，西边轩子，前进后进，前院后院，前楼后楼，前巷后巷密密的连着，数不清有几间房子！左弯右弯，前转后转，像我这样年纪的老太婆走进去了，还能钻得出来吗？这所屋真好，阿毛！他屋里的椽子板壁不像我们的椽子板壁，他的椽子板壁都是红油油得血红的！石板不像我们这里的高高低低，屋柱要比我们的大一倍！屋檐非常阔，雨天来去不会淋到雨！每一间房里都有一个自鸣钟，桌子椅子是花梨木做的多，上面都罩着绒的布！这样的房子，我不想多，只要你能造三五间给我做婆婆的住一住，阿毛，我也就心满意足了。……

他的钱哪里来的呢？这自然是运气好，开店赚出来的！你看，他现在在小碶头开了几爿店：一爿米店，一爿木行，一爿砖瓦店，一个砖瓦厂。除了这自己开的几爿店外，小碶头的几爿大店，如可富绸缎店，开成南货店，新时昌酱油店都有他的股份。——新开张的仁生堂药店，文记纸号，一定也有他的股份！这爿店年年赚钱，去年更好，听说赚了二万——有些人说是五万！他店里的伙计都有六十元以上的花红，没有一个不眉笑目舞，一个姓陈的学徒，也分到五十元！今年许多大老板纷纷向王阿虞荐人，上等的职司插不进，都要荐学徒给他。隔壁阿兰嫂是他嫡堂的嫂嫂，要荐一个表侄去做他店里的学徒，说是只肯答应她'下年'呢！啊，阿毛，你若是早几年在他店里做学徒，现在也可以赚大铜钱了！小碶头离家又近，一杯热茶时辰就可走到，哪一天我要断气了，你还可以奔了来送终！……

'钱可通神'，是的确的，阿毛，王阿虞没有读过几年书，他能不能写信还说不定，一班有名的读书人却和他要好起来了！例如小碶头的自治会长周伯谋，从前在县衙门做过师爷的顾阿林那些人，不是容易奉承得上的。你将来若是也能发财，阿毛，这些人和你相交起来，我做婆婆的也可以扬眉吐气，不会再像现在的被人家欺侮了！……"

二

欢乐把微笑送到财主王阿虞的唇边，使他的脑中涌出无边的满足：

"难道二十万的家产还说少吗？一县能有几个二十万的财主？哈哈！丁旺，财旺，是最要紧的事情，我，都有了！四个儿子虽不算多，却也不算少。

假若他们将来也像我这样的会生儿子，四四也有十六个！十六再用四乘，我便有六十四个的曾孙子！四六二百四十，四四十六，二百四十加十六，我有二百五十六个玄孙！哈哈哈！……玄孙自然不是我可以看见的，曾孙，却有点说不定。像现在这样的鲜健，谁能说我不能活到八九十岁呢？其实没有看见曾孙也并没有什么要紧，能够看见这四个儿子统统有了一个二个的小孩也算好福气了，哈哈，现在大儿子已有一个小孩，二媳妇怀了妊，过几天可以娶来的三媳妇如果再生得早，二年后娶四媳妇，三年后四个儿子便都有孩子了！哈哈，这有什么难吗？……

有了钱，做人真容易！从前阿姆对我说，她穷的时候受尽人家多少欺侮，一举一动不容说都须十分的小心，就是在自己的屋内和自己的人讲话也不能过于随便！我现在走出去，谁不嘻嘻的喊我'阿叔''阿伯'？非常恭敬的对着我？许多的纠纷争斗，没有价值的人去说得喉咙破也不能排解，我走去只说一句话便可了事！哈哈！……

王家桥借钱的人这样多，真弄得我为难！真是穷的倒也罢了，无奈他们借了钱多是吃得好好，穿得好好的去假充阔佬！也罢，这毕竟是少数，又是自己族内人，我不妨手头宽松一点，同他们发生一点好感。……

哈哈，三儿的婚期近了，二十五，初五，初十，只有十五天了！忙是要一天比一天忙了，但是现在已经可以说都已预备齐全。新床，新橱，新桌，新凳，四个月前都已漆好，房子里面的一切东西，前天亦已摆放的妥贴，各种事情都有人来代我排布，我只要稍微指点一下就够了。三儿，他做我的儿子真快活，不要他担，不要他扛，只要到了时辰拖着长袍拜堂！哈哈！……"

突然，财主脸上的笑容隐没了。忧虑带着皱纹侵占到他的眉旁，使他的脑中充满了雷雨期中的黑云：

"上海还正在开战，从衢州退到宁波的军队说是要独立，不管他谁胜谁输，都是不得了的事！败兵，土匪，加上乡间的流氓！无论他文来武来，架我，架妻子，架儿子或媳妇，这二十万的家产总要弄得一秃精光的了！咳咳！……命，而且性命有没有还难预料！如果他捉住我，要一万就给他一万，要十万就给他十万，他肯放我倒也还好，只怕那种人杀人惯了没有良心，拿到钱就是砰的一枪怎么办？……哦，不要紧！躲到警察所去，听到风头不好便早一天去躲着！——啊呀，不好！扰乱的时候，警察变了强盗怎么办？……宁波的银行里去？——银行更要被抢！上海的租界去？路上不太平！……呵，怎么办呢？——或者，菩萨会保佑我的？……"

三

　　九月初十的吉期差三天了，财主的大屋门口来去进出的人如鳞一般的多，如梭一般的忙。大屋内的各处柱上都贴着红的对联，有几间门旁贴着"局房"、"库房"等等的红条。院子的上面，搭着雪白的帐篷，篷的下面结着红色的彩球。玻璃的花灯，分出许多大小方圆的种类，挂满了堂内堂外，轩内轩外，以及走廊等处。凡是财主的亲戚都已先后于吉期一星期前全家老小的来了。帮忙时帮忙，没有忙可帮时他们便凑上四人这里一桌，那里一桌的打牌。全屋如要崩倒似的噪闹，清静连在夜深也不敢来窥视了。

　　财主的心中深深的藏着隐忧，脸上装出微笑。他在喧哗中不时沉思着。所有的嫁妆已破例的于一星期前分三次用船秘密接来，这一层可以不必担忧。现在只怕人手繁杂，盗贼混入和花轿抬到半途，新娘子被土匪劫去。上海战争得这样厉害，宁波独立的风声又紧，前几天镇海关外都说有四只兵舰示威。那里的人每天有不少搬到乡间来。但是这里的乡间比不来别处，这里离镇海只有二十四里！如果海军在柴桥上陆去拊宁波或镇海之背，那这里便要变成战场了！

　　吉期越近，财主的心越慌了。他叮嘱总管一切简省，不要力求热闹。从小硪头,他又借来了几个警察。他在白天假装着镇静,在夜里睡不熟觉。别人嘴里虽说他眼肿是因为忙碌的缘故,其实心里何尝不晓得他是为的担忧。

远近的贺礼大半都于前一天送来。许多贺客因为他是财主,恐怕贺礼过轻了难看,都加倍的送。例如划船的阿本,他也借凑了一点去送了四角。

王家桥虽然是在山内,人家喊他为"乡下",可是人烟稠密得像一个小镇。几条大小路多在屋巷里穿过。如果细细的计算一下,至少也有五六百人家。(他们都是一些善人,男女老幼在百忙中也念"阿弥陀佛"。)这里面,没有送贺礼的大约还没有五十家,他们都想和财主要好。

吉期前一天晚上,喜筵开始了。这一餐叫做"杀猪饭",因为第二日五更敬神的猪羊须在那晚杀好。照规矩,这一餐是只给自己最亲的族内和办事人吃的,但是因为财主有钱,菜又好,桌数又备得多,远近的人多来吃了。

在那晚,财主的耳膜快被"恭喜"撞破了,虽然他还不大出去招呼!

第二天,财主的心的负担更沉重了。他夜里做了一个恶梦:一个穿缎袍的不相认的先生坐着轿子来会他。他一走出去那个不相识者便和轿夫把他拖入轿内,飞也似的抬着他走了。他知道这就是所谓土匪架人,他又知道,他是做不得声的,他只在轿内缩做一团的坐着。跑了一会,仿佛跑到山上了。那土匪仍不肯放,只是满山的乱跑。他知道这是要混乱追者的眼目,使他们找不到盗窟。忽然,轿子在岩石上一撞,他和轿子就从山上滚了下去……他醒了。

他醒来不久,大约五更,便起来穿带着带了儿子拜祖先了。他非常诚心的恳切的——甚至眼泪往肚里流了——祈求祖先保他平安。他多拜了八拜。

早上的一餐酒席叫"享先饭",也是只给最亲的族内人和办事人吃的,这一餐没有外客来吃。

中午的一餐是"正席",远近的贺客都纷纷于十一时前来到了。花轿已于九时前抬去接新娘子,财主暗地里捏着一把汗。贺客填满了这样大的一所屋子,他不敢在人群中多坐多立。十一点多,正席开始了。近处住着的人家听见大屋内在奏乐,许多小孩子多从隔河的跑了过去,或在隔河的望着。有几家妇女可以在屋上望见大屋的便预备了一个梯子,不时的爬上去望一望,把自己的男孩子放到屋上去,自己和女孩站在梯子上。她们都知道花轿将于散席前来到,她们又相信财主家的花轿和别人家的不同,财主家的新娘子的铺陈比别人家的多,财主家的一切花样和别人家的不同,所以她们必须扩一扩眼界。

喜酒开始了一会,财主走了出来向大家道谢,贺客们都站了起来:对他恭喜,而且扯着他要他喝敬酒。——这里面最殷勤的是他的本村人。——他推辞不掉,便高声的对大众说:"我不会喝酒,但是诸位先生的盛意使我不敢固拒,我只好对大家喝三杯了!"于是他满满的喝了三杯,走了。

贺客们都非常的高兴,大声的在那里猜拳,行令,他们看见财主便是羡慕他的福气,尊敬他的忠实,和气。王家桥的贺客们,脸上都露出一种骄傲似的光荣,他们不时的称赞财主,又不时骄傲的说,王家桥有了这样的一个财主。他们提到财主,便在"财主"上加上"我们的"三字,"我们的财主!"表示财主是他们王家桥的人!

但是忧虑锁住了财主的心,不让它和外面的喜气稍稍接触一下。他担忧着路上的花轿,他时时刻刻看壁上的钟,而且不时的问总管先生轿子快到了没有。十一点四十分,五十分，十二点，钟上的指针迅速的移了过去，财主的心愈加慌了。他不敢把自己所忧虑的事情和一个亲信的人讲，他恐怕自己的忧虑是空的，而且出了口反不利。

十二点半，妇人和孩子们散席了，花轿还没有来。贺客们都说这次的花轿算是到得迟了，一些老婆婆不喜欢看新娘子，手中提了一包花生，橘子，蛋片，肉圆等物先走了。孩子们都在大门外游戏，花轿来时他们便可以先望到。

十二点五十五分了，花轿还没有来！财主问花轿的次数更多了，"为什么还不到呢？为什么呢？"他微露焦急的样子不时的说。

钟声突然敲了一下。

长针迅速的移到了一点十五分。贺客统统散了席，纷纷的走了许多。

他想派一个人去看一看，但是他不敢出口。

壁上时钟的长针尖直指地上了，花轿仍然没有来。

"今天的花轿真迟！"办事人都心焦起来。

长针到了四十分。

财主的心突突的跳着：抢有钱人家的新娘子去，从前不是没有听见过。

忽然，他听见一阵喧哗声，——他突然站了起来。

"花轿到了！花轿到了！"他听见门外的孩子们大声的喊着。

于是微笑飞到了他的脸上，他的心的重担除掉了。

门外放了三个大纸炮，无数的鞭炮，花轿便进了门。

站在梯子上的妇女和在别处看望着的人都看见抬进大门的只有一顶颜色不鲜明的，形式不时新的旧花轿，没有铺陈，也没有吹手，花轿前只有两盏大灯笼。于是他们都明白了财主的用意，记起了几天前晚上在大屋的河边系着的几只有篷的大船，他们都佩服财主的措施。

四

是黑暗的世界。风在四处巡游，低声的打着呼哨。屋子惧怯的屏了息，敛了光伏着。岸上的树战栗着；不时发出低微的凄凉的叹息，河中的水慌张的拥挤着，带着一种几乎听不见的呜咽。一切，地球上的一切仿佛往下的，往下的沉了下去。……

突然一种慌乱的锣声被风吹遍了村上的各处，惊醒了人们的欢乐的梦，忧郁的梦，悲哀的梦，骇怖的梦，以及一切的梦。

王家桥的人都在朦胧中惊愕的翻起身来。

"乱锣！火！火！……"

"是什么铜锣？大的，小的？"

"大的！是住家铜锣！火在屋前屋后！水龙铜锣还没有敲！——快！"

王家桥的人慌张的起了床，他们都怕火在自己的屋前屋后。一些妇女孩子带了未尽的梦，疯子似的从床上跳了下来，发着抖，衣服也不穿。他们开了门出去四面的望屋前屋后的红光。——但是没有，没有红光！屋上的天墨一般的黑。

细听声音，他们知道是在财主王阿虞屋的那一带。但是那边也没有红光。

自然，这不是更锣，不是喜锣，也不是丧锣，一听了接连而慌张的锣声，王家桥的三岁小孩也知道。

他们连忙倒退转来，关上了门。在房内，他们屏息的听着。

"这锣不是报火！"他们都晓得。"这一定是哪一家被抢劫！"

并非报火报抢的锣有大小的分别，或敲法的不同，这是经验和揣想告诉他们的。他们看不见火光，听不见大路上的脚步声，也听不见街上的水龙铜锣来接。

那么，到底是哪一家被抢呢？不消说他们立刻知道是财主王阿虞的家了。试想：有什么愚蠢的强盗会不抢财主去抢穷主吗？

"强盗是最贫苦的人，财主的钱给强盗抢些去是好的，"他们有这种思想吗？没有！他们恨强盗，他们怕强盗，一百个里面九十九个半要想做财主。那末他们为什么不去驱逐强盗呢？甚至连大家不集合起来大声的恐吓强盗呢？他们和财主有什么冤恨吗？没有！他们尊敬财主，他们中有不必向财主借钱的人，也都和财主要好！他们只是保守着一个原则："管自己！"

锣声约莫响了五分钟之久停止了。

风在各处巡游，路上静静的没有一个人走动。屋中多透出几许灯光，但是屋中人都像沉睡着的一般。

半点钟之后，财主的屋门外有一盏灯笼，一个四五十岁的木匠——他是财主最亲的族内人——和一个相等年纪的粗做女工——她是财主屋旁的小屋中的邻居——隔着门在问门内的管门人：

"去了吗？"

"去了。"

"几个人？"

"一个。是贼！"

"哦，哦！偷去什么东西？"

"七八只皮箱。"

"贵重吗？"

"还好。要你们半夜到这里来，真真对不起！"

"笑话，笑话！明天再见罢！"

"对不起，对不起！"

这两人回去之后，路上又沉寂了。数分钟后，前后屋中的火光都消灭了。

于是黑暗又继续的统治了这世界，风仍在四处独自的巡游，低声的打着呼哨。

五

第二天，财主失窃后的第一天，曙光才从东边射出来的时候，有许多人向财主的屋内先后的走了进去。

他们，都是财主的本村人，和财主很要好。他们痛恨盗贼，他们都代财主可惜，他们没有吃过早饭仅仅的洗了脸便从财主的屋前屋后走了出来。他们这次去并不是想去吃财主的早饭，他们没有这希望，他们是，去"慰问"财主——仅仅的慰问一下。

"昨晚受惊了，阿哥。"

"没有什么。"财主泰然的回答说。

"这真真想不到！——我们昨夜以为是那里起了火，起来一看，四面没有火光，过一会锣也不敲了，我们猜想火没有穿屋，当时救灭了，我们就睡了。……"

"哦，哦！……"财主笑着说。

"我们也是这样想！"别一个人插入说。

"我们倒疑是抢劫，只是想不到是你的家里……"又一个人说。

"是哪，铜锣多敲几下，我们也许听清楚了。……"又一个人说。

"真是，——只敲一会儿我们又都是朦朦胧胧的。"又一个人说。

"如果听出是你家里敲乱锣，我们早就拿着扁担、门闩来了。"又一个人说。

"哦，哦！哈哈！"财主笑着说，表示感谢的样子。

"这还会不来！王家桥的男子又多！"又一个人说。

"我们也来的！"又是一个。

"自然，我们不会看着的！"又是一个。

"一二十个强盗也抵不住我们许多人！"又是一个。

"只是夜深了，未免太对不住大家！——哦，昨夜也够惊扰你们了，害得你们睡不熟，现在又要你们走过来，真真对不起！"财主对大众道谢说。

"没有什么，没有什么！"大家都齐声的回答。

"昨夜到底有几个强盗？"一个人问。

"一个。不是强盗，是贼！"

"呀，还是贼吗？偷去什么？"

"偷去八只皮箱。"

"是谁的？新娘子的？"

"不是。是老房的，我的先妻的。"

"贵重不贵重？"

"还好，只值一二百元。"

"是怎样走进来的，请你详细讲给我们听听。"

"好的，"于是财主便开始叙述昨夜的事情了。"半夜里，我正睡得很熟的时候，我的妻子把我推醒了。她轻轻的说要我仔细听。于是我听见后房有脚步声，移箱子声。我怕，我不知道是贼，我总以为是强盗。我们两人听了许久不敢做声,过了半点钟,我听见没有撬门声,知道并不想到我的房里来,也不见有灯光,才猜到是贼,于是听到贼拿东西出去时,我们立刻翻起身来,拿了床底下的铜锣,狠命的敲,一面紧紧的推着房门。这样,屋内的人都起来了,贼也走了。贼是用竹竿爬进来的,这竹竿还在院子内。大约他进了墙,便把东边的门开开,又把园内的篱笆门开开,留好了出路。他起初是想偷新娘子的东西。他在新房的窗子旁的板壁上挠了一个大大的洞,但是因为里面钉着洋铁,他没有法子想,到我的后房来了。凑巧衖堂门没有关,于是他走到后房门口,把门撬了开来。……"

这时来了几个人,告诉他离开五六百步远的一个墓地中,遗弃着几只空箱子。小碶头来了十几个警察和一个所长。于是这些慰问的人都退了出来。财主作揖打恭的比以前还客气,直送他们到大门外。慰问的客越来越多了。除了王家桥外,远处也有许多人来。

下午,在人客繁杂间,来了一个新闻记者,这个新闻记者是宁波S报的特约通讯员,他在小碶头的一个小学校当教员。财主照前的详细讲给他听。

"那末,先生对于本村人,就是说对于王家桥人,满意不满意,他们昨夜听见锣声不来援助你?"新闻记者听了财主的详细的叙述以后,问。

"没有什么不满意。他们虽然没有来援助我,但是他们现在并不来破坏我。失窃是小事。"财主回答说。

"唔,唔!"新闻记者说,"现今,外地有一班讲共产主义者都说富翁的钱都是从穷人手中剥夺去的,他们都主张抢回富翁的钱,他们说这是真理,先生,你听见过吗?"

"哦哦!这,我没有听见过。"

"现在有些人很不满意你们本村人坐视不助，但照鄙人推测，恐怕他们都是和共产党有联络的。鄙人到此不久，不识此地人情，不知先生以为如何？"

"这绝对没有的事情！"财主决然的回答说。

"有些人又以为本村人对于有钱可借有势可靠的财主尚不肯帮助，对于无钱无势的人家一定要更进一步而至于欺侮了。——但不知他们对于一般无钱无势的人怎么样？先生系本地人必所深识，请勿厌罗嗦，给我一个最后的回答。"

"唔，唔，本村人许是不至于罢！"财主想了一会，微笑的回答说。于是新闻记者便告辞的退了出来。

慰问的客踏穿了财主的门限，直至三日五日后，尚有不少的人在财主的屋中进出。听说一礼拜后，财主吃了一斤十全大补丸。

（选自小说散文集《柚子》，1926年10月，北新书局）

菊英的出嫁

菊英离开她已有整整的十年了。这十年中她不知道滴了多少眼泪，瘦了多少肌肉了，为了菊英，为了她的心肝儿。

人家的女儿都在自己的娘身边长大，时时刻刻倚傍着自己的娘，"阿姆阿姆"的喊。只有她的菊英，她的心肝儿，不在她的身边长大，不在她的身边倚傍着喊"阿姆阿姆"。

人家的女儿离开娘的也有，例如出了嫁，她便不和娘住在一起。但做娘的仍可以看见她的女儿，她可以到女儿那边去，女儿可以到她这里来。即使女儿被丈夫带到远处去了，做娘的可以写信给女儿，女儿也可以写信给娘，娘不能见女儿的面，女儿可以寄一张相片给娘。现在只有她，菊英的娘，十年中不曾见过菊英，不曾收到菊英一封信，甚至一张明片。十年以前，她又不曾给菊英照过相。

她能知道她的菊英现在的情形吗？菊英的口角露着微笑？菊英的眼边留着泪痕？菊英的世界是一个光明的？是一个黑暗的？有神在保佑菊英？有恶鬼在捉弄菊英？菊英肥了？菊英瘦了？或者病了？——这种种，只有天知道！

但是菊英长得高了，发育成熟了，她相信是一定的。无论男子或女子，到了十七八岁的时候想要一个老婆或老公，她相信是必然的。她确信——这用不着问菊英——菊英现在非常的需要一个丈夫了。菊英现在一定感觉到非常的寂寞，非常的孤单。菊英所呼吸的空气一定是沉重的，闷人的。菊英一定非常的苦恼，非常的忧郁。菊英一定感觉到了活着没有趣味。或者——她想——菊英甚至于想自杀了。要把她的心肝儿菊英从悲观的，绝望的，危险的地方拖到乐观的，希望的，平安的地方，她知道不是威吓，不是理论，不是劝告，不是母爱，所能济事；唯一的方法是给菊英一个老公，一个年轻的老公。自然，菊英绝不至于说自己的苦恼是因为没有老公；或者菊英竟当真的不晓得自己的苦恼是因何而起的也未可知。但是给菊英一个老公，必可除却菊英的寂寞，菊英的孤单。他会给菊英许多温和的安慰和许多的快乐。菊英的身体有了托付，灵魂有了依附，便会快活起来，不至于再陷入这样危险的地方去了。问一个十七八岁的女子要不要老公，这是不会得到"要"字的回答的。不论她平日如何注意男子，喜欢男子，想念男子，或甚至已爱上了一个男子，你都无须多礼。菊英的娘明白这个道理，所以也毅然的把对女儿的责任照着向来的风俗放在自己的肩上了。她已经耗费了许多心血。五六年前，一听见媒人来说某人要给儿子讨一个老婆，她便要冒风冒雨，跋山涉水的去东西打听。于今，她心满意足了，她找到了一个非常好的女婿。虽然她现在看不见女婿，但是女婿在七八岁时照的一张相片，她看见过。他生的非常的秀丽，显见得是一个聪明的孩子。因了媒人的说合，她已和他的爹娘订了婚约。他的家里很有钱，聘金的多少是用不着开口的。四百元大洋已做一次送来。她现在正忙着办嫁妆，她的力量能好到什么地步，她便好到什么地步。这样，她才心安，才觉得对得住女儿。

菊英的爹是一个商人。虽然他并不懂得洋文，但是因为他老成忠厚，森森煤油公司的外国人遂把银根托付了他，请他做经理。他的薪水不多，每月只有三十元，但每年年底的花红往往超过他一年的薪水。他在森森公司五年，手头已有数千元的积蓄。菊英的娘对于穿吃，非常的俭省。虽然菊英的爹不时一百元二百元的从远处带来给她，但她总是不肯做一件好的衣服，买一点好的小菜。她身体很不强健，屡因稍微过度的劳动或心中有点不乐，她的大腿腰背便会酸起来，太阳心口会痛起来，牙床会浮肿起来，眼睛会模糊起来。但是她虽然这样的多病，她总是不肯雇一个女工，甚至一个工钱极便宜的小女孩。她往往带着病还要工作。腰和背尽管酸痛，她有衣服要洗时，还是不肯在家用水缸里的水洗——她说水缸里的水是备紧要时用的——定要跑到河边，走下那高高低低摇动而且狭窄的一级一级的埠头，跪倒在最末的一级，弯着酸痛的腰和背，用力的洗衣服。眼睛尽管起了红丝，模糊而且疼痛，有什么衣或鞋要做时，她还是要带上眼镜，勉强的做衣或鞋。她的几种病所以成为医不好的老病，而且一天比一天厉害了下去，未始不是她过度的勉强支持所致。菊英的爹和邻居都屡次劝她雇一个女工，不要这样过度的操劳，但她总是不肯。她知道别人的劝告是对的。她知道自己的身体一天不如一天的缘故。但是她以为自己是不要紧的，不论多病或不寿。她以为要紧的是，赶快给女儿嫁一个老公，给儿子讨一个老婆，而且都要热热闹闹阔阔绰绰的举办。菊英的娘和爹，一个千辛万苦的在家工作，一个飘海过洋的在外面经商，一大半是为的儿女的大事。如果儿女的婚姻草草的了事，他们的心中便要生出非常的不安。因为他们觉得儿女的婚嫁，是做爹娘责任内应尽的事，做儿女的除了拜堂以外，可以袖手旁观。不能使喜事热闹阔绰，他们便觉得对不住儿女。人家女儿多的，也须东挪西扯的弄一点钱来尽力的把她们一个一个、热热闹闹阔阔绰绰的嫁出去，何况他们除了菊英没有第二个女儿，而且菊英又是娘所最爱的心肝儿。

尽她所有的力给菊英预备嫁妆，是她的责任，又是她十分的心愿。

哈，这样好的嫁妆，菊英还会不喜欢吗？人家还会不称赞吗？你看，哪一种不完备？哪一种不漂亮？哪一种不值钱？

大略的说一说：金簪二枚，银簪珠簪各一枚。金银发钗各二枚。挖耳，金的二个，银的一个。金的、银的和钻石的耳环各两副。金戒指四枚，又钻石的二枚。手镯三对，金的倒有二对。自内至外，四季衣服粗穿的俱备三套四套，细穿的各二套。凡丝罗绫如纺绸等衣服皆在粗穿之列。棉被八条，湖绉的占了四条。毯子四条，外国绒的占了两条。十字布乌贼枕六对，两面都挑出山水人物。大床一张，衣橱二个，方桌及琴桌各一个。椅、凳、茶几及各种木器，都用花梨木和其他上等的硬木做成，或雕刻，或嵌镶，都非常细致，全件漆上淡黄、金黄和淡红等各种颜色。玻璃的橱头箱中的银器光彩夺目。大小的蜡烛台六副，最大的每只重十二斤。其余日用的各种小件没有一件不精致，新奇，值钱。在种种不能详说（就是菊英的娘也不能一一记得清楚）的东西之外，还随去了良田十亩，每亩约计价一百二十元。

吉期近了，有许多嫁妆都须在前几天送到男家去，菊英的娘愈加一天比一天忙碌起来。一切的事情都要经过她的考虑，她的点督，或亲自动手。但是尽管日夜的忙碌，她总是不觉得容易疲倦，她的身体反而比平时强健了数倍。她心中非常的快活。人家都由"阿姆"而至"丈姆"，由"丈姆"而至"外婆"，她以前看着好不难过，现在她可也轮到了！邻居亲戚们知道罢，菊英的娘不是一个没有福气的人！

她进进出出总是看见菊英一脸的笑容。"是的呀，喜期近了呢，我的心肝儿！"她暗暗的对菊英说。菊英的两颊上突然飞出来两朵红云。"是一个好看的郎君，聪明的郎君哩！你到他的家里去，做'他的人'去！让你日日夜夜跟着他，守着他，让他日日夜夜陪着你，抱着你！"菊英羞得抱住了头想逃走了。"好好的服侍他，"她又庄重的训导菊英说："依从他，不要使他不高兴。欢欢喜喜的明年就给他生一个儿子！对于公婆要孝顺，要周到。对于其他的长者要恭敬，幼者要和蔼。不要被人家说半句坏话，给娘争气，给自己争气，牢牢的记着！……"

音乐热闹的奏着，渐渐由远而近了。住在街上的人家都晓得菊英的轿子出了门。菊英的出嫁比别人要热闹，要阔绰，他们都知道。他们都预先扶老携幼的在街上等候着观看。

最先走过的是两个送嫂。他们的背上各斜披着一幅大红绫子，送嫂约过去有半里远近，队伍就到了。为首的是两盏红字的大灯笼。灯笼后八面旗子，八个吹手。随后便是一长排精制的，逼真的，各色纸童、纸婢、纸马、纸轿、纸桌、纸椅、纸箱、纸屋，以及许多纸做的器具。后面一项鼓阁两杠纸铺陈，两杠真铺陈。铺陈后一顶香亭，香亭后才是菊英的轿子。这轿子与平常花轿不同，不是红色，却是青色，四围结着彩。轿后十几个人抬着一口十分沉重的棺材，这就是菊英的灵柩。棺材在一套呆大的格子架中，架上盖着红色的绒毯，四面结着彩，后面跟送着两个坐轿的，和许多预备在中途折回的、步行的孩子。

看的人多说菊英的娘办得好，称赞她平日能吃苦耐劳。她们又谈到菊英的聪明和新郎生前的漂亮，都说配合的得当。

这时，菊英的娘在家里哭得昏过去了。娘的心中是这样的悲苦，娘从此连心肝儿的棺材也要永久看不见了。菊英幼时是何等的好看，何等的聪明，又是何等听娘的话！她才学会走路，尚不能说话的时候，一举一动已很可爱了。来了一位客，娘喊她去行个礼，她便过去弯了一弯腰。客给她糖或饼吃，她红了脸不肯去接，但看着娘，娘说"接了罢，谢谢！"她便用两手捧了，弯了一弯腰。她随后便走到娘的身边，放了一点在自己的口里，拿了一点给娘吃，娘说，"娘不要吃，"她便"嗯"的响了一声，露出不高兴的样子，高高的举着手，硬要娘吃，娘接了放在口里，她便高兴得伏在娘的膝上嘻嘻的笑了。那时她的爹不走运，跑到千里迢迢的云南去做生意，半年六个月没有家信，四年没有回家，也没有半边烂钱寄回来。娘和她的祖母千辛万苦的给人家做粗做细，赚钱来养她，她六岁时自己学磨纸，七岁绣花，学做小脚娘子的衣裤，八岁便能帮娘磨纸，挑花边了。她不同别的孩子去玩耍，也不噪吃闲食，只是整天的坐在房子里做工。她离不开娘，娘也离不开她。她是娘的肉，她是娘的唯一的心肝儿！好几次，娘想到她的爹不走运，娘和祖母日日夜夜低着头给人家做苦工，还不能多赚一点钱，做一件好看的新衣给她穿，买点好吃的糖果给她吃，反而要她日日夜夜的帮着娘做苦工，娘的心酸了起来，忽然抱着她哭了。她看见娘哭，也就放声大哭起来。娘没有告诉她，娘想些什么，但是娘的心酸苦了，她也酸苦了。夜间娘要她早一点睡，她总是说做完了这一点，做完了这一点。娘恐怕她疲倦，但是她反说娘一定疲倦了，她说娘的事情比她多。她好几次的对娘说，"阿姆，我再过几年，人高了，气力大了，我来代你煮饭。你太苦了，又要做这个，又要做那个。"娘笑了，娘抱着她说，"好的，我的肉！"这时，眼泪几乎从娘的眼中滚出来了。娘有时心中悲伤不过，脸上露着愁容，一言不发的独自坐着，她便走了过来，靠着娘站着说："阿姆，我猜阿爹明天要回来了。"她看见娘病了，躺在床上，她的脸上的笑容就没有了。她没有心思再做工，但她整天的坐在娘的床边，牵着娘的手，或给娘敲背，或给娘敲腿。八年来，娘没有打过她一下，骂过她半句，她实在也无须娘用指尖去轻轻的触一触！菩萨，娘是敬重的，娘没有做过一件亵渎菩萨的事情。但是，天呵！为什么不留心肝儿在娘的身边呢？那时虽是娘不小心，但也是为的她苦得太可怜了，所以娘才要她跟着祖母到表兄弟那里去吃喜酒，好趁此热闹热闹，开开心。谁能够晓得反而害了她呢？早知这样，咳，何必要她去呢！她原是不肯去的。"阿姆不去，我也不去。"她对娘这样说。但是又有吃，又好看，又好耍，做娘的怎么不该劝她偶尔的去一次呢？"那末只有阿姆一个人在家了，"她固执不过娘，便答应了，但她又加上这一句。娘愿意离开她吗？娘能离开她吗？天呵，她去了八天，娘已经尽够苦恼了！她的爹在千里迢迢的地方，钱也没有，信也没有，人又不回来，娘日日夜夜在愁城中做苦工，还有什么生趣？娘的唯一的安慰只有这一个心肝儿，没有她，娘早就不想再活下去了。第九天，她跟着祖母回来了。娘是这样的喜欢：好像娘的灵魂失去了又回来一般！她一看见娘便喊着"阿姆"，跑到娘的身边来。娘把她抱了起来，她便用手臂挽住了娘的颈，将面颊贴到娘的脸上来。娘问她去了八天喜欢不喜欢，她说，"喜欢，只是阿姆不在那里没有十分趣味。"娘摸她的手，看她的脸，觉得反而比先瘦了。娘心中有点不乐。过了一会，她咳嗽了几声，娘没有留意。谁知过了一会，她又咳嗽了。娘连忙问她咳嗽了几天，她说两天。娘问她身体好过不好过，她说好过，只是咳了又咳，有点讨厌。娘听了有点懊悔，忙到街上去买了两个铜子的苏梗来泡茶给她吃。她把新娘子生得什么样子，穿什么好的衣服，闹房时怎样，以及种种事情讲给娘听，她的确很喜欢，她讲起来津津有味。第二天早晨，她的声音有点哑了，娘很担忧。但因为要预备早饭,娘没有仔细的问她,娘烧饭时,她还代娘扫了房中的地。吃饭时,娘见她吃不下去,两颊有点红色,忙去摸她的头,她的头发烧了。娘问她还有什么地方难过,她说喉咙有点痛。这一来,娘懊悔得不得了了,娘觉得以先不该要她去。祖母愈加懊悔,她说不知道哪里疏忽了,竟使她受了寒,咳嗽而至于喉痛。娘放下饭碗,看她的喉咙,她的喉咙已如血一般的红了。收拾过饭碗,娘又喊她到屋外去,给她仔细的看。这时,娘看见她喉咙的右边起了一个小小的雪白的点子。娘不晓得这是什么病,娘只知道喉病是极危险的。娘的心跳了起来,祖母也非常的担忧。娘又问她,哪一天便觉得喉咙不好过了,这时她才告诉说,前天就觉得有点干燥了似的。娘连忙喊了一只划船,带她到四里远的一个喉科医生那里去。医生的话,骇死了娘,他说这是白喉,已起了两三天了。"白喉!"这是一个可怕的名字!娘听见许多人说,生这病的人都是一礼拜就死的!医生要把一根明晃晃的东西拿到她的喉咙里去搽药,她怕,她闭着嘴不肯。娘劝她说这不痛的,但是她依然不肯。最后,娘急得哭了:"为了阿姆呀,我的肉!"于是她也哭了,她依了娘的话,让医生搽了一次药。回来时,医生又给了一包吃的和漱的药。

　　第二天,她更加厉害了:声音愈加哑,咳嗽愈加多,喉咙里面起了一层白的薄膜,白点愈加多,人愈发烧了。娘和祖母都非常的害怕。一个邻居来说,昨天的医生不大好,他是中医,这种病应该早点请西医。西医最好的办法是打药水针,只要病人在二十四点钟内不至于窒息,药水针便可保好。娘虽然不大相信西医,但是眼见得中医医不好,也就不得不去试一试。首善医院是在万邱山那边,娘想顺路去求药,便带了香烛和香灰去。她怕中医,一定更怕西医,娘只好不告诉她到医院里，只说到万邱山求药去。她相信了娘的话，和娘坐着船去了。但是到要上岸的时候，她明白了。因为她到过万邱山两次，医院的样子与万邱山一点也不像。她哭了，她无论如何不肯上岸去。娘劝她，两个划船的也劝她说，不医是不会好的，你不好，娘也不能活了，她总是不肯。划船的想把她抱上岸去，她用手足乱打乱挣，哑着声音号哭得更厉害了，娘看着心中非常的不好过，又想到外国医生的厉害，怕要开刀做什么，她既一定不肯去，不如依了她，因此只到万邱山去求了药回来了。第三天早晨，她的呼吸是这样的困难：喉咙中发出嘶嘶的声音，好像有什么塞住了喉咙一般，咳嗽愈厉害，她的脸色非常的青白。她瘦了许多，她有两天没有吃饭了。娘的心如烈火一般的烧着，只会抱着流泪。祖母也没有一点主意，也只会流眼泪了。许多人说可以拿荸荠汁，莱菔汁，给她吃，娘也一一的依着办来给她吃过。但是第四天早晨，她的喉咙中声音响得如猪的一般了。说话的声音已经听不清楚。嘴巴大大的开着，鼻子跟着呼吸很快的一开一闭。咳嗽得非常厉害。脸色又是青又是白，两颊陷了进去。下颚变得又长又尖。两眼呆呆的圆睁着，凹了进去，眼白青白的失了光，眼珠暗淡的不活泼了——像山羊的面孔！死相！娘怕看了。娘看起来，心要碎了！但是娘肯甘心吗！娘肯看着她死吗？娘肯舍却心肝儿吗？不的！娘是无论如何也要想法子的！娘没有钱，娘去借了钱来请医生。内科医生请来了两个，都说是肺风，各人开了一个方子。娘又暗自的跪倒在灶前，眼泪如潮一般的流了出来，对灶君菩萨许了高王经三千，吃斋一年的愿，求灶君菩萨的保佑。娘又诚心的在房中暗祝说，如果有客在房中请求饶恕了她。今晚瘥了，今晚就烧元宝五十锭，直到完全好了，摆一桌十六大碗的羹饭。上半天，那个要娘送她到医院去看的邻居又来了。他说今天再不去请医生来打药水针,一定不会好了。他说他亲眼看见过医好几个人,如果她在二十四点钟内不至于"走",打了这药水针一定保好。请医院的医生来,必须喊轿子给他,打针和药钱都贵,他说总须六元钱才能请来,他既然这样说,娘在走投无路的时候也必须试一试看。娘没有钱,也没有地方可以再借了,娘只有把自己的皮袄托人拿去当了请医生。皮袄还有什么用处呢,她如果没有法子救了,娘还能活下去吗?吃中饭的时候,医生请来了。他说不应该这样迟才去请他,现在须看今夜的十二点钟了,过了这一关便可放心。她听见,哭了,紧紧的挽住了娘的头颈。她心里非常的清白。她怕打针,几个人硬按住了她,医生便在她的屁股上打了一针,灌了一瓶药水进去。——但是,命运注定了,还有什么用处呢!咳,娘是该要这样可怜的!下半天,她的呼吸渐渐透不转来,就在夜间十一点钟……

(选自小说散文集《柚子》,1926年10月,北新书局)

毒　药

　　一天下午，光荣而伟大的作家冯介先生正在写一篇故事的时候，门忽然开开了，走进来的是一个十七岁的青年，他的哥哥的儿子。问了几句关于学校生活的话，他就拿了一本才出版的书给他的侄儿看。书名叫做《天鹅》，是他最得意的一部杰作。冯介先生的文章，在十年以前，已哄动全国。读了他的文章，没有一个不感动，惊异，赞叹，认为是中国最近的唯一的作家。代他发行著作的书店，只要在报纸上登一个预告，说冯介先生有一本书在印刷，预约的人便纷至沓来，到出书的那一天，拿了现钱来购买的人往往已买不到了。即如《天鹅》这本书，初版印了五千部，第三天就必须赶紧再版五千。许多杂志的编辑先生时常到他家里来谈天，若是发现了他在写小说，无论只写了一半或才开始，便先恳求他在那一个杂志上发表，并且先付了很多的稿费，免得后来的人把他的稿子拿到别的地方去发表。酷爱他的作品的读者屡次写信给他，恳求见他一面，从他那里出去便如受了神圣的洗礼，换了一个灵魂似的愉快。如其得到冯介先生的一封短短的信，便如得到了宝一般，觉得无上的光荣。

　　"小说应怎样着手写呢，叔叔？"沉没在惊羡里的他的侄儿敬谨而欢乐地接受了《天鹅》，这样的问。

　　这在冯介先生，已经听得多了。凡一般憧憬于著作的青年或初进的作家，常对他发这样的问话，希冀在他的回答中得到一点启发和指示。他的侄儿也已不止一次的这样问他。

听了这话,冯介先生常感觉一种苦恼,皱着眉头,冷冷的回答说,"随你自己的意思,喜欢怎样,就怎样着手。"

但这话显然是空泛的,不能满足问者的希冀。于是这一天他的侄儿又问了:

"先想好了写,还是随写随想呢,叔叔?"

"整个的意思自然要先想好了才写。"

"我有时愈写愈多,结果不能一贯,非常的散漫,这是什么原因呢?"

"阿,作文法书上不是常常说,搜集材料之后,要整理,要删削,要像裁缝拿着剪刀似的,把无用的零碎边角剪去吗?"

于是他的年青的侄儿像有所醒悟似的,喜悦而且感激的走了出去。

但冯介先生烦恼了。他感觉到一种不堪言说的悲哀。他觉得自己好像在不知不觉中已把这个青年拖到深黑的陷阱中,离开了美丽的安乐的世界;他觉得自己既用毒药戕害了自己的生命和无数的青年,而今天又戕害了自己年青的可爱的侄儿,且把这毒药授给了他,教唆他去戕害其他的青年的生命。

这时,一幅险恶的悲哀的图画便突然高高地挂在光荣的作家的面前,箭似的刺他的眼,刺他的心,刺他的灵魂……

二十岁的时候,他在北京的一个大学校里读书。那时显现在他眼前的正是美丽的将来,绕围着的是愉快的世界。他不知道什么叫做痛苦,对于一切都模糊,朦胧。烦恼如浮云一般,即使有时他偶然的遇着,不久也就不留痕迹的散去了。他自己也有一种梦想,正如其他的青年一般,但那梦想在他是非常的甜蜜的。

因为爱好文艺,多读了一点文学书,他有一天忽然兴致来了，提起笔写了一篇短短的故事。朋友们看了都说是很好的作品，可以发表出去，于是他便高兴地寄给了一家报馆。三天后，这篇故事发表了。相熟的人都对他说，他如果努力的写下去是极有希望的。过了不久，上海的某一种报纸而且将他的故事转载了出来。这使他非常的高兴，又信笔作了一篇寄去发表。这样的接连发表了四五篇，他得了许多朋友的惊异，赞赏。从此他相信在著作界中确有成就的希望，便愈加努力了。

然而美丽的花草有萎谢的时候，光辉的太阳有阴暗的时候，他的命运不能无外来的打击：为了不愿回家和一个不相爱不相熟的女子结婚，激起了父母极大的愤怒，立刻把他的经济的供给停止了。这使他不能再继续地安心读书，不得不跑到一个远的地方去教书。工作和烦恼占据着他，他便有整整的一年多不曾创作。

生活逼迫着他，常使他如游丝似的东飘西荡。一次，他穷得不堪时，忽然想起寄作品给某杂志是有稿费可得的，便写了几千字寄了去。不久，他果然收到了十几元钱。这样的三次五次，觉得也是一种于己于人两无损害的事情，又常常创作了。

有时，他觉得为了稿费而创作是不对的。好的文学作品应该是自然流露出来的产物。为了稿费而创作，有点近于榨取。但有时他又觉得这话不完全合于事实。有好几篇小说，他在二三年前早想好了怎样的开始，怎样的描写，用什么格调，什么样的情节，什么样的人物，怎样的结束，以及其他等等。动笔写，本是要有一贯的精神，特别的兴致的。现在把这种精神和兴致统辖在稿费的希望之下，也不能说写出来的一定不如因别的动机写出来的那么好。或者，他常常这样想，榨出来的作品比别的更好一点也说不定，因为那时有一种特别的环境，特别的压迫，特别的刺激和感触，可以增加作品的色彩，使作品更其生动有力。

但这种解释在一般人看起来似乎是一种强辩。编辑先生自从知道他创作是因了稿费，便对他冷淡了。读者，不愿再看他的小说了。稿子寄出去，起初是压着压着迟缓的发表，随后便老实退还了给他。

"这篇稿子太长了，我们登不下，"编辑先生常常这样的对他说，把稿子退还了给他。有时又这样说，"这篇太短了，过于简略。"

在读者的中间常常这样说，"冯介的小说受了S作者的影响，但又不是正统的传代者，所以不值得看。"

一次，一个朋友以玩笑而带讥刺的写信给他说，"你的作品好极了，但翻了一万八千里路的筋头终于还跳不出作家X君的手心！"

一位公正的批评家在报纸上批评说，"冯介的小说是在模仿N君！"

这种种的刺激使他感觉到一种耻辱，于是他搁笔不写了，虽然他觉得编辑先生的可笑，读者的浅薄。

二年后的一天，他在街上走，无意中遇见了一个久不相见的朋友。那个朋友到这里还只两月。他问了问冯介近来的生活之后，便请冯介给他自己主编的将要出版的月刊做文章。冯介告诉他以前做文章所受的奚落，表示不肯再执笔。

"读者的批评常是不对的，可以不必管他！至于文章的长短，我都发表，你尽管拿来。稿费从丰！"那个朋友说。

一种说不出的喜悦和感激从他的心底里涌了出来，他觉得这个朋友对于读者有特殊的眼光，对于他有热心扶助的诚意。这时他的生活正艰苦得厉害，便决计又开始创作了。

"别个的稿费须等登出来了以后才算给，但你，"那个

朋友接到了他的稿子，说，"我知道你很穷，今天便先给你带了回去。"

"多谢你的帮助！"他接了稿费，屡屡这样的说。

但是编辑先生照例是很忙的。他拿了稿子去，以遇不着人，把稿子交给门房，空手回来的次数较多。回来后，他常写这样的信去：

"好友，送上的稿子想已收到。我日来窘迫万状，恳你先把我的稿费算给我，以救燃眉。拜托拜托！"

有几次，不知是邮差送错了，还是那里的门房没有交进去，他等了好久终于没有接到回信。连连去了感激而又拜托的信，都没有消息。

"来信读悉，因忙，未能早复，请恕。弟与兄友谊至厚，今兄在患难中需弟帮助，弟安得不尽绵力。稿费容嘱会计课早日送奉可也。"有时编辑先生似乎特别闲空而且高兴，回信来了。

但会计课也是很忙的。接到通知后他们一时还无暇算他的稿费。稿费虽然只有十几元，然而除去标点符号和空白一字一字的数字数，却是一件艰苦的工作，等待了几天，常使他又不得不亲自跑到会计课去查问。

"昨日已经叫收发课送去了。"会计先生回答说。

收发课同样是忙碌得非常。他们不管他正饿着肚子望眼欲穿的在那里等候，仍须迟缓几天。

这种情形使他感觉得烦恼，羞耻，侮辱。费尽了自己的脑和力及时间，写出来的东西，得到一点酬资，原是分内的事。但他却须对人家表示感激，乞丐似的伸出手去恳求，显出自己是一个穷迫可怜的动物。时时只听见人家恩惠的说，"你穷，你可怜，我救你！……"同时又仿佛听见人家威吓似的说,"你的生命就在我的手中!我要你活下去就活下去,要你死就死!……"即使是会计先生,收发课的人,或一个不重要的送信者,都可以昂然的对他表示这种骄傲,这种侮辱。他觉得卖稿子远不如在马路上的肩贩,客人要买什么货时,须得问问他的价钱,合便卖,不合便不卖,当场拿出现钱来,一面交出货去,各无恩怨的走散。只有稿子寄了去不能说一声要多少稿费,编辑先生收受了,还须对他表示感激。不收受,就把它捻做一团丢入字纸篓,不能说一句话,还须怪自己献丑。侥幸的给了稿费,无论一元钱一千字或五角钱一千字,随他们自己的意思,你都须感激。如果人家说,"你穷,我帮助你,收受你的稿子,给你稿费。"你就须感激,感激,而又感激!像被鞭挞的牛马对于宽恕它的主人一般,像他救了你一条命,恩谊如山一般……

想着想着,他几乎又不愿再写小说了。然而,生活的压迫也正是一个重大的难题。如其他的平凡的人一般,他只得先来解决物质上的问题,忍垢含辱的依旧写些小说。

三年过去,他的小说集合起来竟有了厚厚的三本。他便决计去找书店印单行本。严密的重新检阅了几遍,他觉得也还不十分粗糙。在这些小说里面,他看见了自己的希望和失望,快乐的痛苦,泪和血,人格与灵魂。

"无论人家怎样批评,只要我自己满意就是了。"他想着就开始去寻觅出版的书店。

S城的商业虽然繁盛,书店虽然多至数十家,但愿意给他印书的却不容易找到。书店的经理不是说资本缺乏,便是说经费支绌。其实无非因为他是一个不出名的作家。怕出版后销路不好罢了。

找了许多书店,稿子经过了许多商人的审查,搁了许多时日，他的第一部小说集才被一家以提倡新文化为目的的书店留住。

"这部书销路好坏尚难预测，我们且印六百本看看再说。"这家书店的经理这样说。于是他才欢喜地满足的走了。

六个月后，这部书出版了。他所听见的批评倒也还好，这一来他很喜欢。

三个月后，忽然想到这部小说集的销路，便写信去问书店的经理。

"销路很坏，不知何日方能售完。……"回信这样说。

这使他非常的愤怒，对于读者，他眼看着一般研究性的或竟所谓淫书，或一些无聊的言情小说之类的书印了三千又三千，印了五千又五千，而对于他这部并不算过坏的文艺作品竟冷落到如此。

"没有眼睛的读者！"他常常气愤地说。

年节将近的一天，他正为着节关经费的问题向一个朋友借钱去回来，顺路走过这一家书店，便信步走了进去。

"啊，先生，你这部书销路非常之坏！"书店的经理先生劈头就是这一句话。

他阑珊地和经理先生谈了一些闲话，正想起身走时，忽然走进来一个提着黑色皮包的人。寒暄了几句，那个人便开开皮包，取出一大叠的揭单。一张一张的提给经理先生说，"这是《恋爱问题研究》的账，五千部，计……这是《性生活》的账，计……《恋爱信札》……《微风》……《萍踪》……《夜的》……"

正在呆坐着想些别的事情的他，忽然模糊地听见"夜的"两字，他知道是算到自己的《夜的悲鸣》了，便不知不觉的抬起头来。同时，他看见经理先生伸出一只大的手，把账单很快的抢过去，匆促而不自然的截断印刷店里的收账员的话，说：

"不必多说了！统统交给我罢！我明天仔细查对。"

在经理先生大的手指缝里，他明白地看见账单上这样的写着："一千五百本……"

"哦！"他几乎惊异地叫了出来。

"年底各处的账款多吗？"经理先生一面问，一面很快的开开抽屉，把账单往里面一塞，便得的又锁上了。

他回来后愤怒地想了又想，越想越气。这明明是书店作了弊，在那里哄骗他。本来印六百部就不近人情：排字好不容易，上版好不容易，印刷费愈印多愈上算，他印六百部价钱贵了许多，赚什么钱，开什么书店？

他气愤愤地在家里坐了一会，又走了出去，想去质问书店。但走到半路上又折回了。他觉得商人是不易惹的。他存心偷印，你怎样也弄不过他。他可以把账单改换，可以另造一本假的账簿给你看，可以买通印刷所。你要同他打官司，他有的是钱！著作家，是一个穷光蛋！

他想来想去，觉得只有委屈地把这怒气按捺下去，转一个方向，向他要版税。于是他就很和气地写了一封信去。

"《夜的悲鸣》销路不好，到现在只卖去了一百多本，还都不是现款。年内和各店结清了账目，收到书款后，照本店的定例，明年正月才能付先生的版税。……"回信这样说。

"照本店的定例！"他觉得捧出这种法律似的定例来又是没有办法的了，虽然在事实或理论上讲不通，著作家也要过年节，也要付欠账，也要吃饭！于是他又只好转一个方向，写一封信向经理先生讲人情了：

"年关紧迫，我穷得不得了，务请特别帮我一个忙，把已售出去的一百多本书的版税算给我,作为借款,年外揭账时扣下。拜恳拜恳!……"

这样的信写了去,等了四五天终于没有回信。于是他觉得只有亲自去找经理先生。但年关在即,经理先生显然是很忙的。他去了几次,店里的伙计都回说不在家。最后,他便留了一个条子:

"前信想已收到……好在数目不大……如蒙帮忙,真比什么还感激!……"

又等了三四天,回信来了。那是别一个人所写的,经理先生只亲笔签了一个名字。然而他说得比谁还慷慨,比谁还穷:

"可以帮忙的时候,我没有不尽力帮忙。如在平时,即使先生要再多借一点也可以。但现在过年节的时候,我们各处的账款都收不拢来,各处的欠款又必须去付清。照现在的预算,我们年内还缺少约近一万元之谱。先生之款实难如命……"

这有什么办法呢?即使你对他再说得恳切一点,或甚至磕几十个响头,眼见得也是没有效力的了!

艰苦地捱过了年关,等了又等,催了又催,有一天版税总算到了手。精明的会计先生开了一张单子,连二百十一本的"一"字都不曾忽略,而每册定价五角,值百抽十二,共计版税洋十二元六角六分的"六分"也还不曾抹去。

对着这十二元六角六分,他只会发气。版税抽得这样的少,他连听也不曾听见过!怪不得商人都可以吃得大腹便便,原来他们的滋养品就是用欺诈、掠夺而来的他人的生命!在编辑先生和书店经理先生的重重压迫之下,他觉得自己仿佛是一条蠕虫或比蠕虫还可怜的动物。无论受着如何的打击,他至多只能缩一缩身子。有时这打击重一点,连缩一缩身子也不可能,就完结了。

他灰心而且失望的,又委屈地受了其他经理先生的欺侮,勉勉强强又把第二集第三集的小说都出了版。

一年后,暴风雨过去了。在他命运的路上渐渐开了一些美丽的花:有几种刊物上,常有称赞他的小说的文章,有几个编辑先生渐渐来请他做文章,书店的经理也问他要书稿了。

在狂热的称赞和惊异中,他不知怎的竟在二年后变成了一个人人钦仰的作家。好几篇文章,在他觉得是没有什么精彩的,编辑先生却把它们登在第一篇,用极大的字印了出来。甚至一点无聊的随感、笔记,都成了编辑先生的宝贵的材料,读者的贵重的读物。无论何种刊物上,只要有"冯介"两个字出现,它的销路便变成惊人的大。有许多预备捻做一团,塞入字纸篓的稿子,经理先生把它从满被着灰尘的旧稿中找了出来,要拿去出版。五六万字的稿子,二个礼拜后就变成了一部美丽的精致的书。版税突升到值百抽二十五。杂志或报纸上发表的稿费,每千字总在五元以上,编辑先生亲自送了来,还说太微薄,对不起。

这在有些人确是一件愉快、不堪言说的光荣的事情。但在他,却愈觉得无味,耻辱,下贱。作品还未曾为人所欢迎的时候,一脚把你踢开,如踢街上颠蹶地徘徊着的癞狗一般。这时,你出了名,便都露着谦恭,钦敬的容貌,甜美如妓女卖淫一般的言笑着,竭力拉你过去。利用纯洁的青年的心的弱点,把你装饰成一个偶像,做刊物或书店的招牌,好从中取利……

"这篇文章须得给五十元稿费!"一次,他对一个编辑先生说。这是他在愤怒中一个复仇的计策。这篇稿子连空白算在里面,恐怕也只有三千字左右。

"哦哦！不多，不多！"编辑先生居然拿着稿子走了，一面还露出欢喜与感激。

当天下午，他竟出人意外的收到了六十元稿费，一页信，表示感激与光荣。

"兹有新著小说稿一部，约计七万字，招书店承印发行。谁出得版税最多的，给谁出版。"有一天又想到了一个复仇的计策，在报纸上登了一个投标的广告。

三天内果然来了一百多名经理先生，他们的标价由百分之三十到百分之五十五。

痛快了一阵，他又觉得索然无味了。商人终于是商人。欺骗，无耻，卑贱，原是他们的护身法宝。怎样的作弄他们，也是无用的。而这样一来，也徒然表现自己和他们一样的卑贱而已。过去的委屈，羞耻，羞辱，尽可以释然。这在人生的路上，原是随处可以遇着的。

但是，著作的生活到底于自己有什么利益呢，除去了这些过去的痕迹？他沉思起来，感觉到非常的苦恼。

自从开始著作以来，他几乎整个的沉埋在沉思和观察里。思想和眼光如用锉刀不断地锉着一般，一天比一天敏锐起来。人事的平常的变动在他在在都有可注意的地方。在人家真诚的背后，他常常看见了虚伪；在天真的背后，他看见了狡诈；在谦恭的背后，他看见了狠毒；在欢乐的背后，他发现了苦恼；在忧郁的背后，他发现了悲哀。这种种在平常的时候都可以像浮云似的不留痕迹地过去，像无知的小孩不知道世界的大小，人间的欢恼，流水自流水，落花自落花一般，现在他都敏锐地深刻地看见了隐藏在深的内部的秘密。从这里得到了深切的失望和悲哀。幼年时的憧憬与梦想都已消散。前途一团的漆黑。什么是人生的意义？什么是伟大的自我？他终于寻不出来。他虽活着，已等于自杀。像这样的思想，远不如一个愚蒙的村夫，无知无识的做着发财的梦，名誉的梦，信托着泥塑木雕的神像，挣扎着谋现在或未来的幸福。……

自己不必管了，他想，譬如短命而死，譬如疾病而死，譬如因一种不测的灾祸而死，如为水灾，火灾，兵灾，或平白地在马路上被汽车撞倒。然而，作品于读者有什么益处呢？给了他们一点什么？安慰吗？他们自己尽有安慰的朋友，东西！希望吗？骗人而已！等到失了望，比你没有给他们希望时还痛苦！指示他们人生的路吗？这样渺茫，纷歧的前途，谁也不知道哪里是幸福，哪里是不幸，你自己觉得是幸福的，在别人安知就不是不幸？想告诉他们以世界的真相和秘密吗？这该诅咒的世界，还是让他们不了解，模模糊糊的好！想讽刺一些坏的人，希望他们转变过来吗？痴想！他们即使看了，也是一阵微风似的过去了！想对读者诉说一点人间的忧抑，苦恼，悲哀吗？何苦把你自己的毒药送给别人！……

伟大而光荣的作家冯介先生想到这里，翻开几本自己的著作来看，只看见字里行间充满着自己的点点的泪和血；无边的苦恼与悲哀；罪恶的结晶，戕害青年的毒药……

点起火柴，他烧掉了桌上尚未完工的作品……

（选自短篇小说集《黄金》，1928年5月，上海人间书店）

阿长贼骨头

第一章

父母之荣誉——出胎之幸运——幼时之完美——芳名之由来及其意义

阿长有这样荣誉的父母，我们一点也不能否认，那是他前生修来的结果。易家村里的人们，无论老幼男女，都勇于修来生的幸福，已不是新发明的事，你去问一块千百年前的老石头，恐怕它还记得年青时，易家村尚叫做周家村。或周家村尚叫做陈家村的那从前的从前，人们对于修行的热烈的。如果人人都修行，念经又拜佛，拜佛而又念经，从不堪追计的过去直奉行至无尽的未来，谁能说这个地方还会有不荣誉的事，而阿长，显然前生也在修行的，还会有不荣誉的父母呢？

讲到阿夏，阿长的父亲，不但是易家村里没有一个人不知道，就是离易家村数十里的地方，也人人知道他的大名。在山与海围抱着，周围约有百余里的区域中，像这样出名的人，二百年中还只有三个。第一个，是光绪初年的李筱林进士；第二个是发洋财的陈顺生；第三个——那就是阿夏了。他拿着一条打狗棍，背着一只污旧的饭袋，到处敲着竹板或小木鱼，唱情歌或念善经给人家听，走遍了家家户户，连每一条路上的石头都已认识他。但荣誉之由来却不在于此——那是因为他喜欢在别人不注意的时候，随便带一点东西回家的缘故。

至于阿长的母亲，还没有嫁给阿夏，便已有了她自己的荣誉。阿长的来源，一直到现在还有点模糊。因此阿夏在阿长还未落地之先，曾和阿长的母亲翻过几次脸。分娩时，阿夏在房里蹬着脚盆和剪刀，已经决定给这孩子一个冷不防，覆了下去；或插了下去。但他毕竟是一个唱情歌和念善经的人，孩子落了地，他的心肠就软了下来，瞧一眼，不自主的溜出去了。

但阿夏虽然饶了他的命，总还有点不曾释然，有好几天懒出去干他的勾当。于是这影响到他的妻子，使才出世的阿长不得不尝难以消化的稀饭。

然而阿长有幸，造物主宠爱他，给了他粗健的肠胃，使他能够一天比一天长大。他有了落落的黄色的皮肤，短短的眉毛。炯炯发光的眼珠，低而且小的鼻子，狭窄的口，尖削的下巴，小而外翻的耳朵，长的手指，长的腿，小的脚。在灵魂中，造物主又放了一点智慧和欢乐。每当他的父亲发了脾气，要狠狠地打他一个耳光，他便转过脸去，朝着他的父亲嘻嘻笑了起来，现出舒服而且光荣的表情。他冻冻也可以，饿饿也不妨，整六年中没有生过几次病，偶尔有病，不吃一点药就好了。他虽然长得瘦，晒得黑，但却生得高，也不缺乏气力。六七岁时，他已能拖着一个拉草笆，到街上去拉残草断柴回来，给他的母亲煮饭；提着一只破篮，到人家已经掘完的芋艿田里去拾残剩的芋艿片；也会带着镰刀去挖藜藿。还有许多事情，别人十几岁才会做的，他七八岁时便会做了。有时，他还赚得一二个铜元回来。只有一次，他拿了沉重的锋利的镰刀出去割路边的茅草，出了一点祸：那就是他割完了茅草，和几个同伴耍镰刀，把它滴溜溜的丢了上去，看看它滴溜溜的落下来，刀尖刚刚陷在草地里，一个不小心，镰刀落在脚旁，砍去了左脚脚跟的一块肉，脚跟好后，这个地方再也不生新的肉，偏了进去了。他的父亲起初以为这是极不雅观的事情，但他的母亲却觉得这样更好；有了这个特殊的记号，万一孩子失了踪中，便有法寻找了。

阿长渐渐长大起来，才能也渐渐表露出来，使他的父亲渐渐忘记了已往的事，对他喜欢起来。其中最使他父亲满意的，就是用不着谁教他，便像他父亲似的，晓得在人家不注意的时候，顺手带一点东西回家。他起初连自己母亲衣袋内的铜钱也要暗暗摸了出去，用小石头在地上画了一个方格，又在格内画了两条相交的叉线，和几个同伴打铜钱，或当新年的时候，挤到祠堂门前的牌九摊旁，把铜钱压在人家的最后一道。但被他母亲查出了几次以后，他渐渐连这层也明白了。他知道母亲的就是自己的，不应该动手。

到了十二三岁，他在易家村已有了一点名声。和他的父亲相比，人人说已青出于蓝了。他晓得把拿来的钱用破布裹起来，再加上一点字纸，塞在破蛋壳中，把蛋壳丢在偏僻的墙脚跟，或用泥土捻成一个小棺材，把钱裹在里面，放到阴沟上层的乱石中，空着手到处的走，显出坦然的容貌。随后他还帮着人家寻找，直找遍最偏僻的地方。

然而阿长虽然有了这样特出的天才，命运却喜欢不时同他开玩笑，给了他一个或幸或不幸的一生，使他在童年的时候就蒙上了怎样也消灭不了的美名。

那事发生在他十四岁的时候。

一家和他们很要好，比他们稍微富一点的堂房嫂嫂，有一次因为婆婆出门找儿子要钱去了，一个人睡在家里有点胆怯，便请了阿长的母亲去做伴。正所谓合该有事，三天后阿长的父亲竟有两夜不曾回家，阿长的母亲便不得不守在自己的屋内，派他的儿子去陪伴。第二天的半夜里，隔壁的人家突然听见他的嫂子大声叫了起来，接着啪的一声，似乎打在一个人的面颊上。

"瘟东西！……敢想天鹅肉吃！……"她骂着说。

随后一阵轻微的脚步声，便寂然了。

这句话的意思很清楚，隔壁的人不觉笑了起来。显然这个十四岁小孩想干那勾当了。

第三天的清晨，他嫂嫂的脸上还露着盛怒，和他的母亲低声的说着话。他的母亲很不安的，摇着头叹着气。当天晚上，便不叫他去陪他的嫂子，关着门，把他打了一顿。

有好几天，人家和他的嫂子提起阿长，她便非常痛恨的叫他"小鬼"。

但阿长毕竟有特出的天才，他一见嫂嫂仍和从前一样的态度。他的嫂嫂尽管不理他，遇见他时咬着牙，背转脸去，他却仍对着她嘻嘻的笑，仿佛没有事似的。而且还不时的到她房里去。

造物主曾在他嫂嫂的灵魂里撒了宽容，几天过去，她渐渐气平了。她觉得他母亲给他的惩罚已有余，用不着再给他难堪。他到底还没有成人，一个不懂事的孩子，便渐渐和善起来，给了他自新的路。

阿长似乎也懂得他嫂嫂的善意，于是转了一个方向，接着做了一件无损于他嫂嫂的事。

离开想吃天鹅肉的日子还只有十一二天，他赤着脚踏着雨后的湿地，从外面走回家来。一到他嫂嫂的门边，便无意的推开半截门，跨进了门限。他的嫂嫂和姊姊没有在家，房内冷清清的仿佛正为他预备好了动手的机会。他一时心血来潮，便抬头四面望了一望，瞥见久已羡慕的锡瓶在衣橱顶上亮晶晶地发光，便爬上衣橱面前的凳子，捧了下来。同时智慧发出一个紧急的号令，叫他脱下背身，裹着锡瓶，挟着往二里外的当铺走去。

他的婶婶几分钟后就回了家,立刻发现房里失了东西。她细找痕迹,看见了一路的足印,在衣橱前的凳子上显得更其清楚,左足后跟削了进去。这便有了十足的证据了。她开始去寻阿长,但他不在家,也不在邻人的家里。据隔壁的一个妇人说,确曾看见他用衣服裹着一个和锡瓶一样大的东西,匆匆地走了出去。他的婶婶立刻就明白他往当铺里去了。于是她便站在大门口等待他。

约莫过了一点钟,阿长回来了。他昂着头一路和人家打招呼,这里站了一会,和人家说了几句话,那里站了一会,和人家笑几声,态度很安静。他的婶婶一看见他,就满脸发烧,奔到他的面前,右手拉住他的前胸,左手就是拍的一个耳光。

"畜生!"她一面还骂着说。

"怎么啦?"他握住婶婶的手,仰起头来问,声音颇有点强硬。

"还我锡瓶,饶你狗命!"

"啊,到底什么事呀?先讲给我听!锡瓶怎么样?"

但他的婶婶却不讲给他听,一把拖到屋柱旁,叫媳妇拿了一条粗绳,连人和屋柱捆了起来。

"把钱和当票拿出来,饶你狗命!"

"我哪里来的钱?哪里来的当票?一会儿说是锡瓶,一会儿又说是钱和当票!不晓得你说的什么!你搜就是了。"

他的婶婶动手搜了,自外面的衣上直搜到里面的衬衣。但没有一点影踪。然而足印清清楚楚,左足脚跟削了进去的,没有第二个人。不是他是哪个呢?

"藏到哪里去了,老实说出来,免得吃苦!"他的婶婶警告他,预备动手打了。

阿长仿佛没有听见，一点也不害怕，却反而大声叫起苦来！

"你冤屈我！天晓得！……我拿了你的锡瓶做什么！……"

他的嫂嫂脸上全没有了血色，气恨得比他的婶婶还厉害，显然是又联想到那夜的事了。

"贼骨头！不打不招！"她从柴堆里抽出来一束竹梢，往阿长的身上晃了过去。一半的气恨便迸发在"贼骨头"三个字上，另一半的气恨在竹梢上。

阿长有点倔强，竹梢打在身上，一点也不变色。

"打死我也拿不出东西！"

"便打死你这贼骨头！"他的嫂嫂叫着说，举起竹梢，又要往他身上打去。

但阿长的母亲来了。

这一天她正在街上的一家人家做短工，得到了阿长绑在屋柱旁的消息，便急忙跑了回来。她先解了竹梢的围，随后就问底细。

"当票和钱放在哪里，老实说出来，她们可以看娘的面孔，饶恕你！"她听完了婶婶的诉说，便转过身去问阿长。

"我没有拿过！她们冤枉我！"阿长诉苦似的答说。

"贼骨头？还说没有拿过！看竹梢！"他的嫂嫂举起竹梢又要打了。

但阿长的母亲毕竟爱阿长，她把竹梢接住了。

"包在我身上！我想法子叫他拿出来。"她说："现在且先让我搜一遍。"

她动手搜了。比婶婶仔细，连胳肢窝里都摸过，贴着肉一直摸到裤腰。——东西就在这里了，她摸着阿长的肚子上围着一根草绳，另外有一根绳直垂到阳物上，拉起来便是一件纸

包的东西。她打开来看，果然有六角钱一张当票。

"滚出去！畜生！这样不要脸！"她骂着就是一个耳光，随后便把绳子解开了。

阿长得了机会，就一溜烟的跑走了，当晚没有回来，不晓得在哪一个垃圾堆里过了一夜。第二天晚上走回来，躲在柴堆里，给他母亲看见了，关起门来痛打了一顿。

于是，这个美事传开去，大家谈着他的时候，从此就不再单叫他阿长，叫他"阿长贼骨头"了。

"贼骨头"这三个字在易家村附近人的心中是有特别的意义的。它不仅含着"贼""坏贼""一根草也要偷的贼"等等的意义，它还含着"卑贱人""卑贱的骨头""什么卑贱的事都做得出的下流人"等等的意义。一句话，天下没有什么绰号比这个含义更广，更多，更有用处的了。

阿长的嫂嫂，极端贞节，极端善良之外，还是一个极端聪明的人！她想出来的这个芳名，对于阿长再合适没有了。只有阿长这个美的，香的，可爱的人，才不辜负这个美的，香的，可爱的名字！

第二章

> 痛改前非沿门呼卖——旧性复发见物起意——半途被执情急智生——旧恩难忘报以琼浆

阿长自从被他的婶婶绑过屋柱之后，渐渐有点悔悟了。屡次听着母亲的教训，便哭了起来。泪珠像潮似的涌着，许久许久透不过气。走出门外，不自主的头就低了下去，怕看人家一眼。

"我不再做这勾当了！"

一次，他对他的母亲这样说。他说他愿意学好，愿意去做买卖，只求他母亲放一点本，卖饼也可以，卖豆腐也可以，卖洋油也可以。意思确是非常的坚决。

他的母亲答应了。她把自己做短工积得的钱拿出来给他做本钱，买了一只篾编的圆盘，又去和一家饼店说好了，每日批了许多大饼，小饼，油条，油绳之类，叫他顶在头上，到各处去卖。

阿长是一个聪明人，他顶了满盘的饼子出去，常常空着盘子回来，每天总赚到一点钱。他认得附近的大路小路知道早晨应该由哪一条屋衖出发，绕来绕去，到某姓某家的门口，由哪一条屋衖绕回来。他知道在某一个地方，某一家门前，高声喊了起来，屋内的人会出来买他的饼。他知道在某一个地方应该多站一点时候，必定还有人继续出来买他的饼。他又知道某一地方用不着叫喊，某一个地方用不着停顿，即使喊破了喉咙，站酸了两腿，也是不会有人来买的。真所谓熟能生巧，过了几个月，他的头顶就非常适合于盘子，盘子顶在头上，垂着两手不去扶持也可以走路了。盘子的底仿佛有了一个深的洞，套在他的头顶，怎样也不会丢下来，有时阿长的头动起来，它还会滴溜溜的在上转动。

这样的安分而且勤孜，过了一年多，直至十六岁，他的春心又动了。他的心头起了不堪形容的欲望，希求一切的东西，眼珠发起烧来，盯住了眼前别人的所有物，两手痒呵呵的只想伸出去。

于是有一天，情愿捐弃了一年多辛苦所换来的声誉，不自主的走到从前所走过的路上去了。

离开易家村三里路的史家桥的一家人家，叫做万富嫂的，有两个小孩，大的孩子的项圈，在阿长的眼前闪烁了许久了。那银项圈又粗又大，永久亮晶晶地发着光！

"不但可爱而且值钱。"阿长想。

一天他卖饼卖到万富嫂的门口,万富嫂出去了,只剩着两个孩子在门口戏耍。

"卖火热的大饼喽!"阿长故意提高了声音!

"妈妈!卖大饼的来了!"那个大的孩子,约四岁光景,一面叫着,一面便向阿长跑来。

"妈妈呢?"阿长问。

"妈妈!"那孩子叫了起来。

阿长注意着,依然不听见他妈妈的回答。

"我送你一个吃罢!来!"阿长把盘子放在地上,拿了一个,送给了那孩子,随后又拿了一个,给那呆呆地望着的小的孩子。

"唔,你的衣服真好看!又红又绿!"他说着就去摸大的孩子的前胸。

"妈妈给我做的,弟弟也有一件!"孩子一面咀嚼着,一面高兴地说。他和阿长早已相熟了。

"但你的弟弟没有项圈,"阿长说着就去摸他的项圈。

项圈又光又滑,在他的手中不息地转动着,不由得他的手,起了颤动。这是他有生以来第一次触着这个可爱的东西。

智慧立时发现在他的脑里。他有了主意了。

"啊,你的鞋子多么好看!比你弟弟的还好!那个——谁做给你的呢?穿了——几天了?好的,好的!比什么人都好看!鞋上是什么花?菊花——月季花吗?……"他一面说着,一面就把项圈拉大,从孩子的颈上拿了出来,塞进自己的怀里。孩子正低着头快活看着自己的鞋,一面咕噜着,阿长没有注意他的话,连忙收起盘子走了。

他不想再卖饼子,只是匆匆地走着,不时伸手到衣里去摸那项圈。手触着项圈,在他就是幸福了。他想着想着,但不知想的什么,而脚带着他在史家桥绕了一个极大的圈子,他自己并不知道。这在他是琐事,他完全不愿意去注意。

一种紧急的步声,忽然在他的耳内响了,他回转头去看,一个男子气喘喘地追了上来。那确像孩子的叔叔,面上有一个伤疤,名字叫做万福。

阿长有点惊慌了。他定睛细看,面前还是史家桥,自己还没有走过那条桥。

"这是怎么一回事呀?走了这许久还在这里!"他想。

但正当他这样想的时候,他的头上的盘子扑的被打下了。万福已扯住了他的前胸。

"贼骨头!"愤怒的声音从万福的喉间迸了出来,同时就是拍的一个耳光,打在阿长的脸上。

"怎么啦?"

"问你自己!"万福大声说着又是拍的一个耳光。

阿长觉得自己的脸上有点发热了。他细看万福,看见他粗红的脸,倒竖的眉毛,凶暴的眼光,阔的手掌,高大的身材。

"还我项圈!"万福大声的喊着。

"还给你!……还给你!"阿长发着抖,满口答应着,就从怀里揣了出来。

"但你赔我大饼!"阿长看看地上的饼已踏碎了一大半,不禁起了惋惜。

"我赔你!我赔你!瘟贼!"万福说着,把项圈往怀一塞,左手按倒阿长,右手捻着拳,连珠炮似的往阿长的背上、屁股上打了下去。

"捉着了吗?打!打死他!"这时孩子的母亲带着几个女人也来了。她们都动手打起来。万福便跨在他的头上,两腿

紧紧的夹住了他的头。

"饶了罢！饶了罢！下次不敢了！"

打的人完全不理他，只是打。阿长只好服服贴贴的伏在地上，任他们摆布了。

但智慧是不会离开阿长的脑子的。他看看求饶无用，便想出了一个解围的计策。

"阿呀！痛杀！背脊打断了！腰啦！脚骨啦！"他提高喉咙叫喊起来，哭丧着声音。

"哇……哇！哇……哇哇！"从他的口里吐出来一大堆的口水。

同时，从他的裤里又流出来一些尿，屁股上的裤子顶了起来，臭气冲人的鼻子——屎也出来了！

"阿呀！打不得了！"妇人们立刻停了打，喊了起来，"尿屎都打出了，会死呢！"

连万福也吃惊了。他连忙放了阿长，跳了开去。

但阿长依然伏在地上，发着抖，不说一句话，只是哇哇的作着呕。

"这事情糟了！"万富嫂说，牵着一个妇人的手倒退了几步。

"打死是该的！管他娘！走罢！"万福说。

但大家这时却走也不好，不走也不好，只得退了几步，又远远的望着了。

阿长从地上侧转头来，似乎瞧了一瞧，立刻爬起身来，拾了空盘，飞也似的跑着走了。一路上还落下一些臭的东西。"嘿！你看这个贼骨头坏不坏！"万福叫着说，"上了他一个大当！"

于是大家都哈哈大笑了。

126

在笑声中，阿长远远地站住了脚，抖一抖裤子，回转头来望一望背后的人群，一眼瞥见了阿芝的老婆露着两粒突出的虎牙在那里大笑。

"我将来报你的恩，阿芝的老婆！"他想着，又急促的走了。

约有半年光景，阿长没有到史家桥去。

他不再卖大饼，改了行，挑着担子卖洋油了。

一样的迅速，不到两个月，他的两肩非常适合于扁担了。沉重的油担在他渐渐轻松起来。他可以不用手扶持，把担子从右肩换到左肩，或从左肩换到右肩。他知道每一桶洋油可以和多少水，油提子的底应该多少高，提子提得快，油少了反显得多，提得慢，多了反显得少。他知道某家门口应该多喊几声，他知道某家的洋油是到铺子里去买的。他挑着担子到各处去卖。但不到史家桥去。有时，偶然经过史家桥，便一声不响的匆匆地穿过去了。

他记得，在史家桥闯过祸。一到史家桥，心里就七上八下的有点慌张。但那时到底是怎么一回事，为什么会闯了这样的大祸，是谁的不是呢？——他不大明白。就连那时是哪些人打他，哪个打得最凶，他也有点模糊了。他只记得一个人：露着两粒突出的虎牙，在背后大笑的阿芝的老婆！这个印象永久不能消灭！走近史家桥，他的两眼就发出火来，看见阿芝的老婆露着牙齿在大笑！

"我将来报你的恩！"他永久记得这一句话。

"怎样报答她呢？这个难看的女人！"他时常这样的想。

但智慧不在他的脑子里长在，他怎样也想不出计策。

"卖洋油的！"

一天他过史家桥，忽然听见背后有女人的声音在叫喊。

他不想在史家桥做生意，但一想已经离开村庄有几十步远，不能算是史家桥，做一次意外的买卖也可以，便停住了。

谁知那来的却正是他的冤家——阿芝的老婆！

阿长心里有点恐慌了，走也不好，不走也不好，只是呆呆地望着阿芝的老婆。

阿芝的老婆似也有点不自然，两眼微微红了起来，显然先前没有注意到这是阿长。

"买半斤洋油！"她提着油壶，喃喃的说。

"一百念！"阿长说着，便接过油壶，开开盖子，放上漏斗，灌油进去。

"怎样报复呢？"他一面想着，一面慢慢的提了给他。但智慧还不曾上来。

"唅唅！还有钱！"阿芝的老婆完全是一个好人，她看见阿长挑上了担子要走，忘记拿钱便叫了起来，一只手拖着他的担子，一只手往他的担子上去放钱。

在这俄顷间，阿长的智慧上来了。

他故意把肩上的担子往后一掀，后面的担子便恰恰碰在阿芝老婆的身上。碰得她几乎跌倒地上，手中的油壶打翻了。担子上的油泼了她一身。

"阿呀！"她叫着，扯住了阿长的担子。"不要走！赔我衣裳！"

"好！赔我洋油！谁叫你拉住了我的担子！"

"到村上去评去！"阿芝的老婆大声的说，发了气。

阿长有点害怕了。史家桥的人，在他是个个凶狠的。他只得用力挑自己的担子。但阿芝的老婆是有一点肉的，担子重得非常，前后重轻悬殊，怎样也走不得。

"给史家桥人看见，就不好了！"他心里一急，第二个

128

智慧又上来了。

他放下担子，右手紧紧的握住了阿芝老婆攀在油担上的手，左手就往她的奶上一摸。阿芝老婆立刻松了手，他就趁势一推，把她摔在地上了。

十分迅速的，阿长挑上担子就往前面跑。他没有注意到阿芝老婆大声的叫些什么，他只听见三个字：

"贼骨头！"

阿长心里舒畅得非常。虽然泼了洋油，亏了不少的钱，而且连那一百念也没有到手，但终于给他报复了。这报复，是这样的光荣，可以说，所有史家桥人都被他报复完了。

而且，他还握了阿芝老婆的肥嫩的手，摸了突出的奶！这在他是有生以来的第一次。女人的肉是这样的可爱！一触着就浑身酥软了！

光荣而且幸福。

第三章

有趣呀面孔上的那两块肉——可恼恶狠狠的眼睛——乘机进言——旁观着天翻地覆——冤枉得厉害难以做人

阿长喝醉了酒似的，挑着担子回到家里。他心里又好过又难过，有好几天只是懒洋洋的想那女人的事。但他的思想是很复杂的，一会想到这里，一会又想到那里去了。

"女人……洋油……大饼……奶……一百念……贼骨头……碰翻了！……"他这样的想来想去，终于得不到一个综合的概念。

然而这也尽够他受苦的了，女人，女人，而又女人！

厌倦来到他的脑里，他不再想挑着担子东跑西跑了。他

觉得女人是可怕的,而做这种生意所碰着最多的又偏偏是女人。于是他想来想去,只有改行,去给撑划子的当副手。他有的是气力。坐在船头,两手扳着桨,上身一仰一俯,他觉得也是一件有趣的事。

新的行业不久就开始了。

和他接触的女人的确少了一大半。有时即使有女人坐在他的船里,赖篷舱的掩遮,他可以看不见里面的人了。

但虽然这样,他还着了魔似的,还不大忘情于女人。他的心头常常热烘烘的,像有滚水要顶开盖子,往外冲了出来一般——尤其是远远地看见了女人。

其中最使他心动的,莫过于堂房妹妹,阿梅这个丫头了!

她每天坐在阿长所必须经过的大门内,不是缝衣就是绣花。一到大门旁,阿长的眼光就不知不觉的射到阿梅的身上去。

她的两颊胖而且红,发着光。

他的心就突突跳了起来,想去抱她。想张开嘴咬下她两边面颊上的肉。

在她的手腕上,有两个亮晶晶地发光的银的手镯。

"值五六元!"阿长想,"能把这丫头弄到手就有福享了——又好看又有钱!"

但懊恼立时上来了。他想到了她是自己的族内人,要成夫妻是断断做不到的。

懊恼着,懊恼着,一天,他有了办法了。

他从外面回来,走到阿梅的门边,听见了一阵笑声。从玻璃窗望进去,他看见阿梅正和她的姊夫并坐在床上,一面吃着东西,满面喜色,嘻嘻哈哈的在那里开玩笑。

"我也暗地里玩玩罢!"阿长想。

他开始进行了。

头几天,他只和她寒暄,随后几天和她闲谈起来,最后就笑嘻嘻的丢过眼色去。

但阿梅是一个大傻子,她完全不愿意,竟露着恶狠狠的眼光,沉着脸,转过去了。

这使他难堪,使他痛苦,使他着恼。他觉得阿梅简直是一个不识抬举的丫头,从此便不再抬起头来给她恩宠的眼光了。

阿梅有幸,她的父母很快的就给她找到了别的恩宠的眼光,而且过了两个月,完全把阿梅交给幸福了。

他是一个好休息的铜匠,十天有九天不在店里,但同时又很忙,每夜回家总在二十点钟以后。阿才赌棍是他的大名。他的家离易家村只有半里路。关于他的光荣的历史,阿长是知道得很清楚的。他最不喜欢他左颊上一条小刀似的伤疤。他觉得他的面孔不能再难看了。

"不喜欢人,却喜欢鬼!"阿长生气了。他亲眼看着阿梅打扮得花枝招展的,头上插着金黄的钗,两耳垂着长串的珠子,手腕上的银镯换了金镯,吹吹打打的抬了出去。

"拆散你们!"阿长怒气冲冲的想。

但虽然这样想着,计策却还没有。他的思想还只是集中在红而且胖的面颊,满身发光的首饰上。

"只这首饰,便就够我一生受用了!"他想。

一天上午,他载客到柳河头后,系着船,正在等候生意的时候,忽然看见阿才赌棍穿得斯斯文文,摇摇摆摆的走过岭来。阿长一想,这桩生意应该是他的了。于是他就迎了上去,和阿才打招呼。阿才果然就坐着他的船回家,因为他们原是相熟的,而现在,又加入一层亲戚的关系了。

"你们到此地有一会了罢?"阿才开始和阿长攀谈了。

"还不久。你到哪里去了来?"阿长问。

"城里做客,前天去的。"

"喔!"

"姑妈的女昨天出嫁了。"

"喔!"

"非常热闹!办了二十桌酒!"

"喔,喔!"

阿长一面说着,一面肚子里在想方法了。

"你有许久不到丈人家里去了罢!"阿长问。

"女人前几天回去过。"

"是的,是的,我看见过!——胖了!你的姨丈也在那里,他近来也很胖。有一次——他们两人并坐在床上开玩笑,要是给生人看见,一定以为是亲兄妹喽!"

"喔!"阿才会意了。"你亲眼看见的吗?"

"怎么不是?一样长短,一样胖……"阿长说到这里停止了。智慧暗中在告诉他,话说到这里已是足够。

阿才赌棍也沉默了。他的心中起了愤怒,脸色气得失了色,紧紧咬住了上下牙齿。在他的脑中只旋转着这一句话:"他们并坐在床上开玩笑!"

懒洋洋地过了年,事情就爆发了。

那天正是正月十二日,马灯轮到易家村。阿梅的父母备了一桌酒席,把两个女婿和女儿都接了来看马灯。大家都很高兴,只有阿才看见姨丈也在,心里有说不出的痛苦。他想竭力避开他,但坐席时大家偏偏又叫他和姨丈并坐在一条凳上。阿才是一个粗货,他喝着酒,气就渐渐按捺不住,冲上来了。他喝着喝着,喝了七八分酒,满脸红涨,言语杂乱起来。

"喝醉了,不要喝了罢!"阿梅劝他说,想动手去拿他的酒杯。

"滚开！屎东西！"阿才睁着凶恶的两眼，骂了起来，提起酒杯就往阿梅的身上摔了过去，泼得阿梅的缎袄上都是酒。

一桌的人都惊愕了。

"阿才醉了！快拿酱油来！"

但阿才心里却清醒着，只是怒气按捺不住，索性一不做二不休，便佯装着酒醉，用力把桌子往对面阿梅身上推了过去。"婊子！"

一桌的碗盆连菜带汤的被他推翻在地上，连邻居们都听见这声音，跑出来了。

"你母亲是什么东西呀！"阿才大声的叫着说，"你父亲是什么东西呀！哼！我不晓得吗？不要脸！……"

"阿才，阿才！"阿梅的父亲走了过去，抱着他，低声下气的说，"你去睡一会罢！我们不好，慢慢儿消你的气！咳咳，阿才，你醉了呢！自己的身体要紧！先吃一点醒酒的东西罢！"

"什么东西！你是什么东西！我醉了吗？一点没有醉！滚开！让我打死这婊子！"他说着提起椅子，想对阿梅身上摔去。但别人把他夺下了，而且把他拥进了后房，按倒在床上。

这一天阿长正在家里，他早已挤在人群中观看。大家低声的谈论着，心里都有点觉得事出有因，阿才不像完全酒醉，但这个原因，除了阿长没有第二个人明白。

"生了效力了！"阿长想。

许久许久，他还听见阿才的叫骂，和阿梅的哭泣。他不禁舒畅起来，走了。

但是这句话效力之大，阿长似乎还不曾梦想到：一个月，两个月，三个月……这祸事愈演愈大了，阿才骂老婆已不仅在酒醉时，没有喝酒也要骂了；不仅在夜里关了门轻轻的骂，白天里当着大众也要骂了；不仅骂她而且打她了，不仅打她，而且好几次把她关禁起来，饿她了；好几次，他把菜刀磨得雪亮的在阿梅的眼前晃。阿梅突然憔悴了下来，两眼陷了进去，脸上露着许多可怕青肿的伤痕，两腿不时拐着，随后亲家母也相打起来，亲家翁和亲家翁也相打起来，阿梅的兄弟和阿才的兄弟也相打起来——闹得附近的人都不能安静了。

阿才是一个粗货，他的嘴巴留不住秘密，别的人渐渐知道了这祸事的根苗，都相信是阿长有意捣鬼，但阿才却始终相信他的话是确实的。

"是阿长说的！"有一天，阿才在丈人家骂了以后，对着大众说了出来。

"拖这贼骨头出来！"阿才的丈人叫着，便去寻找阿长。

但阿长有点聪明，赖得精光。阿才和阿梅的一家人都赶着要打他，他却飞也似的逃了。

那时满街都站满了人，有几个和阿梅的父亲要好的便兜住了阿长。

易家村最有权威的判事深波先生这时正站在人群中。阿梅的父亲给了阿长三个左手巴掌，便把他拖到深波先生的面前，诉说起来。

"我一句话也没有说过！天在头上！冤枉得好厉害！我不能做人了！"阿长叫着说。

深波先生毫不动气的，冷然而带讥刺的说：

"河盖并没有盖着！"

这是一句可怕的话，阿长生长在易家村，完全明白这句话的意思：不能做人——跳河！

"天呀！我去死去！"阿长当不住这句话，只好大叫起来，往河边走去。

没有一个人去扯他。

但阿长的脑子里并不缺乏智慧。他慢慢的走下埠头，做出血心跳河的姿势，大叫着，扑了下去。

"死一只狗！"河边的人都只转过身去望着，并不去救他，有几个还这样的叫了出来。

"呵哺——呵哺！天呀！冤枉呀！呵哺——呵——哺！"

岸上的人看见阿长这样的叫着，两手用力的打着水，身子一上一下的沉浮着，走了开去。——但并非往河的中间走，却是沿着河塘走。那些地方，人人知道是很浅的，可以立住脚。

"卖王了！卖王了！"岸上的人都动了气，拾起碎石，向阿长摔了过去。

于是阿长躲闪着，不复喊叫，很快的拨着水往河塘的那一头走了过去，在离开人群较远的地方，爬上了岸，飞也似的逃走。

他有三天不曾回来。随后又在家里躺了四五天，传出来的消息，是阿长病了。

第四章

其乐融融——海誓山盟——待时而动——果报分明

阿长真的生了病吗？——不，显然是不会的。他是贼骨头，每根骨头都是贱的。冷天跳在河里，不过洗一澡罢了。冻饿在他是家常便饭。最冷的时候，人家穿着皮袄，捧着手炉，他穿的是一条单裤，一件夹袄，别人吃火锅，他吃的是冷饭冷菜。这样的冬天，他已过了许多年。他并非赚不到钱，他有的是气力，命运也并不坏，生意总是很好的。但一则因为他的母亲要给他讨一个老婆，不时把他得来的钱抽了一部分去储蓄了，二则他自己有一种嗜好，喜欢摸摸牌，所以手头总是常空的。其实穿得暖一点，吃得好一点，他也像别的人似的，有这种欲望。——这可以用某一年冬天里的事情来证明：

那一年的冬天确乎比别的冬天特别要寒冷。雪先后落了三次。易家村周围的河水，都结了坚厚的冰，可以在上面走路了。阿长做不得划船的买卖，只好暂时帮着人家做点心。这是易家村附近的规矩，每年以十一月至十二月，家家户户必须做几斗或几石点心。这是有气力的人的勾当，女人和斯文的人是做不来的。阿长是一个粗人，他入了伙，跟着别人穿门入户的去刷粉，舂粉，捏厚饼，印年糕。

有一天点心做得邻居阿瑞婶家里，他忽然起了羡慕了。

阿瑞婶家里陈设得很阔气，满房的家具都闪闪地发着光，木器不是朱红色，就是金黄色，锡瓶和饭盂放满了橱顶，阿瑞婶睡的床装着玻璃，又嵌着象牙，价值总在一百五六十元。她原是易家村二等的人家。阿瑞叔在附近已开有三爿店铺了。

阿长进门时，首先注意到衣橱凳上，正放着一堆折叠着的绒衣。

"绒衣一定要比布衣热得多了！"阿长一面做点心，一面心里羡慕着。绒衣时时显露在他的眼前。他很想去拿一件穿。

但那是放在房里，和做点心的地方隔着一间房子。

他时时想着计策。

于是过了一会，智慧上来了。

他看见阿瑞婶的一家人都站在做点心的地方，那间房里没有了人了。他看好了一个机会，佯装着到茅厕去，便溜了开去。走到那间房子，轻轻的跨进门，就在衣橱凳上扯了一件衣服，退出来往茅厕里走。

茅厕里正面没有一个人。

他很快的脱下自己的衣服,展开绒衣穿了上去。

忽然,他发现那衣服有点异样了。

扣子不在前胸的当中,而是在靠右的一边。袖子大而且短。没有领子。衣边上还镶着红色的花条。

"咳咳,倒霉倒霉!"阿长知道这是女人的衣服了。

他踌躇起来。

女人的衣服是龌龊的,男子穿了,就会行三年磨苦运!

"不要为是!"

他这样想着,正想把他脱下时,忽然嗅到了一种气息,异样的女人的气息:似乎是香的!

他又踌躇了。

他觉得有一个女人在他的身边:赤裸裸的抱着他,满身都是香粉香水!

他的魂魄飘漾起来了。

"阿长!快来!"

他听见这样的喊声,清醒了。他不愿把这衣服脱下。他爱这衣服。很快的,罩上了自己的夹衣,他又回去安详的做起点心来。

工作舒畅而且轻易,其乐融融。

中午点心做完,阿长回了家。但到了三点钟,阿瑞婶来找阿长了。

"你是有案犯人!"阿瑞婶恶狠的说。

"我看也没有看见过!"

于是阿瑞婶在他的房里搜索了。她有这权,虽然没有证据,因为阿长是有案犯人。

"偷了你的衣服,不是人!"阿长大胆的说。他是男人，阿瑞婶是女人，他想，显然是不会往他的身上找的。

"没有第二个贼骨头！"

"冤枉！天知道！"阿长叫着说，"我可以发誓，我没有拿过！"

"你发誓等于放狗屁！敢到庙里对着菩萨发誓，我饶你这狗命！"

阿长一想，这事情不妙。到庙里去发誓不是玩的，他向来没有干过。

"在这里也是一样！"

"贼骨头！明明是你偷的！不拿出来，我叫人打死你！"

这愈加可怕了。阿长知道，阿瑞婶店里的伙计有十来个，真的打起来，是不会有命的。

"庙里去也可以。"他犹豫的说。

"看你有胆子跪下去没有！"

阿长只好走了。许多人看着，他说了走，不能不走。

"走快！走快！"阿瑞婶虽是小脚，却走得比阿长还快；只是一路催逼阿长。

远远看见庙门，阿长的心突突的跳了。

很慢的，他走进了庙里。

菩萨睁着很大的眼睛，恶狠狠的望着阿长。

"跪下去，贼骨头！"阿瑞婶叫着说。

阿长低下头，不做声了。他的心里充满着恐怖，脑里不息的在想挽救的方法。

"不跪下去——打死你！"阿瑞婶又催逼着说。

阿长的智慧来了，他应声跪了下去。

他似乎在祷祝，但一点没有声音，只微微翕着两唇，阿瑞婶和旁看的人并没有听见。

"说呀！发誓呀！"阿瑞婶又催了。

"好！我发誓！"阿长大声的叫着说，"偷了你的衣服——天雷打！冤枉我——天火独间烧！"

这誓言是这样的可怕，阿瑞婶和其余的人都失了色，倒退了。

"瘟贼！"

阿长忽然听见这声音，同时左颊上着了一个巴掌。他慢慢的站了起来，细看打他的人，却是阿瑞婶店里的一个账房。论辈分，他是阿长的叔叔。阿长一想，他虽然是一个文人，平常也有几分气力，须得看机会对付。

"发了誓，可以饶了罢！"阿长诉求似的说。

"不饶你，早就结果你这狗命了！"那个叔叔气汹汹的说，"你犯了多少案子！谁不知道！"

"我改过做人了！饶了——我——罢！"

阿长这样的说着，复仇的计策有了，他蹲下身去，假装着去拔鞋跟，趁他冷不防，提起鞋子，就在他左颊上拍的一个巴掌，赤着一只脚，跑着走。

"我发了誓还不够吗？你还要打我！"阿长一面跑一面叫着。

他的叔叔到底是一个斯文人，被阿长看破了，怎么也追他不上。

阿长从别一条小路跑到家里，出了一身大汗，身上热得不堪。他立刻明白，非脱掉这件绒衣不可了！他已不复爱这件衣服。他有点怪它，觉得不是它，今日的祸事是不会有的。而这祸事直至这时仿佛还没有完结：一则阿瑞婶丢了衣服决不甘心，二则那个账房先生受了打，难免找他算账。这都不是好惹的。

智慧涌到他的脑里，他立刻脱下绒衣，穿上自己的夹衣，挟在衣服下，走了出去。

阿瑞婶的房子和他的房子在一条衖堂里。果然如他所料，他们都是由大路回来，这时正在半路上。果然阿瑞婶家里没有一个人。果然阿瑞婶家里的门开着。

于是阿长很快的走进了房里，把绒衣塞在阿瑞婶床上被窝里，从自己的后墙，爬到菜地里，取别一条路走了。

他有五六天没有回家。

阿瑞婶当夜就宽恕了他，因为绒衣原好好的在自己被窝里。

但神明却并不宽恕阿瑞婶。果报分明，第三天夜里几乎酿成大祸了。

她的后院空地里借给人家堆着的稻草，不知怎的忽然烧了起来。幸亏救得快……

第五章

美丽的妻室——体贴入微——二次的屈服——最后的胜利

阿长真使人羡慕！他苦到二十八岁苦出头了！这就是他也有了一个老婆！非常的美丽！她的面孔上雕刻着花纹，涂了四两花粉还不厌多，真是一个粉匣子！头发是外国式的，松毛一样的黄，打了千百个结，鬈屈着。从耳朵背后起一直到头颈，永久涂着乌黑的粉。眼皮上涂着胭脂，血一般红。鼻子洞里常粘着浆糊。包脚布从袜洞里拖了出来。走起路来，鞋边着地，缓而且慢。"拖鸡豹"是她的芳名！

感谢他的母亲，自阿长的父亲死后，忍冻受饥，辛苦了半生，积了一百几十元钱，又东挪西扯，才给了他这个可爱的妻子！

阿长待她不能再好了。在阿长看起来，她简直是一块宝玉。为了她，阿长时常丢开了工作，在家里陪伴她。同她在一起，生活是这样的快乐：说不出的快乐！

阿长不时从别的地方带来许多雪花膏，香粉，胭脂，香皂，花露水给她。他母亲叫她磨锡箔，但阿长不叫她磨，他怕她辛苦。煮起饭来，阿长亲自烧火，怕她烧了头发。切起菜来，阿长自己动手，怕她砍了指头。夜里，自己睡在外边，叫她睡在里边，怕她胆小。

"老婆真好！"阿长时常对人家这样的称赞说。

的确，他的老婆是非常的好的。满村的人知道：她好，好，好，好的不止一个！

例如阿二烂眼是一个，阿七拐脚是二个，化生驼背是三个……

阿长是聪明人，他的耳朵灵，一年后也渐渐知道了。于是智慧来到他的脑里，他想好了一种方法。

一天，他对他的妻子说，要送一个客到远处去，夜里不回来了。这原是常有的事，他的妻子毫不怀疑。

但到了夜里十点钟，他悄悄的回家了。

他先躲在门外倾听。

屋内已熄了灯，门关着。

他听见里面喃喃的低微的语声。他的耳朵不会背叛他，他分别出其中有阿二烂眼。

"有趣！……真胖呀！……"他隐隐约约听见阿二的话。

他不禁愤怒起来，两手握着拳，用力的敲门了：蓬蓬蓬！

"谁——呀？"他的妻子带着惊慌的音调，低声的问。

阿长气得回答不出话来，只是用力的敲门：

蓬蓬蓬！蓬蓬蓬！……

"到底是谁呀？"阿长的妻子含着怒气似的问，"半夜三更，人家睡了还要闹！"

"开不开呀？敲破这门！"

里面暂时静默了。阿长的妻子显然已听出了声音。

"是鬼是人呀？说了才开！"她接着便这样的问，故意延宕着。

"丑婊子！我的声音还听不出吗？"阿长愤怒的骂了。

"喔喔！听出了！等一等，我来开！"他的妻子一半生气，一半恐慌的说，"说不回来，又回来了！这样迟！半夜起来好不冷！"

阿长听见他的妻子起来了。他的胸中起了火，预备一进门就捉住阿二烂眼，给他一个耳光。

"瘟虫！又偷懒回来了！不做生意，吃什么呀？"他的妻子大声的咕噜着，蹬着脚，走到了门边。

"做得好事！"阿长听见她拔了栓，用力把门推开了半边，站在当中抵住了出路，骂着就是一个耳光，给他的妻子。

"怎么啦！你不做生意还打人吗？"

阿长的妻子比阿长还聪明，她说着把阿长用力一拖，拖到里面了。

房中没有点灯，阿长看不见一个人，只看见门口有光的地方，隐约晃过一个影子。

阿长知道失败了。他赶了出去，已看不见一点踪迹。

"丑婊子！做得好事！"他骂着，拍的在他妻子的面孔上又是一个耳光。"偷人了！"

于是阿长的妻子号淘大哭了。

"天呀！好不冤枉！……不能做了人！……"

她哭着，蹬着脚，敲着床。闹得阿长的母亲和邻居们都起来调解了。

"捉贼捉脏，捉奸捉双！你得了什么凭据呀！"她哭着说。

阿长失败了。他只有向她赔罪，直赔罪到天亮。

但阿长不甘心，他想好了第二个方法。

费了两天断断续续的工夫，他在房顶上挖了一个洞。那上面是别家堆柴的地方，不大有人上去。他的妻子不时到外面去，给了他很好的机会。他只把楼板挖起二块，又假盖着。在那里预备好了两根粗绳：一根缒自己下房里，一根预备带下去捆阿二烂眼。

他先给了她信用：好几次说夜里不回来，就真的不回来了。

一天夜里，他就躲到楼上等候着。

阿二烂眼果然又来了。

他听着他进门，听着他们切切的私语，听着他们熄了灯，上床睡觉。直至他们呼呼响起来，阿长动手了。

他很小心的掀起楼板，拴好了绳子，慢慢缒了下去……

"捉贼！捉贼！"

阿长快要缒下地，忽然听见他妻子在自己的身边喊了起来，同时，他觉得自己的颈项上被绳捆着了。他伸手去摸，自己已套在一只大袋里。

"捉住贼了！捉住贼了！"他的妻子喊着，把他头颈上的绳子越抽越紧，抽得他几乎透不过气来，紧紧的打了两个结。

灯点起时，阿长快昏过去了。

他的脚没有着地，悬空的吊在房里。

许多人进来了。

呵，原来是阿长！赶快放了他！

阿长的妻子号淘大哭了！她不愿再活着。她要跳河去！

于是阿长第二次失败了。他又只好陪罪，直陪罪到天亮。

但最后的胜利，毕竟是属于阿长的，因为他有特别的天才。过了不久，果然被他捉着一双了！

那是他暗地里请了许多帮手，自己先躲在床底下，用里应外合的方法。

这一次，捉住了两个赤裸裸的人！

然而有幸的是阿二烂眼，不幸的是阿七拐脚！他替代了阿二出丑！

在他们身上，阿长几乎打烂了一双手！

全村的人都知道这件事情，大家不禁对阿长起了相当的佩服。

但阿长是念善经的人的儿子，他的心中不乏慈悲，终于饶恕了自己的妻子。

他的妻子从此也怕了他，走了正路，不做歹事了。

第六章

慈母早弃哀痛成疾——鬼差误捉遭了一场奇祸——中途脱逃又受意外之灾

阿长的母亲真是一个不能再好的人了。她为了阿长，受尽了甜酸苦辣。

在他父亲脾气最坏的时期中，她生了阿长。那时她连自己的饭也吃不饱，却还要喂阿长。当阿长稍稍可以丢开的时候，她就出去给人家做短工，洗衣，磨粉。夜里回来磨锡箔，补衣服，直至半夜，五更起来给他预备好了一天的饭菜。阿长可以独睡在家的时候，她就出去给人家长做，半月一月回家一次。她的工钱是很少的，每月不过一元或一元二角。但她不肯浪化一文，统统积储起来了。因此，当阿长的父亲死时，她有钱买棺材，也有钱给他超度。阿长这一个妻子可以说是她的汗血换来的！她直做到五十八岁，断气前一个月。家里只有两间房子，连厨房在内。阿长有了老婆，她就让了出来，睡在厨房里，那里黑暗而且狭小，满是灰尘，直睡到死。

她不大打骂阿长，因为她希望阿长总有一天会变好的。

"咳，畜生呀畜生！脾气不改，怎样活下去呀！"阿长做错了事情，她常常这样唉声叹气的说，这"畜生"两字，从她口里出来很柔和，含着自己的骨肉的意思。"坏是不要紧的，只要能改！我从前年轻时走的路也并不好！……"

听着他母亲的劝告，阿长只会低下头去，说不出一句话来。

他母亲不常生病，偶然病了，阿长便着了急，想了种种方法去弄可口的菜来给她吃。

她最后一次的病，躺了很久，阿长显然失了常态了。

他自己的面色也渐渐青白起来，言语失了均衡，不时没有目的的来往走着，一种恍惚的神情笼罩了他。

随后他也病倒了。他的病跟着他母亲的病重起来，热度一天比一天高，呓语说个不休。

"妈，我跟着你去！"

一天下午，他突然起了床，这样的说着，解下裤带，往自己的颈上套了。

那时旁边站着好几个人，都突然惊骇起来，不知怎样才好。

他的妈已失了知觉，僵然躺在床上，只睁着眼，没有言语。

阿长的舅舅也站在旁边，他是预备送他姊姊的终来的。他一看见阿长要上吊，便跳了起来，伸出左手，就是拍拍的三个巴掌：

"畜生！"他骂着说，"要你娘送你的终吗？"

阿长哄然倒下了，从他的口中，吐出来许多白的沫。他喃喃的说着：

"啊，是吗？……娘西匹！……割下你的头……啊，这么大！……这么大！……我姓陈……阿四……啊呀！我不去……我不去！……吓杀我了，吓杀我了！……"

"阿长！阿长！"旁边的人都叫了起来，他的妻子便去推扯。

"啊，不要扯我！……我怕……我不去……饶了我罢！……"阿长非常害怕的伸着两手，推开什么东西的样子。他的两眼陷了进去，皱着面孔，全身发着抖。

这样的继续了很久，随后又不做一声的躺着了。

但不久，他大笑了。

"哈哈哈！……不要客气……四角……对不住，对不住……哈哈哈！……来吗？……"

大家都非常担忧，怕他活不下去，又恐怕他母亲醒过来，知道阿长的病势。于是大家商议，决定暂时把阿长放到楼上的柴间里去，让他的母亲先在房间里断气。他们相信，阿长的母亲就要走的，阿长怎样的快，也不会在她之先。

"妈！妈！……带我去！……"阿长不时在楼上叫着说，好几次想爬了起来，但终于被别人按住了。

到了晚上八点钟光景，楼下的哭声动了。

阿长的母亲已起了程。

在楼上照顾阿长的人也都跑了下去，暂时丢开了阿长，因为阿长那时正熟睡着。照规矩，阿长是应该去送终的，但他的病势既然这样的危险，也只有变通着办了。他母亲不能得他送终，总是前生注定的。

过了许久，底下的人在忙碌中忽然记到阿长了。

但等人跑上楼去，阿长已不在那里！

146

他到哪里去了呢，阿长？

没有谁知道！

大家惊慌了！因为他曾经寻过短见！他说他是要跟着他母亲一块去的！

到处寻找，没有阿长的踪迹。

一个十几岁的孩子说，他看见一个人，好像是阿长，曾在屋上爬过，经过几家的楼窗，一一张望，往大门上走了去……

这显然是阿长去寻短见了！

大家便往大门外，河边，街上去寻找。

但那些地方都没有踪迹。

只有一个住在河边的人说，他曾经听见河边扑通的响了一声，像一块很大的石头丢下水中……

呵，阿长投河了！显然是投河了！

纷乱和扰攘立刻迷漫了易家村，仿佛落下了一颗陨星一般。他们都非常的惊异，想不到阿长这样坏的一个人，竟是一个孝子！以身殉母的孝子！这样的事情，在易家村还不曾发生过！不，不，连听也不曾听见过，在这些村庄上！

第二天，许多人顺着河去寻阿长的尸首，不看见浮上来。几个人撑着船去打捞，也没有捞到什么。附近树林和义家地也找不见踪迹。

阿长已经不见了，他没有亲叔伯，没有亲兄弟，亲姊妹，阿长母亲已躺在祖堂里，这收殓出葬的大事便落在他舅舅的身上了。阿长没有积储什么钱，就有，也没有交给谁。这个可怜的母亲到死时只剩了十元自己的血汗钱。她又没有田或屋子可以抵卖，而阿长的舅舅的情形也半斤等于八两。没有办法，只有草草收殓，当日就出葬了。她已绝了后代，没有儿子，也没有孙子，过继是不会有人愿意的，可怜的女人！好好的超度，眼看做不到，只有请两个念巫代替和尚罢！至于落殓酒，送丧酒自然也只好请族人原谅，完全免去，因为两次照例的酒席费实在没有人拿得出。谁肯给没有后代的人填出三四十元钱来？以后向谁讨呢？阿长的老婆决不会守一生孤孀！

于是他母亲的事情就在当天草草的结束了。

冷落而且凄凉。

第三天清晨，天刚发亮，种田的木生的老婆提着淘米篮到河边去淘米了。

大门还关着，静悄悄的没有一点声音。

一到门边，她突然叫了起来，回头就跑！

她看见大门边躲着一个可怕的影子！极像阿长！一身泥泞！

"鬼啦！鬼啦！……"她吓得抖颤起来。这显然是阿长的灵魂回来了！

邻居们都惊骇起来，一听见她的叫声。

木生赶出来了。他是一个胆子极大的粗人。他一手拿着扁担，大声的问：

"在哪里？在哪里？"

"不要过去！……阿长的灵魂转来了！……躲在大门边！……"她的老婆叫着说。

木生一点也不害怕，走了拢去。

"张天师在此！"他高声的喊着。

阿长发着抖，蹲下了。他口里颤声的说：

"是我，木生叔！……人！"

木生听见他的话，确像活人的声音，样子也一点没有改变，他有点犹疑了。他想，阿长生病的时候原是有点像发疯，或许真的没有死。于是他拿住了扁担，问了：

"是人，叫三声应三声！……阿长！"

"噢！"

"阿长！"

"噢！"

"阿长！"

"噢！……真的是人，木生叔！"

木生叔相信了。但他立刻又想到了一个方法。鬼是最怕左手巴掌的，他想，如果是鬼，三个左手巴掌，就会消散。于是他决计再作一次证明。

他走近阿长，拍的就是一个左手巴掌，口里喊一声：

"小鬼！"

阿长只缩了一缩身子，啊呀响了一声。

拍的又是一个巴掌，阿长又只哼了一声，缩一缩身子。

第三个巴掌又打下去了，阿长仍整个在那里。

"我受不住了，木生叔！可怜我已受了一场大苦！……"

这时大门内的人都已聚在那里。他们确信阿长真的没有死。

阿长的舅舅因为阿长的老婆日后的事还没有排布好，夜里没有回去，宿在邻居的家里。他听见这消息，也赶到了。

他走上去也是拍三个左手巴掌，随后扯住阿长的耳朵，审问起来：

"那么你到底到哪里去了，说出来！"

阿长发着抖说了：

"昨夜——前天夜里，舅舅，一个可怕的人把我拖去的……把我拖到河里，按在河底里，灌我烂泥，又把我捆起来，拴在乱石里……我摸了一天河蚌……真大，舅舅，河蚌像甑大，螺蛳像碗大……好些人都在那里摸……我叫着叫着，没有一个人救我，后来我想出了法子，打碎一个蚌壳，割断绳，……逃上岸……走了一夜，才到家……"

许多女人都相信这话是真的。因为阿长的身上的确都是烂泥，面孔，头发上都是。

"这一定是鬼差捉错了！"

"也许是他命里注定要受这场殃！"

但阿长的舅舅却一点也不相信。他摇着头，怒气冲冲的睁着眼睛，说：

"狗屁！全是说谎！解开衣裳看过！"

阿长的舅舅的确了解阿长最深，这也许是他的姊姊生前常常在讲阿长的行为给他听的缘故吧。

在阿长的衣袋里，他找到了铁证：那是一包纸包，一点也没有湿，打开来，里面有十二元钞票！

"瘟东西！真死了还好一点！你骗谁！河里浸了一天一夜，钞票会不湿！

连纸包都是干的！你想把这钱藏起来，躲了开去，免得你娘死了，把你的袋口扯大！贼骨头！瘟东西！……"

他提起拳头连珠炮似的打了起来，两脚乱踢起来。许多人围拢来帮着打了，打得阿长走路不得。

但这十二元钞票，最后毕竟属于阿长了。因为虽然人家把它交给了他的老婆，而他的老婆毕竟是他的老婆！

第七章

戏语成真黑夜开棺——红绫被翻娇妻遭殃——空手出发别寻新地——阿长阿长

事实证明，阿长这双手有特别的天才。他依靠着它们，做了许多人家不敢做的事。光荣的纹已深刻地显露在他的两手上。他现在已没有父母，荫庇一点也没有了。家里没有田也没有钱，只有两间破陋的小屋，一道半倒塌的矮场，一扇破洞点点的烂门。饭锅是土做的,缺了口,筷已焦了一头,碗破了一边,凳子断了脚,桌子起了疤。可以说,穷到极巅了。

但他能够活着,能够活下去。

这是谁的功劳呢?

他的手的功劳!

他的手会掘地,会种菜,会砻谷,会舂米,会磨粉,会划船,会砍柴……

易家村极少这样的人物。虽然人人知道他的手不干净,却也缺少他不得。

又例如,易家村死了人,冰冷冷的,谁去给他穿衣呢?——阿长!阴森森的,谁在夜里看守尸首呢?——阿长!臭气冲鼻的,谁去扛着他放下棺材呢?——阿长!

不仅这些,他还学会了别的事情。

"黄金十二两!"

"有!"他答应者,硼的敲一下铜锣。

"乌金八两!"

"有!"硼的又敲一下铜锣。

"白米三斗!"

"有!"

"白米四斗!"

"有!"

"白米五斗!"

"有!"

"白米六斗!白米七斗!白米八斗!"

"有!有!有!"他答应一声敲一下,一点也不错误,一点也不迟缓,当入殓的时候。

对着死人,他不吐一口涎不发一点抖。他说着,笑着,做着,仿佛在他的面前躺着的不是死人,是活人。

"啊,爬起来了!"

半夜守尸的时候,常常有人故意这样的吓他,手指着躺在门板上的死人。

"正是三缺一,勿来伤阴德!"他安然笑着说。

"穿得真好啊!湖绉和花缎!"

一次,在守尸的夜里,阿毕鸦片鬼忽然这样的说了起来。"金戒指不晓得带了去做什么!难道这在阴间也有用么!"阿长说。

"怎么没有用!"

"压在天门,倒有点可怕!"

"你去拿一只来罢!我做庄家!我不怕!"

"拿一只就拿一只!"阿长随口的说。

"只怕阎吴大王要你做朋友!"

"笑话!剥尸也有方法!"

阿毕鸦片鬼笑了。

"你去剥来!"

"一道去!"

于是认真的商量了。

这一夜守夜的只有三个人,其中的一个,这时正熟睡着。他们两个人切切的密议起来,没有谁听见。

阿毕鸦片鬼是一个光棍,他穷得和阿长差不多。据易家村人所知道,他走的也是岔路。

于是过了三四天,这事情举行了。

夜色非常的朦胧,对面辨不出人。循着田塍,阿长和阿毕鸦片鬼悄悄的向一家出丧才两天的棺材走去,后面远远的跟着阿长的妻子,因为这勾当需要女人的左手。

阿长的肩上背着一根扁担，扁担上挂着一根稻绳，像砍柴的模样。阿毕鸦片鬼代他拿了镰刀，一只麻袋，像一个伴。

不久，到了那棺材旁了。

两个人开始轻轻的割断草绳，揭开上面的草。随后阿长便在田里捻了一团泥土，插上三根带来的香捧！跪着拜了三拜，轻轻祷告着说："开门！有事看朋友！"

说完这话，也就站起来，和阿毕鸦片鬼肩着棺盖，用力往上抬。

棺盖豁然顶开了。

那里面躺着一个安静的女人，身上重重叠叠的盖着红绫的棉被。头上扎着黑色的包头，只露出了一张青白的面孔。眼睛，鼻子和嘴巴已陷了进去。

掀开棉被，阿长就叫他的老婆动手。

于是拖鸡豹便走上前，在死人的脸上，啪啪的三个左手巴掌，低声而凶恶的叫着说：

"欠我铜钱还不还？"

尸首突然自己坐起了。因为女人的左手巴掌比什么都厉害。

"还不还？"阿长也叫着说，"还不还？连问三声，不还——就剥！"

三双手同时动手了。

这一夜满载而归……

不久，阿长和阿毕鸦片鬼上了瘾了。那里最多金戒指，银手镯，玉簪，缎衣，红绫被。地点又多半在野外，半夜里没有人看见，安静地做完了事，重又把稻草盖在上面，一点不露痕迹。

没有什么买卖比这更好了！

安稳而且厚利。

但一次，事情暴露了。

一处处人家，看见棺材旁脱落了许多稻草，疑惑起来，仔细观察，棺材上的稻草有点紊乱，再看时，棺材盖没有合口。

一传十，十传百，传了开去，许多人都惊疑起来，细细地去观察自己家里人的棺材。

有好几家，发现棺材口边压着一角棉袍或衣裳……

有一家，看见半只赤裸裸的手臂拖在外面，棺盖压着……

一天下午，阿长正在对河的火烧场里寻找东西，忽然看见五六个背着枪的警察往自己的大门内走了进去，后面跟着一大群男女。

阿长知道事情有点不妙了。他连忙在倒墙和未曾烧光的破屋中躲了起来，他只用一只眼睛从破洞里张望着。

对河的人越聚越多，都大声的谈论，一片喧嚷。

不久，人群两边分开，让出一条路，警察簇拥着他的妻子走了出来。一个警察挟着一条红绫的被，那正是阿长最近剥来的东西。

呵，阿长的老婆捉去了！阿长所心爱的老婆！

没有什么事比这更伤心了，阿长看着自己的老婆被警察绳捆索绑的捉了去。

他失了心似的，在附近什么地方躲了两天，饭也没有吃。

过了三天，易家村又骚动起来，街路上挤满了人。

阿长偷偷的看见人群中走着自己的妻子。手反绑着，头颈上一个木架，背上一块白布，写着许多字。七八个背枪的警察簇拥着。一个人提着铜锣，不时敲着。

完了！一切都完了！

阿长的老婆显然已定了罪名！不是杀就是枪毙！

可怜呵，阿长的老婆！这样青轻的年纪！

阿长昏晕了……

待他醒来，太阳已经下了山，黑暗渐渐罩住了易家村。

这时正有两个人提着灯笼，谈着话急促地走过。阿长只听见一句话：

"解到县里去了！"

阿长不想再回到家里去，虽然那里还藏着许多秘密的东西，这显然是不可能的事了。而且，即使可能，他也不愿再见那伤心的房子。他决计当夜离开易家村了。

他的心虽然震荡着，但他的脑子还依旧。他相信大地上还有他可以过活的地方。

"说不定，"他想，"别的地方更好！"

他的心是很容易安定的。新的希望又生长在他的脑内。

在朦胧的夜色中，他赤手空拳的出发了……

阿长，阿长！

阿长！阿长！！！

……

第八章 尾声

阿长离开易家村是在民国……年，三十……岁，至今将近十年了。

关于他，没有什么消息，在这冗长的年月中。

新的更好的地方应该有的罢，找到他，在阿长总是可能的罢——

给阿长祝福！

（选自短篇小说集《黄金》，1928年5月，上海人间书店）

童年的悲哀

　　这是如何的可怕，时光过得这样的迅速！

　　它像清晨的流星，它像夏夜的闪电，刹那间便溜了过去，而且，不知不觉地带着我那一生中最可爱的一叶走了。

　　像太阳已经下了山，夜渐渐展开了它的黑色的幕似的，我感觉到无穷的恐怖。像狂风卷着乱云，暴雨掀起波涛似的，我感觉到无边的惊骇。像周围哀啼着凄凉的鬼魅，影闪着死僵的人骸似的，我心中充满了不堪形容的悲哀和绝望。

　　谁说青年是一生中最宝贵的时代，是黄金的时代呢？我没有看见，我没感觉到。我只看见黑暗与沉寂，我只感觉到苦恼与悲哀。是谁在这样说着，是谁在这样羡慕着，我愿意把这时代交给了他。

　　呵，我愿意回到我的可爱的童年时代，回到那梦幻的浮云的时代！

　　神呵，给我伟大的力，不能让我回到那时代去，至少也让我的回忆拍着翅膀飞到那最凄凉的一隅去，暂时让悲哀的梦来充实我吧！我愿意这样，因为即使是童年的悲哀也比青年的欢乐来得梦幻，来得甜蜜呵！

　　……

　　那是在哪一年，我不大记得了。好像是在我十一二岁的时候。

　　时间是在正月的初上。正是故乡锣声遍地，龙灯和马灯来往不绝的几天。

这是一年中最欢乐的几天。过了长久的生活的劳碌，乡下人都一致的暂时搁下了重担，用娱乐来洗涤他们的疲乏了。街上的店铺全都关了门。祠庙和桥上这里那里一堆堆地簇拥着打牌九的人群。平日最节俭的人在这几天里都握着满把的瓜子，不息地剥啄着。最正经最严肃的人现在都背着旗子或是敲着铜锣随着龙灯马灯出发了。他们谈笑着，歌唱着，没有一个人的脸上会发现忧愁的影子。孩子们像从笼里放出来的一般，到处跳跃着，放着鞭炮，或是在地上围做一团，用尖石划了格子打着钱，占据了街上的角隅。

　　母亲对我拘束得很严。她认为打钱一类的游戏是不长进的孩子们玩的，她平日总是不许我和其他的孩子们一同玩耍，她把她的钱柜子锁得很紧密。倘若我偶然在抽屉的角落里找到了几个铜钱，偷偷地出去和别的孩子们打钱，她便会很快的找到我，赶回家去大骂一顿，有时挨了一场打，还得挨一餐饿。

　　但一到正月初上，母亲给与我自由了。我不必再在抽屉角落里寻找剩余的铜钱，我自己的枕头下已有了母亲给我的丰富的压岁钱。除了当着大路以外，就在母亲的面前也可以和别的孩子们打钱了。

　　打钱的游戏是最方便最有趣不过的。只要两个孩子碰在一起，问一声"来不来？"回答说"怕你吗？"同找一块不太光滑也不太凹凸的石板，就地找一块小的尖石，划出一个四方的格子，再在方格里对着角划上两根斜线，就开始了。随后自有别的孩子们来陆续加入，摆下钱来，许多人簇拥在一堆。

　　我虽然不常有机会打钱，没有练习得十分凶狠的铲法，但我却能很稳当的使用刨法，那就是不像铲似的把自己手中的钱往前面跌下去，却是往后落下去。用这种方法，无论能不能把别人的钱刨到格子或线外去，而自己的钱却能常常落在方格里，不会像铲似的，自己的钱总是一直冲到方格外面去，易于发生危险。

常和我打钱的多是一些年纪不相上下的孩子，而且都知道把自己的钱拿得最平稳。年纪小的不凑到我们这一伙来，年纪过大或拿钱拿得不平稳的也常被我们所拒绝。

在正月初上的几天里，我们总是到处打钱：祠堂里，街上，桥上，屋檐下，划满了方格。我的心像野马似的，欢喜得忘记了家，忘记了吃饭。

但有一天，正当我们闹得兴高采烈的时候，来了一个捣乱的孩子。

他比我们这一伙人都长得大些，他大约已经有了十四五岁，他的名字叫做生福。他没有母亲也没有父亲。他平时帮着人家划船，赚了钱一个人花费，不是挤到牌九摊里去，就和他的一伙打铜板。他不大喜欢和人家打铜钱，他觉得输赢太小，没有多大的趣味。他的打法是很凶的，老是把自己的铜板紧紧地斜扣在手指中，狂风暴雨似的鏊了下去。因此在方格中很平稳地躺着的钱，别人打不出去的，常被他鏊了出去。同时，他的手又来得很快，每当将鏊之前，先伸出食指去摸一摸被打的钱，在人家不知不觉中把平稳地躺着的钱移动得有了蹊跷。这种打法，无论谁见了都要害怕。

好像因为前一天和我们一伙里的一个孩子吵了架的缘故，生福忽然走来在我们的格子里放下了一个铜板。在打铜钱的地方拿着铜板打原是未尝不可以的，但因为他向来打得很凶而且有点无赖，同时又看出他故意来捣乱的声势，我们一致拒绝了。

于是生福发了气，伸一只脚在我们的格子里，叫着说：

"石板是你们的吗？"

我们的眉毛都竖起了。——但因为是在正月里,大家觉得吵架不应该,同时也有点怕他生得蛮横,都收了钱让开了。

"到我家的檐口去!"一个孩子叫着说。

我们便都拥到那里,划起格子来。

那是靠河的一个檐口下,和我家的大门是连接着的。那个孩子的家里本在那间屋子的楼下开着米店,因为去年的生意亏了本,年底就决计结束不再开了。这时店堂的门半开着,外面一部分已经变做了客堂,里面还堆着一些米店的杂物。屋子是孩子家里的,檐口下的石板自然也是孩子家里的了。

但正当我们将要开始继续打钱的时候,生福又来了。他又在格子里放下了一个铜板。

"一道来!"他气忿地说。

"这是我家的石板!"那孩子叫了起来。

"石板会答应吗?你家的石板会说话吗?"

我们都站了起来,捏紧了拳头。每个人的心里都发了火了。辱骂的话成堆的从我们口里涌了出来。

于是生福像暴怒的老虎一般,竖着浓黑的眉毛,睁着红的眼睛,握着拳头,向我们一群扑了过来。

但是,他的拳头正将落在那个小主人的脸上时,他的耳朵忽然被人扯住了。

"你的拳头大些吗?"一个大人的声音在生福脑后响着。

我们都惊喜地叫起来了。

那是阿成哥,是我们最喜欢的阿成哥!

"打他几个耳光,阿成哥。他欺侮我们呢!"

生福已经怔住了。他显然怕阿成哥。阿成哥比他高了许多,气力也来得大。他是一个大人,已经上了二十岁。他能够挑很重的担子,走很远的路。他去年就是在现在已经关闭的米

店里砻谷舂米。他一定要把生福痛打一顿的了,我们想。

但阿成哥却并不如此,反放了生福的耳朵。

"为的什么呢?"他问我们。

我们把生福欺侮我们的情形完全告诉了他。

于是阿成哥笑了。他转过脸去,对着生福说:"来吧,你有几个铜板呢?"他一面说,一面掏着自己衣袋里的铜板。

生福又发气了,看见阿成哥这种态度。他立刻在地上格子里放下了一个铜板。

"打铜板不会打不过你!"

阿成哥微笑着,把自己的铜板也放了下去。

我们也就围拢去望着,都给阿成哥担起心来。我们向来没有看见过阿成哥和人家打过铜板,猜想他会输给生福。

果然生福气上加气,来得愈加凶狠了。他一连赢了阿成哥五六个铜板。阿成哥的铜板一放下去,就被他打出格子外。阿成哥连还手的机会也没有。

但阿成哥只是微笑着,任他去打。

过了一会,生福的铜板落在格子里了。

于是我们看见阿成哥的铜板很平稳地放在手指中,毫不用力的落了下来。

阿成哥的铜板和生福的铜板一同滚出了格子外。

"打铜板应该这样打法,拿得非常稳!"他笑着说,接连又打出了几个铜板。

"把它打到这边来,好不好?"他说着,果然把生福的铜板打到他所指的地方去了。

"打到那边去吧!"

生福的铜板往那边滚了。

"随便你摆吧——我把它打过这条线!"

生福的铜板果然滚过了他所指的线。

生福有点呆住了。阿成哥的铜板打出了他的铜板，总是随着滚出了格子外，接连着接连着，弄得生福没有还手的机会。

我们都看得出了神。

"錾是不公平的，要这样平稳地跌了下去才能叫人心服！"阿成哥说着，又打出了几个铜板。

"且让你打吧！我已赢了你五个。"

阿成哥息了下来，把铜板放在格子里。

但生福已经起了恐慌，没有把阿成哥的铜板打出去，自己的铜板却滚出了格子外。

我们注意着生福的衣袋，它过了几分钟渐渐轻松了。

"还有几个好输呢？"阿成哥笑着问他说，"留几个去买酱油醋吧！"

生福完全害怕了。他收了铜板，站了起来。

"你年纪大些！"他给自己解嘲似的说。

"像你年纪大些就想欺侮年纪小的，才是坏东西！——因为是在正月里，我饶恕了你的耳光！铜板拿去吧，我不要你这可怜虫的钱！"阿成哥笑着，把赢得的铜板丢在地上，走进店堂里去了。

我们都大笑了起来，心里痛快得难以言说。

生福红着脸，逡巡了一会，终于拾起地上的铜板踱开了。

我们伸着舌头，直望到生福转了弯，才拥到店堂里去看阿成哥。

阿成哥已从屋内拿了一只胡琴走出来，坐在长凳上调着弦。

他是一个粗人，但他却多才而又多艺，拉得一手很好的胡琴。每当工作完毕时，他总是独自坐在河边，拉着他的胡琴，口中唱着小调。于是便有很多的人围绕着他，静静的听着。我

很喜欢胡琴的声音。这一群人中常有我在内。

在故乡，音乐是不常有的。每一个大人都庄重得了不得，偶然有人嘴里呼啸着调子，就会被人看做轻佻。至于拉胡琴之类是愈加没有出息的人的玩意了。一年中，只有算命的瞎子弹着不成调的三弦来到屋檐下算命，夏夜有敲着小锣和竹鼓的瞎子唱新闻，秋收后祠堂里偶然敲着洋琴唱一台书，此外乐器声便不常听见。只有正月里玩龙灯和马灯的时候，胡琴最多，二三月间赛会时的鼓阁，乐器来得完备些。但因为玩乐器的人多半是一些不务正业或是职业卑微的人，稍微把自己看得高一点的人便对他们含了一种蔑视的思想。然而，音乐的力量到底是很大的，乡里人一听见乐器的声音，男女老小便都围了拢去，虽然他们自己并不喜欢玩什么乐器。

阿成哥在我们村上拉胡琴是有名的。因此大人们多喜欢他。我们孩子们常缠着他要他拉胡琴。到了正月，他常拿了他的胡琴，跟着龙灯或马灯四处的跑。这几天不晓得为了什么事，他没有出去。

似乎是因为赶走了生福的缘故，他心里高兴起来，这时又拿出胡琴来拉了。

这支胡琴的构造很简单而且粗糙。蒙着筒口的不是蛇皮，是一块将要破裂的薄板。琴杆、弦栓和筒子涂着浅淡的红色。价钱大约是很便宜的。它现在已经很旧，淡红色上已经加上了一道龌龊的油腻，有些地方的油漆完全褪了色。白色的松香灰黏满了筒子的上部和薄板，又扬上了琴杆的下部并在那里黏着。弓已弯曲得非常厉害，马尾稀疏得像要统统脱下来的样子。这在我孩子的眼里并不美丽。我曾经有几次要求阿成哥让我试拉一下，它只能发出非常难听的嘎嘎声。

但不知怎的，这只胡琴到了阿成哥手里便发出很甜美的声音,有时像有什么在那声音里笑着跳着似的,有时又像有什么在那声音里哭泣着似的。听见了他的胡琴的声音,我常常呆睁着眼睛望着,惊异得出了神。

"你们哪一个来唱一曲呢?"这一天他拉完了一个调子,忽然笑着问我们说。"拣一个最熟的——《西湖栏杆》好不好?"

于是我们都红了脸叫着说:

"我不会!"

"谁相信!那个不会唱《西湖栏杆》!先让我来唱一遍吧——没有什么可以怕羞!"

"好呀!你唱你唱!"我们一齐叫着说。

"我唱完了,你们要唱的呢!"

"随便指定一个吧!"

于是阿成哥调了一调弦,一面拉着一面唱起来了:

西湖栏杆冷又冷,妹叹第一声:

在郎哥出门去,一路要小心!

路上鲜花——郎呀少去采……

阿成哥假装着女人的声音唱着,清脆得像一个真的女人,又完全合了胡琴的高低。我们都静默的听着。

他唱完了又拉了一个过门,停了下来,笑着说:"现在轮到你们了——哪一个?"

大家红着脸,一个一个都想溜开了。有几个孩子已站到门限上。

"不会!不会!"

"还是淅琴吧!"他忽然站起来,拖住了我的手。

我的心突然跳了起来,浑身像火烧一般,说不出话来,只是挣扎着,摇着头:

"不……不……"

"好呀！浙琴会唱！浙琴会唱！"孩子们又都跳了拢来，叫着说。

"不要怕羞！关了门吧！只有我们几个人听见！"阿成哥说着，松了手，走去关上了店门。

我已经完全在包围中了。孩子们都拥挤着我，叫嚷着。我不能不唱了。但我又怎能唱呢？《西湖栏杆》头一节是会唱的，但只在心里唱过，在没人的时候唱过，至多也只在阿姊的面前唱过，向来却没有对着别的人唱过。

"唱罢唱罢！已经关了门了！"阿成哥催迫着。

"不会……不会唱……"

"唱罢唱罢！浙琴！不要客气了！"孩子们又叫嚷着。

我不能不唱了。我只好红着脸，说：

"可不要笑的呢！"

"他答应了！——要静静的听着的！"阿成哥对大众说。

"让我再来拉一回，随后你唱，高低要合胡琴的声音！"

于是他又拉起来了。

听着他的胡琴的声音，我的心的跳动突然改变了情调，全身都像在颤动着一般。

他的胡琴先是很轻舒活泼的，这时忽然变得沉重而且呜咽了。

它呜咽着呜咽着，抽噎似的唱出了"妹叹第一声……"

……

"西湖栏杆冷又冷……"

他拉完了过门，我便这样的唱了起来，于是他的胡琴也毫不停顿的拉了下去，和我的歌声混合了。

……

"好呀！唱得好呀！……"孩子们喊了起来。

我已唱完了我所懂得的一节。胡琴也停住了。

我不知道我唱的什么，也不知道是怎样唱的。我只感觉到我的整个的心在强烈的击撞着。我像失了魂一般。

"比什么人都唱得好！最会唱的大人也没有唱得这样好！我头一次听见，浙琴！"阿成哥非常喜欢的叫着说。

我的心的跳动又突然改变了情调，像有一种大得不能负载的欢悦充塞了我的心。我默默坐下了。我感觉到我的头在燃烧着。我的灵魂像向着某处猛烈地冲了去似的……

就是从这一天起，我的灵魂向音乐飞去了。我需要音乐。我想象阿成哥握住我的手似的握住音乐。

因此我爱着了阿成哥，比爱任何人还爱他。

每当母亲对我说，"你去问问阿四叔，连品公公，阿成哥，看哪个明朝后日有工夫可以给我们来砻谷！"我总是先跑到阿成哥那里去。别个来砻谷，我懒洋洋地睁着眼睛睡在床上，很迟很迟的才起床，不高兴出去帮忙，尽管母亲一次又一次的骂着催着。阿成哥来了，我一清早就爬了起来，开开了栈房，把轻便的砻谷器具搬了出来，又帮着母亲备好了早饭，等待着阿成哥的来到。有时候还早，我便跑到桥头去等他。

他本来一向和气，见了人总是满面笑容。但我感觉到他对我的微笑来得格外亲热，像是一个母亲生的似的。因此我喜欢常在他身边。他砻谷时，我拿了一根竹杆，坐在他的对面赶鸡。他筛米时，我走近去拣着未曾破裂的谷子。

"《西湖栏杆》"这只小调一共有十节歌，就在砻谷的时候，他把其余的九节完全教会了我。

没有事的时候，他时常带了他的胡琴到我家里来，他拉着，我唱着。

他告诉我，用蛇皮蒙着筒口的胡琴叫做皮胡，他的这支用薄板蒙的叫做板胡。他喜欢板胡，因为板胡的声音比皮胡来得清脆。他说胡琴比箫和笛子好，因为胡琴可以随便变调，又可以自拉自唱；他能吹箫和笛子，但因为这个缘故，他只买了一只胡琴。

他又告诉我，外面的一根弦叫做子弦，里面的叫做二弦。他说有些人不用子弦，单用二弦和老弦是不大好听的，因为弦粗了便不大清脆。

他又告诉我，胡琴应该怎样拿法，指头应该怎样按法，哪一枚指头按着弦是"五"字，哪一枚指头按着弦是"六"字……

关于胡琴的一切，他都告诉我了！

于是我的心愈加燃烧了起来：我饥渴地希望得到一只胡琴。

但这是太困难了。母亲绝对不能允许我有一只胡琴。

最大的原因是，唱歌，拉胡琴，都是下流人的游戏。

我父亲是一个正经人，他在洋行里做经理，赚得很多的钱，今年买田，明年买屋，乡里人都特别的尊敬他和母亲。他们只有我这一个儿子，他们对我的希望特别大。他们希望我将来做一个买办，造洋房，买田地，为一切的人所尊敬，做一个人上的人。

倘若外面传了开去，说某老板的儿子会拉胡琴，或者说某买办会拉胡琴，这成什么话呢？

"你靠拉胡琴吃饭吗？"母亲问我说，每次当我稍微露出买一只胡琴的意思的时候。

是的，靠拉胡琴吃饭是不可能的，即使可能，我也不愿意。这是多么羞耻的事情，倘若我拉着胡琴去散人家的心，而从这里像乞丐似的得到了饭吃。

但我喜欢胡琴,我的耳朵喜欢听见胡琴的声音,我的手指想按着胡琴的弦,我希望胡琴的声音能从我的手指下发出来。这欲望在强烈地鼓动着我,叫我无论如何须去获得一只胡琴。

于是,我终于想出一个方法了。

那是在同年的夏天里,当我家改造屋子的时候。那时木匠和瓦匠天天在我们家里做着工。到处堆满了木料和砖瓦。

在木匠司务吃饭去的时候,我找出了一根细小的长的木头。我决定把它当做胡琴的杆子,用木匠司务的斧头劈着。但他们所用的斧头太重了,我拿得很吃力,许久许久还劈不好。我怕人家会阻挡我拿那样重的斧头,因此我只在没有人的时候劈;看看他们快要吃完饭,我便息了下来,把木头藏在一个地方。这样的继续了几天,终于被一个木匠司务看见了。他问我做什么用,我不肯告诉他。我怕他会笑我,或者还会告诉我的母亲。

"我自有用处!"我回答他说。

他问我要劈成什么样子,我告诉他要扁的方的。他笑着想了半天,总是想不出来。

但看我劈得太吃力,又恐怕我劈伤了手,这个好木匠代我劈了。

"这样够大了吗?"

"还要小一点。"

"这样如何呢?"

"再扁一点吧。"

"好了吧?我给你刨一刨光罢!"他说着,便用刨给我刨了起来。

待木头变成了一根长的光滑的扁平的杆子时,我收回了。那杆子的下部分是应该圆的,但因为恐怕他看出来,我把这件工作留给了自己，秘密地进行着。刨比斧头轻了好几倍，我一点也不感觉到困难。

随后我又用刨和锉刀做了两个大的，一头小一头大的，圆的弦栓。

在旧罐头中，我找到了一个洋铁的牛乳罐头，我剪去了厚的底，留了薄的一面，又在罐背上用剪刀凿了两个适合杆子下部分的洞。

只是还有一个困难的问题不容易解决。

那就是杆子上插弦栓的两个洞。

我用凿子试了一试，觉得太大，而且杆子有破裂的危险。

我想了。我想到阿成哥的胡琴杆上的洞口是露着火烧过的痕迹的。怎样烧的呢？这是最容易烧毁杆子的。

我决定了它是用火烫出来的。

于是我把家中缝衣用的烙铁在火坑里煨了一会，用烙铁尖去试了一下。

它只稍微焦了一点。

我又思索了。

我记起了做铜匠的定法叔家里有一个风扇炉，他常常把一块铁煨得血红的烫东西。烫下去时，会吱吱的响着，冒出烟来。我的杆子也应该这样烫才是，我想。

我到他家里去逡巡了几次，看他有没有生炉子。过了几天，炉子果然生起来了。

于是我拿了琴杆和一枚粗大的洋铁去，请求他自己用完炉子后让我一用。

定法叔立刻答应了我。在叔伯辈中，他是待我最好的一个。我有所要求，他总答应我。我要把针做成鱼钩时，他常借给我小铁钳和锉刀。母亲要我到三里路远近的大碑头买东西去时，他常叫我不要去，代我去买了来。他很忙，一面开着铜店，一面又在同一间房子里开着小店，贩卖老酒、洋油和纸烟。同时他还要代这家挑担，代那家买东西，出了力不够，还常常赔了一些点心钱和小费。母亲因为他太好了，常常不去烦劳他，但他却不时的走来问母亲，要不要做这个做那个，他实在是不能再忠厚诚实了。

这一天也和平日一般的，他在忙碌中看见我用洋钉烫琴杆不易见功，他就找出了一枚大一点的铁锥，在火里煨得血红，又在琴杆上撒了一些松香，很快的代我烫好了两个圆洞。

弦是很便宜的，在大碶头一家小店里，我买来了两根弦。

从柴堆里，我又选了一根细竹，削去了竹叶；从母亲的线篮中，我剪了一束纯麻，这两样合起来，便成了我的胡琴的弓。

松香是定法叔送给我的。

我的胡琴制成了。

我非常的高兴，开始试验我的新的胡琴，背着母亲拉了起来。

但它怎样也发不出声音，弓只是在弦上没有声息的滑了过去。

这使我起了极大的失望，我不知道它的毛病在哪里。我四处寻找我的胡琴和别的胡琴不同的地方，我发见了别的弓用的是马尾，我的是麻。我起初不很相信这两样有什么分别，因为它和马尾的样子差不多，它还没有制成线。随后我便假定了是弓的毛病，决计往大碶头去买了。

这时我感觉到这有三个困难的问题。第一是，铺子里的弓都套在胡琴上，似乎没有单卖弓的；第二是，如果响不响全在弓的关系，它的价钱一定很贵；第三是，这样长的一支弓从大

碛头拿到家里来，路上会被人家看见，引起取笑。

但头二样是过虑的。店铺里的主人答应我可以单买一支弓，它的价值也很便宜，不到一角钱。

第三种困难也有了解决的办法。

我穿了一件竹布长衫到大碛头去。买了弓，我把它放在长衫里面，右手插进衣缝，装出插在口袋里的模样，握住了弓。我急忙地走回家来。偶一遇见熟人，我就红了脸，闪了过去，弓虽然是这样的藏着，它显然是容易被人看出的。

就在这一天，我有了一支真的胡琴了。

它发出异常洪亮的声音。

母亲和阿姊都惊异地跑了出来。

"这是哪里来的呢？……"母亲的声音里没有一点责备我的神气，她微笑着，显然是惊异得快乐了。

我把一切的经过，统统告诉了她，我又告诉她，我想请阿成哥教我拉胡琴。她答应我，随便玩玩，不要拿到外面去，她说在外面拉胡琴是丢脸的。我也同意了她的意思。

当天晚上，我就请了阿成哥来。他也非常的惊异，他说我比什么人都聪明。他试了一试我的胡琴说，声音很洪亮，和他的一只绝对不同，只是洪亮中带着一种哭丧的声音，那大约是我的一支用洋铁罐做的原因。

我特别喜欢这种哭丧的声音。我觉得它能格外感动人。它像一个哑了喉咙的男子在哭诉一般。阿成哥也说，这种声音是很特别的，许多胡琴只能发出清脆的女人的声音，就是皮胡的里弦最低的声音也不大像男子的声音，而哭丧的声音则更其来得特别，这在别的胡琴上，只能用左手指头颤动着发出来，但还没有这样的自然。

"可是，"阿成哥对我说，"这只胡琴也有一种缺点，那就是，怎样也拉不出快乐的调子。因为它生成是这样的。"

我完全满意了。我觉得这样更好：让别个去拉快乐的调子，我来拉不快乐的调子。

阿成哥很快的教会了我几个调子。他不会写字，只晓得念谱子。他常常到我家里来，一面拉着胡琴，一面念着谱子，叫我写在纸头上。谱子写出了以后，我就不必要他常在我身边，自己可以渐渐拉熟了。

第二年春间，我由私塾转到了小学校。那里每礼拜上一次唱歌，我抄了不少的歌谱，回家时带了来，用胡琴拉着。我已住在学校里，很想把我的胡琴带到学校里去，但因为怕先生说话，我只好每礼拜回家时拉几次，在学校里便学着弹风琴。

阿成哥已在大碶头一家米店里做活，他不常回家，我也不常回家，不大容易碰着。偶然碰着了，他就拿了他自己的胡琴到我家里来，两个人一起拉着。有时，他的胡琴放在米店里，没有带来时，我们便一个人拉着，一个人唱着。

阿成哥家里有只划船。他很小时帮着他父亲划船度日。他除了父亲和母亲之外，还有一个哥哥和一个弟弟。因为他比他的兄弟能干，所以他做了米司务。他很能游泳，虽然他现在已经不常和水接近了。

有一次，夏天的下午，他坐在桥上和人家谈天，不知怎的，忽然和一个人打起赌来了。他说，他能够背着一只稻桶游过河。这个没有谁会相信，因为稻桶又大又重，农人们背着在路上走都还觉得吃力。如果说，把这只稻桶浮在水面上，游着推了过去或是拖了过去，倒还可能，如果背在肩上，人就会动弹不得，而且因了它的重量，头就会沉到水里，不能露在水面了。但阿成哥固执地说他能够，和人家赌下了一个西瓜。

稻桶上大下小，四方形，像一个极大的升子。我平时曾经和同伴们躲在里面游戏过,那里可以蹲下四五个孩子,看不见形迹。阿成哥竟背了这样的东西,拣了一段最阔的河道游过去了。我站在岸上望着,捏了一把汗,怕他的头沉到水里去。这样,输了西瓜倒不要紧,他还须吃几口水。

阿成哥从这一边游到那一边了。我的忧虑是多余的。他的脚好像踏着水底一般,只微微看见他的一只手在水里拨动着,背着稻桶,头露在水面上,走了过去。岸上的看众都拍着手,大声的叫着。

阿成哥看见岸上的人这样喝彩,特别高兴了起来。他像立着似的空手游回来时,整个的胸部露出在水面上,有时连肚脐也露出来了。这使岸上的看众的拍掌声和喝彩声愈加大了起来。这样的会游泳,不但我们年纪小的没有看见过,就连年纪大的也是罕见的。

阿成哥就在人声嘈杂中上了岸,走进埠头边一只划船里,换了衣服,笑嘻嘻地走到桥上来。桥上一个大西瓜已经切开在那里。他看见我也在那里,立刻拣了一块送给我吃。

"吃了西瓜,到你家里去!"他非常高兴的对我说。

他的眼睛里充满了快乐,他的面上满是和蔼的笑容。我说不出的幸福。我觉得世上没有比他更可爱的人了。

这一天下午,他在我家里差不多坐了两个钟头。我的胡琴在他手里发出了一种和平常特别不同的声音,异常的快乐,那显然是他心里非常快乐的缘故。

但这样快乐的夏天,阿成哥从此不复有了。从第二年的春天起,他在屋子里受着苦,直到第二个夏天。

那是发生在三月里的一天下午,正当菜花满野盛放的时候。

他太快乐了。再过一天,他家里就将给他举行发送的盛会。这是订婚后第二次,也就是最后一次的礼节。同年十月间，他将和一个女子结婚了。他家里的人都在忙着给他办礼物，他自己也忙碌得异常。

这一天，他在前面，他的哥哥提着一篮礼物跟在他后面向家里走来。走了一半多路，过了一个凉亭，再转过一个屋弄，就将望见他们自己屋子的地方，他遇见了一只狗。

它拦着路躺着，看见阿成哥走来，没有让开。

阿成哥已经在狗的身边走了过去。不知怎的，他心里忽然不高兴起来。他回转身来，瞥了狗一眼，一脚踢了过去。

"畜生！躺在当路上！"

狗突然跳起身，睁着火一般的眼睛，非常迅速的，连叫也没有叫，就在阿成哥脚骨上咬了一口，随后像并没有什么事似的，它垂着尾巴走进了菜花丛里。

阿成哥叫了一声，倒在地下了。他的脚骨已连裤子被狗咬破了一大块，鲜血奔流了出来。这一天他走得特别快，他的哥哥已经被他遗落在后方，直待他赶到时，阿成哥已痛得发了昏。他再也站不起来了。

他的哥哥把他背回家里，他发了几天的烧。全家的人本是很快乐的，这时都起了异常的惊骇。据说，菜花一黄，蛇都从洞里钻了出来，狗吃了毒蛇，便花了眼，发了疯，被它咬着的人，过了一百二十天是要死亡的。神农尝百草，一直到现在还没有发现医治疯狗咬的药。

为什么要在这一天呢？大家都绝望的想着。这是一个非常不吉利的预兆。没有谁相信阿成哥能跳出这个灾难。

他的父亲像在哄骗自己似的，终于东奔西跑，给他找到了一个卖草头药的郎中，给他吃了一点药，又敷上了一些草药。郎中告诉他，须给阿成哥一间最清静的房子，把窗户统统关闭起来，第一是忌色，第二是忌烟酒肉食，第三是忌声音，这样的在屋子里躲过一百二十天，他才有救。

然而阿成哥不久就复原了。他的创口已经收了口，没有什么疼痛，他的精神也已和先前一样。他不相信郎中和别人的话，他怎样也不能这样的度过一百二十天。他总是闹着要出来。但因为他家里劝慰他的人多，他也终于闹了一下，又安静了。

我那时正在学校里，回家后，听见母亲这样说，我才知道了一切。我想去看他，但母亲说，这是不可能的，吵闹了他，他的病会发作起来。母亲告诉我的话是太可怕了。她说，被疯狗咬过的人是绝对没有希望的。她说，毒从创口里进了去，在肚子里会长出小狗来的，创口好像是好了，但在那里会生长狗毛，满了一百二十天，好了则已，不好了，人的眼睛会像疯狗似的变得又花又红，不认得什么人，乱叫乱咬，谁被他咬着，谁也便会变疯狗死去。她不许我去看他，我也不敢去看他，虽然我只是记挂着他。我只每礼拜六回家时打听他的消息。他的灾难使我太绝望了，我总是觉得他没有救星了似的。许久许久，我没有心思去动一动我的胡琴。母亲知道我记挂着阿成哥，因此她时常去打听阿成哥的消息，待我回家时，就首先报告给我听。

到了暑假，我回家后，母亲告诉我，大约阿成哥不要紧了。她说，疯狗咬也有一百天发作的，他现在已经过了一百天，他精神和身体一点没有什么变化。他已稍稍的走到街上来了。有一次母亲还遇见过他，他问我的学校哪一天放暑假。只是母亲仍不许我去看他，她说她听见人家讲，阿成哥有几个相好的女人，只怕他犯了色，还有危险，因为还没有过一百二十天。

但有一天的晚间，我终于遇见他了。

他和平时没有什么分别,只微微清瘦一点。他的体格还依然显露着强健的样子,脸色也还和以前一样的红棕色,只微微淡了一点,大概是在屋子里住得久了。他拿着一根钓鲤鱼的竿子,在河边逡巡着观望鲤鱼的水泡。我几乎忘记了他的病,奔过去叫了起来。

他的眼睛里露出了欣喜和安慰的光,他显然也是渴念着我的。他立刻收了鱼竿,同我一起到我的家里来。母亲听见他来了,立刻泡了一杯茶,关切地问他的病状。他说他一点也没有病,别人的忧虑是多余的。他不相信被疯狗咬有那样的危险。他把他的右脚骨伸出来,揭开了膏药给我们看,那里没有血也没有脓,创口已经完全收了口。他本想连这个膏药也不要,但因为别人固执地要他贴着,他也就随便贴了一个。他有点埋怨他家里的人,他说他们太大惊小怪了。他说一个这样强壮的人,咬破了一个小洞有什么要紧。他说话的时候态度很自然。他很快乐,又见到了我。他对于自己被疯狗咬的事几乎一点也不关心。

我把我的胡琴拿出来提给他,他接在手里,看了一会,说:

"灰很重,你也许久没有拉了罢?"

我点了点头。

于是母亲告诉他,我怎样的记挂着他,怎样的一回家就想去看他,因为恐怕扰乱他的清静,所以没有去。

阿成哥很感动的说,他也常在记挂着我,他几次想出来都被他家里人阻住了。他也已经许久没有拉胡琴了,他觉得一个人独唱独拉是很少兴趣的。

随后他便兴奋地拉起胡琴来,我感动得睁着眼睛望着他和胡琴。我觉得他的情调忽然改变了。原是和平常所拉的一个调子,今天竟在他手里充满了忧郁的情绪,哭丧声来得特别多也特别拖长了。不知怎的，我心中觉得异常的凄凉，我本是很快乐的，今天能够见着他，而且重又同他坐在一起玩弄胡琴，但在这快乐中我又有了异样的感觉，那是沉重而且凄凉的一种预感。我只默然倾听着，但我的精神似乎并没有集中在那里，我的眼前现出了可怕的幻影：一只红眼睛垂尾巴的疯狗在追逐阿成哥，在他的脚骨上咬了一口，于是阿成哥倒下地了，满地流着鲜红的血，阿成哥站起来时，眼睛也变得红了，圆睁着，张着大的嘴，露着獠牙，追逐着周围的人，刺刺地咬着石头和树木，咬得满口都是血，随后从他的肚子里吐出来几只小的疯狗，跳跃着，追逐着一切的人……于是阿成哥自己又倒在地上，在血泊中死去了……有许多人号哭着……

"淅琴！"母亲突然叫醒了我，"做什么这样的呆坐着呢？今天遇见了阿成哥了，应该快活了吧？跟着唱一曲不好吗？"

我觉得我的脸发烧了。我怎么唱得出呢？这已经是最后一次了，我从此不能再见到阿成哥，阿成哥也不能再见到我了。命运安排好了一切，叫他离开了我，离开了这世界，而且迅速的，非常迅速的，就在第三天的下午。

天气为什么要变得和我的心一般的凄凉呢？没有谁能够知道。它刮着大风，雪盖满了天空，和我的心一般的恐怖与悲伤。

街上有几个人聚在一起，恐怖地低声的谈着话。这显然是出了意外的事了。我走近去听，正是关于阿成哥的事。

"……绳子几乎被他挣断了……房里的东西都被他撞翻在地上……磨着牙齿要咬他的哥哥和父亲……他骂他的父亲，说前生和他有仇恨……门被他撞了个窟窿，他想冲出来，终于被他的哥哥和父亲绑住了……咬碎了一只茶杯，吐了许多血……

正是一百二十天，一点没有救星……"

像冷水倾泼在我的头上一般，我恐怖得发起抖来。在街上乱奔了一阵，我在阿成哥屋门口的一块田里踉跄地走着。

屋内有女人的哭声，此外一切都沉寂着。没有看见谁在屋内外走动。风在屋前呼啸着，凄凉而且悲伤。

我瞥见在我的脚旁，稻田中，有一堆夹杂着柴灰的鲜血……

我惊骇地跳了起来，狂奔着回到了家里……

我不能知道我的心是在怎样的击撞着，我的头是在怎样的燃烧着，我一倒在床上便昏了过去。

当阿成哥活着的时候，世上没有比他更可爱的人，当阿成哥死去时，也没有比他更可怕的了。

我出世以来，附近死过许多人，但我没有一次感觉到这样的恐怖过。

当天晚间，风又送了一阵悲伤的哭声和凄凉的钉棺盖声进了我的耳里……

从此我失去了阿成哥，也失去了一切……

……

命运为什么要在我的稚弱的心上砍下一个这样深的创伤呢！我不能够知道。它给了我欢乐，又给了我悲哀。而这悲哀是无底的，无边的。

一切都跟着时光飞也似的溜过去了，只有这悲哀还存留在我的心的深处。每当音乐的声音一触着我的耳膜，悲哀便侵袭到我的心上来，使我记起了阿成哥。

阿成哥的命运是太苦了，他死后还遭了什么样的蹂躏，我不忍说出来……

我呢，我从此也被幸福所摈弃了。

就在他死后第二年，我离开了故乡，一直到现在，还是在外面飘流着。

前两年当我回家时，母亲拿出了我自制的胡琴，对我说：

"看哪！你小时做的胡琴还代你好好的保留着呢！"

但我已不能再和我的胡琴接触了。我曾经做过甜蜜的音乐的梦，而它现在已经消失了。甚至连这样也不可能：就靠着拉胡琴吃饭，如母亲所说的，卑劣地度过这一生罢！

最近，我和幸福愈加隔离得远了。我的胡琴，和胡琴同时建造起来的故乡的屋子，已一起被火烧成了灰烬。这仿佛在预告着，我将有一个更可怕的未来。

青年时代是黄金的时代，或许在别人是这样的罢？但至少在我这里是无从证明了。我过的艰苦和烦恼的日子太多了，我看不见幸福的一线微光。

这样的生活下去是太苦了……

我愿意……

（选自短篇小说集《童年的悲哀》，1931年6月，上海亚东图书馆）

小小的心

　　赖友人的帮助，我有了一间比较舒适而清洁的住室。淡薄的夕阳的光在屋顶上徘徊的时候，我和一个挑着沉重的行李的挑夫穿过了几条热闹的街道，到了一个清静的小巷。我数了几家门牌，不久便听见我的朋友的叫声。

　　"在这里！"他说，一手指着白色围墙中间的大门。

　　呈现在我的眼前的是一座半旧的三层洋楼：映在夕阳中的枯黄的屋顶露着衰疲的神情；白的墙壁现在已经变成了灰色，颇带几分忧郁；第三层的楼窗全关着，好几个百叶窗的格子斜支着；二层楼的走廊上，晾晒着几件白色的衣服。

　　我带着几分莫名的怅惘，跟着我的朋友走进了大门。这里有很清鲜的空气，小小的院子中栽着几株花木。楼下的房子比较新了一点，似乎曾经加过粉饰的工夫。厅堂中满挂着字画，一个穿西装的中年男子在那里和我的朋友招呼。经过他的身边，我们走上了一条楼梯。楼上有几个妇人和孩子在楼梯口观望着我们。楼上的厅堂中供着神主的牌位，正中的墙壁上挂着一副面貌和善的老人的坐像，从香炉中盘绕出几缕残烟，带着沉幽的气息。供桌外面摆着两张方桌，最外面的一张桌上放着几双碗筷，预备晚餐了。我的新的住室就在厅堂东边第一间，两个门：一个通厅堂，一个朝南通走廊的两扇玻璃门。从朝东的窗子望出去，可以看见邻家园子里的极大的榕树。床铺和桌椅已由我的朋友代我布置好，我打发挑夫走了，便开始整理我的行李。

妇人和孩子们走到我的房里来了,眼中露着好奇的光。

"请坐,请坐,"我招待她们说。

她们嘻嘻笑着,点了点头,似乎会了意。

"这是二房东孙先生的夫人,"我的朋友指着一位面色黝黑的三十余岁的妇人,对我介绍说。

"这位老太太是住在厅堂那边,李先生的母亲,"他又指着一个和善的白头发的老妇人,说。

"这两位女人是他们的亲戚……"

"啊!啊,请她们坐罢,"我说。

她们仍嘻嘻的笑着,好奇的眼光不息的在我的身上和我的行李上流动。

最后我的朋友操着流利的本地话和她们说了。他是在介绍我,说我姓王,在某一个学校当教员,现在放了假,到某一家报馆来做编辑了。

"上海郎?"那位老太太这样的问。

"上海郎,"我的朋友回答说。

我不觉笑了。这样的话我已经听见不少的次数,只要是说普通话,或者是说类似普通话的人,在这里是常被本地人看做上海人的。"上海",这两个字在许多本地人的脑中好像是福建以外的一个版图很大的国名,它包含着:辽宁,吉林,黑龙江,河北,河南,山东,江苏,浙江,山西,陕西,甘肃,四川,湖北,湖南,江西……一句话,这就等于中国的别名了。我的朋友并非不知道我不是上海人,只因这地方的习惯,他就顺口的承认了。

"上海郎!红阿!"忽然一个孩子在我的身边低声的试叫起来。

黄昏已在房内撒下了朦胧的网,我不十分能够辨别出这孩子的相貌。他约莫有四五岁年纪，很觉瘦小，一身肮脏的灰色衣服，左眼角下有一个很长的深的疤痕，好像被谁挖了一条沟。

"顽皮的孩子！"我想，心里颇有几分不高兴。虽然是孩子，我觉得他第一次这样叫我是有点轻视的意味的。

"阿品！"果然那老太太有点生气了，她很严厉的对这孩子说了一些本地话，"——红先生！"

"红先生……"孩子很小心的学着叫了一句，声音比前更低了。

"红先生！"另外在那里呆望着的三个小孩也跟着叫了起来。

我立刻走过去，牵住了他的小手，蹲在他的面前。我看见他的眼睛有点湿润了。我抚摸着他的脸，转过头来向着老太太说："好孩子哪！"

"好孩寄？——peh！"她笑着说。

"里姓西米？"我操着不纯粹的本地话问这孩子说。

"姓……谭！"他沉着眼睛，好像想了一想，说。

"他姓陈，"我的朋友立刻插入说，"在这里，陈字是念做谭字的。"

我点了一点头。

"他是这位老太太的外孙——喔，时候不早了，我们出去吃饭吧！"我的朋友对我说。

我站起来，又望了望孩子，跟着我的朋友走了。

阿品，这瘦小的孩子，他有一对使人感动的眼睛。他的微黄的眼珠，好像蒙着一层薄的雾，透过这薄雾，闪闪的发着光。两个圆的孔仿佛生得太大了，显得眼皮不易合拢的模样，不常看见它的眨动，它好像永久是睁开着的。眼珠往上泛着，下面露出了一大块鲜洁的眼白,像在沉思什么,像被什么所感动。在他的眼睛里,我看见了忧郁,悲哀。

"住在外婆家里,应该是极得老人家的抚爱的——他的父母可在这里?"在路上,我这样的问我的朋友。

"没有,他的父亲是工程师,全家住在泉州。"

"那么,为什么愿意孩子离开他们呢?"我好像一个侦探似的,极想知道他的一切。"大概是因为外婆太寂寞了吧?"

"不,外婆这里有三个孙子,不会寂寞的。听说是因为那边孩子太多了,才把他送到这里来的哩!"

"喔——"

我沉默了,孩子的两个忧郁的眼睛立刻又显露在我的眼前,像在沉思,像在凝视着我。在他的眼光里,我听见了微弱的忧郁的失了母爱的诉苦;看见了一颗小小的悲哀的心……

第二天早晨,阿品独自到了我的房里。"红先生!"他显出高兴的样子叫着,同时睁着他的沉思的眼睛凝望着我。我叫着他的名字,走过去牵住了他的小手。这房子,在他好像是一个神异的所在,他凝视着桌子,床铺,又抬起头凝望着壁上的画片。他的眼光的流动是这样的迟缓,每见着一样东西,就好像触动了他的幻想,呆住了许久。

"红先生!"他忽然指着壁上的一张相片,笑着叫了起来。

我也笑了,他并不是叫那站在他的身边的王先生,他是在和那站在亭子边,挟着一包东西的王先生招呼,我把这相片取下来,放在椅子上。他凝视了许久,随后伸出一只小指头,指着那一包东西说了起来。我不懂得他说些什么,只猜想他是在问我,拿着什么东西。"几本书,"我说。他抬起头来望着我,口里咕噜着。"书!"我更简单的说,希望他能够听出来。但他依然凝视着我,显然他不懂得。我便从桌上拿起一本书，指着说，"这个，这个，"他明白了，指着那包东西，叫着"兹！兹！""读兹？"我问他说。"读兹，里读兹！"他笑着回答。"这个叫西米？"我指着茶壶。"队阁。""这叫西米？"我指着茶杯。"队杯，""队阁，队杯！队阁，队杯！"我重复的念着。想立刻记住了本地音。"队阁，队杯！队阁，队杯！"他笑着，缓慢的张着小嘴，眨着沉思的眼睛，故意反学我了。薄的红嫩的两唇，配着黄黑残缺的牙齿，张开来时很像一个破烂了的小石榴。

  从这一天起，我有了一个很好的教师了，他不懂得我的话，我也不懂得他的话，但大家叽哩咕噜的说着，经过了一番推测，做姿势以后，我们都能够了解几分。就在这种情形中，我从他那里学会了几句本地话。清晨，我还没有起床的时候，他已经轻轻地敲我的门。得到了我的允许，他进来了。爬上凳子，他常常抽开屉子找东西玩耍。一张纸，一支铅笔，在他都是好玩的东西。他乱涂了一番，把纸搓成团，随后又展开来，又搓成了团。我曾经买了一些玩具给他，但他所最爱的却是晚上的蜡烛。一到我房里点起蜡烛，他就跑进来凝视着蜡烛的溶化，随后挖着凝结在烛旁的余滴，用一只洋铁盒子装了起来。我把它在火上烧溶了，等到将要凝结时，取出来捻成了鱼或鸭。他喜欢这蜡做的东西，但过了几分钟，他便故意把它们打碎，要我重做。于是我把蜡烛捻成了麻雀，猴子，随后又把破烂的麻雀捻成了碗，把猴子捻成了筷子和汤匙，最后这些东西又变成了人，兔子，牛，羊……他笑着叫着，外婆家里一个十二三岁的丫头几次叫他去吃晚饭，只是不理她。"吃了饭再来玩吧，"我推着他去，也不肯走。最后外婆亲自来了，她严厉地说了几句，好像在说：如果不回去，今晚就关上门，不准他回去睡觉，他才走了，走时还把蜡烛带了去。吃完饭，他又来继续玩耍,有几次疲倦了就躺在我身上,问他睡在这里吧,他并不固执的要回去,但随后外婆来时,也便去了。

阿品有一种很好的习惯,就是拿动了什么东西必定把它归还原处。有一天,他在我抽屉里发现了一只空的美丽的信封盒子。他显然很喜欢这东西,从家里搬来了一些旧的玩具,装进在盒子里。摇着,反覆着,来回走了几次,到晚上又把玩具取出来搬回了家,把空的盒子放在我的抽屉里。盒子上面本来堆集着几本书,他照样地放好了。日子久了,我们愈加要好起来,像一家人一样,但他拿动了我的房子里的东西,还是要把它放在原处。此外,他要进来时,必定先在门外敲门或喊我,进了门或出了门就竖着脚尖,握着门键的把手,把门关上。

阿品的舅舅是一个画家,他有许多很好看的画片,但阿品绝不去拿动他什么,也不跟他玩耍。他的舅舅是一个严肃寡言的人,不大理睬他,阿品也只远远地凝望着他。他有三个孩子都穿得很漂亮,阿品也不常和他们在一块玩耍。他只跟着他的公正慈和的外婆。自从我搬到那里,他才有了一个老大的伴侣。虽然我们彼此的语言都听不懂,但我们总是叽哩咕噜的说着,也互相了解着,好像我完全懂得本地话,他也完全懂得普通话一样。有时,他高兴起来,也跟我学普通话,代替了游戏。

"茶壶!"我指着桌上的茶壶说。

"茶涡!"他学着说。

"茶杯!"

"茶杯!"

"茶瓶!"

"茶饼!"

"这个叫西米?"我指着茶壶,问他。

"茶饼!"他睁着眼睛,想了一会,说。

"不，茶壶！"

"茶涡！"

"这个？"我指着茶杯。

"茶杯！"

"这个？"我指着茶壶。

"茶涡！"他笑着回答。

待他完全学会了，我倒了两杯茶，说："请，请！喝茶，喝茶！"

于是他大笑起来，学着说："请，请，喝茶，喝茶！里夹，里夹！"

"你喝，你喝！"我改正了他的话。

他立刻知道自己说错了，又哈哈大笑起来。随后却又故意说："你喝，你喝！里夹，里夹。"

"夹里，夹里！"我紧紧地抱住了他，吻着他的面颊。

他把头贴着我的头，静默地睁着眼睛，像有所感动似的。我也静默了，一样地有所感动。他，这可爱的阿品，这样幼小的时候，就离开了他的父母，失掉了慈爱的亲热的抚慰，寂寞伶仃地寄居在外婆家里，该是有着莫名的怅惘吧？外婆虽然是够慈和了，但她还有三个孙子，一个儿子，又没有媳妇，须独自管理家务，显然是没有多大的闲空，可以尽量的抚养外孙，把整个的心安排在阿品身上的。阿品是不是懂得这个，有所感动呢？我不知道。但至少我是这样地感动了。一样的，我也离开了我的老年的父母，伶仃地寂寞地在这异乡。虽说是也有着不少的朋友，但世间有什么样的爱情能和生身父母的爱相比呢？……他愿意占有我吗？是的，我愿意占有他，永不离开他；……让他做我的孩子，让我们永久在一起，让胶一般的把我们粘在一起……

"但是，你是谁的孩子呢？你姓什么呢？"我含着眼泪这样地问他。

他用惊异的眼光望着我。

"里姓西米？"

"姓谭！"

"不，"我摇着头，"里姓王！"

"里姓红，瓦姓谭！"

"我姓王，里也姓王！"

"瓦也姓红，里也姓红！"他笑了，在他，这是很有趣味的。

于是我再重复的问了他几句，他都答应姓王了。

外婆从外面走了进来，听见我们的问答，对他说："姓谭！"但是他摇了一摇头，说："红。"外婆笑着走了。外婆的这种态度，在他好像一种准许，从此无论谁问他，他都说姓王了，有些人对他取笑说，你就叫王先生做爸爸吧，他就笑着叫我一声爸爸。这原是徒然的事，不会使我们满足，不会把我们中间的缺陷消除，不会改变我们的命运的，但阿品喜欢我，爱我，却是足够使我暂时自慰了。

一次，我们附近做起马戏来了。我们可以在楼顶上望见那搭在空地上的极大的帐篷，帐篷上满缀着红绿的电灯，晚上照耀得异常的光明，军乐声日夜奏个不休。满街贴着极大的广告，列着一些惊人的节目：狮子，熊，西班牙女人，法国儿童，非洲男子……登场奏技，说是五国人合办的，叫做世界马戏团。承朋友相邀，我去看了一次，觉得儿童的走索，打秋千，女人的跳舞，矮子翻跟斗，阿品一定喜欢看，特选了和这节目相同，而没有狮子，熊奏技的一天，得到了他的外婆的同意，带他到马戏场去。场内三等的座位已经满了，只有头二等的票子，二等每人二元，儿童半价，我只带了两块钱。我要回家取钱，阿品却不肯，拉着我的手定要走进去，他听不懂我的话，以为我不看了，急得眼泪都快流出来。直到我在那里遇见了一位朋友，阿品才高兴的跳跃着跑了进去。

几分钟后，幕开了。一个美国人出来说了几句恭敬的英语，接着就是矮子的滑稽的跟斗。阿品很高兴的叫着，摇着手，像表示他也会翻跟斗似的。随后一个十二三岁的女孩子出来了。她攀着一根索子一直揉到帐篷顶下，在那里，她纵身一跳，攀住了一个秋千，即刻踏住木板，摇荡几下翻了几个转身，又突然一翻身，落下来，两脚勾住了木板。这个秋千架搭得非常高。底下又无遮拦，倘使技术不娴熟，落到地上，粉身碎骨是无疑的。在幽扬的军乐中，四面的观众都齐声鼓掌起来，惊羡这小小女孩子的绝技。我转过脸去看阿品，他只是睁着眼睛，惊讶的望着，不做一声。他的额角上流着许多汗。这时正是暑天的午后，阳光照在篷布上，场内坐满了人，外婆又给阿品罩上了一件干净的蓝衣，他一定太热了，我便给他脱了外面的罩衣，又给他抹去头上的汗。但是他一手牵着我的手，一手指着地，站了起来。我不懂得他的意思，猜他想买东西吃，便从衣袋里摸出一包糖来，递给了他，扯他再坐下来。他接了糖没有吃，望了一望秋千架上的女孩，重又站起来要走。这样的扯住他几次，我看见他的眼中包满了眼泪。我想，他该是要小便了，所以这样的急，便领他出了马戏场。牵着他的手，我把他带到一个僻静的角落里，但他只是东张西望，却不肯小便。我知道他平常是什么事情都不肯随便的，又把他带到一处更僻静，看不见一个人的所在。但他仍不肯小便。许是要大便了，我想，从袋里拿出一张纸来，扯扯他的裤子，叫他蹲下。他依然不肯。他只叽哩咕噜的说着，扯着

我的手要走。难道是要吃什么吗？我想。带他在许多摊旁走过去，指着各种食品问他，但他摇着头，一样也不要，扯他再进马戏场又不肯。这样，他着急，我也着急了。十几分钟之后，我只好把他送回了家，我想，大概是什么地方不舒服吧？倒给他担心起来。一见着外婆，他就跑了过去，流着眼泪，指手划脚的说了许多话。

"有什么事吗？"我问他的舅舅说，"为什么就要离开马戏场呢？""真是蠢东西，说是翻秋千的女孩子这样高的地方掉下来怎么办呢？所以不要看了哩！"他的舅舅埋怨着他，这样的告诉我。

咳，我才是蠢东西呢！我一点也没有想到这上面来，我完全忘记了阿品是一个孩子，是一个有着洁白的纸一样的心的孩子，是一个富于同情心的孩子！我完全忘记了这个，我把他当做大人，当做了一个有着蛮心的大人看待，当做了和我一样残忍的人看待了……

从这一天起，我不敢再带阿品到外面去玩耍了。我只很小心的和他在屋子里玩耍。没有必要的事，我便不大出门。附近有海，对面有岛，在沙滩上够我闲步散闷，但我宁愿守在房里等待着阿品，和阿品作伴。阿品也并不喜欢怎样的到外面去，他的兴趣完全和大人的不同。房内的日常的用具，如桌子，椅子，床铺，火柴，手巾，面盆，报纸，书籍，甚至于一粒沙，一根草，在他都可以发生兴味出来。

一天，他在地上拾东西，忽然发现了我的床铺底下放着一双已经破烂了的旧皮鞋。他爬进去拿了出来，不管它罩满了多少的灰尘，便两脚踏了进去。

他的脚是这样的小，旧皮鞋好像成了一只大的船。他摇摆着，拐着，走了起来，发着铁妥铁妥的沉重声音。走到桌边，把我的帽子放在头上,一直罩住了眼皮,向我走来,口里叫着:"红先生来了!红先生来了!"

"王先生!"我对他叫着说:"请坐!请坐!喝茶,喝茶!"

"喔!多谢,多谢!"他便大笑起来,倒在我的身边。

他欢喜音乐,我买了一支小小的口琴给他,时常来往吹着。他说他会跳舞,喊着一二三,突然坐倒在地下,翻转身,打起滚来,又爬着,站起来,冲撞了几步——跳舞就完了。

两个月后,阿品的父亲带着全家的人来了。两个约莫八九岁的女孩,一个才会跑路的男孩,阿品母亲的肚子里还怀着一个六七个月的孩子。他的父亲是一个颇有才干的人,普通话说得很流利,善于应酬。阿品的母亲正和她的兄弟一样,有着一副严肃的面孔,不大露出笑容来,也不大和别人讲话。女孩的面貌像她的父亲,有两颗很大的眼睛;男孩像母亲,显得很沉默,日夜要一个丫头背着。从外形看来,几乎使人疑心到阿品和他的姊弟是异母生的,因为他们都比阿品长得丰满,穿得美丽。

"阿品现在姓王了!"我笑着对他的父亲说。

"你姓西米,阿品?"

"姓红!"阿品回答说。

他的父亲哈哈笑了,他说,就送给王先生吧!阿品的母亲不做声,只是低着头。

全家的人都来了,我倒很高兴,我想,阿品一定会快乐起来。但阿品却对他们很冷淡,尤其是对他的母亲,生疏得几乎和他的舅舅一样。他只比较的欢喜他的父亲,但暗中带着几分畏惧。阿品对我并不因他们的来到稍为冷淡,我仍是他的唯一的伴侣,他宁愿静坐在我的房里。这情形使我非常的苦恼,我愿意阿品至少有一个亲爱的父亲或母亲,我愿意因为他们的来

到，阿品对我比较的冷淡。为着什么，他的父母竟是这样的冷淡，这样的歧视阿品，而阿品为什么也是这样的疏远他们呢？呵，正需要阳光一般热烈的小小的心……

　　从我的故乡来了一位同学，他从小就和我在一起，后来也时常和我一同在外面。为了生活的压迫，他现在也来厦门了。我很快乐，日夜和他用宁波话谈说着，关于故乡的情形。我对于故乡，历来有深的厌恶，但同时却也十分关心，详细的询问着一切。阿品露着很惊讶的眼光倾听着，他好像在竭力地想听出我们说的什么，总是呆睁着眼睛像沉思着什么似的。

　　但三四天后，他的眼睛忽然活泼了。他对于我们所说的宁波话，好像有所领会，眼睛不时转动着，不复像先前那般的呆着，凝视着，同时他像在寻找什么，要唤回他的某一种幻影。我们很觉奇怪，我们的宁波话会引起他特别的兴趣和注意。

　　"报纸阿旁滑姆未送来，"我的朋友要看报纸，我回答他说，报纸大约还没有送来，送报的人近来特别忙碌，因为政局有点变动，订阅报纸的人突然增加了许多……

　　阿品这时正在翻抽屉，他忽然转过头来望着我，嘴唇翕动了几下，像要说话而一时说不出来的样子。随后他摇着头，用手指着楼板。我们不懂得他的意思，问他要什么，他又把嘴唇翕动了几下，仍没有发出声音来。他呆了一会，不久就跑下楼去了。回来时，他手中拿着一份报纸。

　　"好聪明的孩子，听了几天宁波话就懂得了吗？"我惊异地说。

　　"怕是无意的吧，"我的朋友这样说。

　　一样的，我也不相信，但好奇心驱使着我，我要试验阿品的听觉了。

　　"阿品，口琴起驼来吹吹好勿？"

他呆住了，仿佛没有听懂。

"口琴起驼来！"

"口琴起驼来！"我的朋友也重复地说。

他先睁着沉思的眼睛，随后眼珠又活泼起来。翕动了几下嘴唇，出去了。

拿进来的正是一个口琴！

"滑有一只Angwa！"我恐怕本地话的报纸，口琴和宁波话有点大同小异，特别想出了宁波小孩叫牛的别名。

但这一次，他的眼睛立刻发光了，他高兴得叫着：Angwa！Angwa！立刻出去把一匹泥涂的小牛拿来了。

我和我的朋友都呆住了。为着什么缘故，他懂得宁波话呢？怎样懂得的呢？难道他曾经跟着他的父亲，到过宁波吗？不然，怎能学得这样快？怎能领会得出呢？决不是猜想出来，猜想是不可能的。他曾经懂得宁波话，是一定的。他的嘴唇翕动，要说而说不出来的表情，很可以证明他曾经知道宁波话，现在是因为在别一个环境中，隔了若干时日生疏了，忘却了。

充满着好奇的兴趣，我和我的朋友走到阿品父亲那里。我们很想知道他们和宁波人有过什么样的关系。

"你先生，曾经到过宁波吗？"我很和气的问他，觉得我将得到一个与我故乡相熟的朋友了。

"莫！莫！我没有到过！"他很惊讶的望着我，用夹杂着本地话的普通话回答说。

"阿品不是懂得宁波话吗？"

他突然呆住了，惊愕地沉默了一会，便严重的否认说："不，他不会懂得！"

我们便把刚才的事情告诉了他，并且说，我们确信他懂得宁波话。

"两位先生是宁波人吗？"他惊愕地问。

"是的，"我们点了点头。

"那末一定是两位先生误会了，他不会懂得，他是在厦门生长的！"他仍严重的说。

我们不能再固执的追问了。不知道其中还有什么关系，阿品的父亲颇像失了常态。

第二天早晨，我在房里等待着阿品，但八九点过去了，没有来敲门，也不听见外面厅堂里有他的声音。

"跟他母亲到姨妈家里去了，"我四处寻找不着阿品，便去询问他的父亲，他就是这样的淡淡地回答了一句。

天渐渐昏暗了，阿品没有回来。一天没有看见他，我像失去了什么似的，只是不安的等待着。我真寂寞，我的朋友又离开厦门了。

长的日子！两天三天过去了，阿品依然没有回来！自然，和他母亲在一起，阿品是不会有什么意外的，但我却不自主的忧虑着：生病了吗？跌伤了吗？……

在焦急和苦闷的包围中，我一连等待了一个星期。第八天下午，阿品终于回来了。他消瘦了许多，眼睛的周围起了青的色圈，好像哭过一般。

"阿品！"我叫着跑了过去。

他没有回答，畏缩地倒退了一步，呆睁着沉思的眼睛。我抱住他，吻着他的面颊，心里充满了喜悦。我所失去的，现在又回来了。他很感动，眼睛里满是喜悦与悲伤的眼泪。但几分钟后，他若有所惊惧似的，突然溜出我的手臂，跑到他母亲那里去了。

这一天下午，他只到过我房里一次。没有走近我，只远远的站着，睁着沉思的眼睛凝望着我，我走过去牵他时，他立刻走出去了。

　　几天不见，就忘记了吗？我苦恼起来。显然的，他对我生疏了。他像有意的在躲避着我。我们中间有了什么隔膜吗？

　　但一两天后，阿品到我房子里的次数又渐渐加多了。虽然比不上从前那般的亲热，虽然他现在来了不久就去，可是我相信他对我的感情并未冷淡下来。他现在不很做声了，他只是凝望着我，或者默然靠在我的身边。

　　有一种事实，不久被我看出了。每当阿品走进我的房里，我的门外就现出一个人影。几分钟后，就有人来叫他出去。外婆，舅舅，父亲，母亲，两个丫头，一共六个人，好像在轮流的监视他，不许他和我接近。从前，阿品有点顽强，常常不听他外婆和丫头的话，现在却不同了，无论哪一个丫头，只要一叫他的名字，他就立刻走了。他现在已不复姓王，他坚决地说他姓谭了。为着什么，他一家人要把我们隔离，我猜想不出来。我曾经对他家里的人有过什么恶感吗？没有。曾经有什么事情有害于阿品吗？没有……这原因，只有阿品知道吧。但他的话，我不懂；即使懂得，阿品怕也不会说出来，他显然有所恐怖的。

　　几天以后，家人对于阿品的监视愈严了。每当阿品蹑到我的门前，就有人来把他扯回去。他只哼着，不敢抵抗。但一遇到机会，他又来了，轻轻的竖着脚尖，一进门，就把门关上。一听见门外有人叫阿品，他就从另一个门走出去，做出并未到过我房里的模样。有一次，他竟这样的绕了三个圈子：丫头从朝南的门走进来时，他已从朝西的门走了出去；丫头从朝西的门出去时，他又从朝南的门走了进来。过了不久，我听见他在母亲房里号叫着，夹杂着好几种严厉的詈声，似有人在虐待他的皮肤。这对待显然是很可怕的，但是无论怎样，阿品还是要来。进了我的房子，他不敢和我接近，只是躲在屋隅里，默然望着我，好像心里就满足，就安慰了。偶然和我说起话来，也只是低低的，不敢大声。

可怜的孩子！我不能够知道他的被压迫的心有着什么样的痛楚！两颗凝滞的眼珠，像在望着，像没有望着，该是他的忧郁，痛苦与悲哀的表示吧……

到底为着什么呢？我反覆地问着自己。阿品爱我，我爱阿品，为什么做父母的不愿意，定要使我们离开呢？……

我不幸，阿品不幸！命运注定着，我们还须受到更严酷的处分：我必须离开厦门，与阿品分别了。我们的报纸停了版，为着生活，我得到泉州的一家学校去教书了。我不愿意阿品知道这消息。头一天下午，我紧紧地抱着他，流着眼泪，热烈地吻他的面颊，吻他的额角。他惊骇地凝视着我，也感动得眼眶里包满了眼泪。但他不知道我的痛苦的原因。随后我锁上了房门，不许任何人进来，开始收拾我的行李。第二天，东方微明，我就凄凉地离开了那所忧郁的屋子。

呵，枯黄的屋顶，灰色的墙壁……

到泉州不久，我终于打听出了阿品的不幸的消息。这里正是阿品的父亲先前工作的城市，不少知道他的人。阿品是我的同乡。他是在十个月以前，被人家骗来卖给这个工程师的……这是这里最流行的事：用一二百元钱买一个小女孩做丫头，或一个男孩做儿子，从小当奴隶使用着……这就是人家不许阿品和我接近的原因了。可怜的阿品！……

几个月后，直至我再回厦门，阿品已跟着他的父亲往南洋去。

我不能再见到阿品了……

（选自小说散文集《小小的心》，1933年6月，上海天马书店）

屋顶下

本德婆婆的脸上突然掠过一阵阴影。她的心像被石头压着似的，沉了下去。

"你没问过我！"

这话又冲上了她的喉头，但又照例的无声地翕动一下嘴唇，缩回去了。

她转过身，走出了厨房。

"好贵的黄鱼！"被按捺下去的话在她的肚子里咕噜着。"八月才上头，桂花黄鱼，老虎屙！两角大洋一斤，不会买东洋鱼！一条吃上半个月！不做忌日，不请客！前天猪肉，昨天鸭蛋，今天黄鱼！豆油不用，用生油，生油不用，用猪油，怎么吃不穷！哼！你丈夫赚得多少钱？二十五元一个月，了不起！比起老头以前的工钱来，自然天差地！可是以前，一个铜板买得十块豆腐。现在呢？一个铜板买一块！哪一样不贵死人……我当媳妇，一碗咸菜，一碟盐，养大儿子，赎回屋子，哼，不从牙齿缝里漏下来，怎有今天！今天，你却要败家了！……一年两年，孩子多了起来，看你怎样过日！"

本德婆婆想着，走进房里，叹了一口气。在她的瘦削的额上，皱纹簇成了结。她的下唇紧紧地盖过了干瘪的上唇，窒息地忍着从心中冲出来的怒气。深陷的两眼上，罩上了一层模糊的云。她的头顶上竖着几根稀疏的白发，后脑缀着一个假发髻。她的背已经往前弯了。她的两只小脚走动起来，有点踉跄。她的年纪，好像有了六七十岁，但实际上她还只活了五十四年。别的女人生产太多，所以老得快，她却是因为工作的劳苦。四十五岁以前的二十几年中，她很少休息，她虽然小脚，她可做着和男子一样的事情。她给人家挑担，砻谷，舂米，磨粉，种菜。倘若三年前不害一场大病，也许她现在还是一个很强健的女工。但现在是全都完了，一切都出于意外的突然衰弱下来，眼睛，手脚，体力，都十分不行了。而且因为缺乏好的调养，还在继续地衰弱着。照阿芝叔的意思，他母亲的身体是容易健康起来的，只要多看几次医生，多吃一些药。但本德婆婆却舍不得用钱。"自己会好的，"她固执地这样说，当她开始害病的时候。直至病得愈加厉害，她知道医得迟了，愈加不肯请医生。她说已经医不好了，不必白费钱。"年纪本来也到了把啦，瓜熟自落。"她要把她历年积聚下来的钱，留作别的更大的用处，于是这病一直拖延下来，有时仿佛完全好了，有时又像变了痨病，受不得冷，当不得热，咳嗽，头晕，背痛，腰酸，发汗，无力。"补药吃得好，"许多人都这样说。

但是她摇着头说："那还了得，像我们这样人家吃补药！"她以前并不是没有害过病，可都是自己好的，没有吃过药，更不曾吃过补药。她一面发热，一面还要砻谷，舂米。"像现在，既不必做苦工，又不必风吹晒太阳，病不好，是天数，一千剂一万剂补药都是徒然的，"她说。

"不会长久了，"她很明白，而且确信。她于是急切地需要一个继承她的事业的人。阿芝叔已经二十五岁了，近几年来在轮船上做茶房，也颇刻苦俭约，晓得争气，但没有结婚，可不能算已成家立业，她的责任还未全尽，而她辛苦一生的目的也还没有达到。虽然她明白瓜熟自落，人老终死，没有什么舍不得，要是真的一场大病死了，她死不瞑目，永久要在地下抱憾的。儿子没有成家，她的一切过去的努力便落了空。因此，她虽然病着，她急忙给阿芝叔讨了一个媳妇来了。

"我的担子放下了，"她很满意的说。身体能够健康起来，是她的福，倘若能够抱到孙子，更是她无边的福了。至于后来挑担子的人怎样，也只好随他们去。她现在已经缴了印，一切里外的事情交给儿子和媳妇去主张。她的身体坏到这个样子，在家一天，做一天客人。

"有什么错处，不妨骂她，"阿芝叔临行时这么对她说。

这话够有道理了。自己的儿子总是好的。年轻的人自然应该听长辈的教训。但她可决不愿意骂媳妇。虽然媳妇不是自己生的，她可是自己的儿子的亲人。

"晓得我还活得多少日子，有现成饭吃，就够心满意足了。"

"自然你不必再操心了，不过她到底才当家，又初进门，年纪轻。"

"安心去好啦，她生得很忠厚，又不笨，不会三长两短的！"本德婆婆望着媳妇在旁边低下发红的脸，惆怅的别情忽然找着了安慰，不觉微笑起来。

然而阿芝叔的话的确是有道理的，阿芝婶年纪轻，初进门，才当家，本德婆婆虽然老了而且有病，可不能不时时指点她。当家有如把舵，要精明，要懂得人情世故，要刻苦，要做得体面。一个不小心，触到暗礁，便会闯下大祸，弄得家破人亡的。现在本德婆婆已经将舵交给了阿芝婶了，但她还得给她瞭望，给她探测水的深浅，风雨的来去，给她最好的最有经验的意见，有时甚至还得帮她握着舵。本德婆婆明白这些。她希望由她辛苦地创造了几十年的家庭一天比一天好起来。于是她的撒手的念头又渐渐消灭了。她有病，她需要多多休养，但她仍勉强地行动着，注意着，指点着。凡她胜任的事情，她都和阿芝姆分着做。

天还没有亮，本德婆婆已像往日似的坐起在床上，默然思忖着各种事情。待第一线黯淡的晨光透过窗隙，她咳嗽着，打开了窗和门。"可以起来了，"她喊着阿芝姆，一面便去拿扫帚。

"我会扫的，婆婆，你多困一会吧，大清早哩。"

"起早惯了，睡不熟，没有事做也过不得。你去煮饭吧，我会扫的。……一天的事情，全在早上。"

扫完地，本德婆婆便走到厨房，整理着碗筷，该洗的洗，该覆着的覆着，该拿出来的拿出来，帮着阿芝姆。吃过饭，她又去整理箱里的衣服鞋袜，指点着阿芝姆，把旧的剪开，拼起来，补缀着。

一天到晚，都有事做。做完这样，本德婆婆又想到了那样。她的瘦小的腿子总是跟跄地拖动着小腿来往的走着。她说现在阿芝姆当家了，但实际上却和她自己当家没有分别。

这使阿芝姆非常的为难。婆婆虽然比不得自己的母亲，她可是自己丈夫的母亲，她现在身体这样坏，怎能再辛苦。倘若有了三长两短，又如何对得住自己的丈夫。既然是自己当家了，就应该给婆婆吃现成饭，"啊呀，身体这样坏，还在这里做事体！媳妇不在家吗？"邻居已经说了好几次了，这话几乎比当面骂她还难受。可不是，摆着一个年轻力壮的媳妇，让可怜的婆婆辛苦着，别人一定会猜测她偷懒，或者和婆婆讲不来话。她也曾竭力依照婆婆的话日夜忙碌着，她想，一切都一次做完了，应该再没有什么事了，哪晓得本德婆婆像一个发明家似的，尽有许多事情找出来。补完冬衣，她又拿出夏衣来；上完一双鞋底，她又在那里调浆糊剪鞋面。揩过窗子，她提着水桶要抹地板了。她家里只有这两个人，但她好像在那里预备十几个人的家庭一样。阿芝婶还没有怀孕,本德婆婆已经拿出了许多零布和旧衣,拿着剪刀在剪小孩的衣服,教她怎样拼,怎样缝,这一岁穿,这三岁穿,这可以留到十二岁,随后又可以留给第二个孩子,第三个孩子。她常常叹着气说,她不会长久,但她的计划却至少还要活几十年的样子。阿芝婶没有办法,最后想在精神方面给她一点安逸了。

"婆婆,今天吃点什么菜呢?"这几乎是天天要问的。

"你自己拿主意好了,我好坏都吃得下。"每次是一样的回答。

阿芝婶想,这麻烦应该免掉了。婆婆的口味,她已经懂得。应该吃什么菜,阿芝叔也关照过:"身体不好,要多买一点新鲜菜。她舍不得吃,要逼她吃。"于是她便慢慢自己做起主意来,不再问婆婆了。

然而本德婆婆却有点感到冷淡了,这冷淡,在她觉得仿佛还含有轻视的意思。而且每次要带一点好的贵的菜回来,更使她心痛。她自己是熬惯了嘴的。倘不是从牙齿缝里省下来,哪有今日。媳妇是一个年轻的人,自然不能和她并论。她也认为多少要吃得好一点。不过也须有个限制。例如,一个月中吃一两次好菜,就尽够了。若说天天这样,不但穷人,就连财百万也没有几年好吃的。因为媳妇才起头管家,本德婆婆心里虽然不快活,可是一向缄默着,甚至连面色也不肯露出来。起初她还陪着吃一点,后来只拨动一下筷子就完了。她不这样,阿芝婶是不吃的。倘若阿芝婶也不吃,她可更难过,让煮得好好的菜坏了去。

然而今天,本德婆婆实在不能忍耐了。

"你没有问过我!"这话虽然又给她按捺住,样子却做不出来了。她的脸上满露着不能掩饰的不快活的神色,紧紧地闭着嘴，很像无法遏抑心里的怒气似的，她从厨房走出来，心像箭刺似的，躺在床上叹着气，想了半天。

吃饭的时候，金色的，鲜洁的，美味的黄鱼摆在本德婆婆的面前，本德婆婆的筷子只是在素菜碗里上下。

"婆婆，趁新鲜吧。煮得不好呢。"阿芝婶催过两次了。

"唔，"这声音很沉重，满含着怒气。她的眼光只射到素菜碗里，怕看面前的黄鱼似的。

吃晚饭的时候，鱼又原样地摆在本德婆婆的面前。但是本德婆婆的怒气仍未息。

"婆婆，过夜会变味呢。"

"你吃吧，"声音又有点沉重。

第二天早晨，本德婆婆只对黄鱼瞟了一眼。

阿芝婶想，婆婆胃口不好了。这两天颜色很难看，说话也懒洋洋的，不要病又发了，清早还听见她咳嗽了好几声，药不肯吃，只有多吃几碗饭。荤菜似乎吃厌了，不如买一碗新鲜的素菜。

于是午饭的桌上，芋艿代替了黄鱼。

本德婆婆狠狠地瞟了一眼。

这又是才上市的！还只有荸荠那样大小。八月初三才给灶君菩萨尝过口味，今天又买了！

她气愤地把芋艿碗向媳妇面前推去，换来一碗咸菜。

阿芝婶吃了一惊，停住了筷。

"初三那天，婆婆不是说芋艿好吃吗？"

"自然！你自己吃吧！"本德婆婆咬着牙齿说。

阿芝婶的心突突地跳动起来，满脸发着烧，低下头来。婆婆发气了。为的什么呢？她想不到。也许芋艿不该这样煮？然而那正是婆婆喜欢吃的，照着初三那天婆婆的话：先在饭镬里蒸熟,再摆在菜镬里,加一点油盐和水,轻轻翻动几次,然后撒下葱蒜,略盖一会盖子,便铲进碗里——这叫做落镬芋艿,或者是咸淡没调得好?然而婆婆并没有动过筷子。

"一定是病又发作了,所以爱发气,"阿芝婶想,"好的菜都不想吃。"

怎么办呢?阿芝婶心里着急得很。药又不肯吃……不错,她想到了,这才是开胃健脾的。晚上煨在火缸里,明天早晨给她吃。

她决定下来,下午又出街了。

本德婆婆看着她走出去,愈加生了气。"抢白她一句,一定向别人诉苦去了!丢着家里的事情!"她叹了一口气,也走了出去,立住在大门口。她模糊地看见阿芝婶已经走到桥边。从桥的那边来了一个女人,那是最喜欢讲论人家长短,东西挑拨,绰号叫做"风扇"的阿七嫂。走到桥上,两个人对了面,停住脚,讲了许久话。阿七嫂一面说着什么,一面还举起右手做着手势,仿佛在骂什么人。随后阿芝婶东西望了一下,看见前面又来了一个人,便一直向街里走去。

"同这种人一起,还有什么好话!"本德婆婆的心像刀割似的痛,踉跄地走进房里,倒在一张靠背椅上,伤心起来。她想到养大儿子的一番苦心,却不料今日讨了一个这样不争气的媳妇,不由得润湿了干枯的老眼。她也曾经生过两个儿子,三个女儿,现在却只剩了一个男的,一个女的,而女的又出了嫁。倘若大儿子没有死,她现在可还有一个媳妇,几个孩子。倘若那两个女儿也活着,她还有说话的人,还有消气的方法。而现在,却剩了自己一个人,孤孤单单的过着日子。希望讨一个好媳妇,把家里弄得更好一点,总不辜负自己辛苦一生,哪晓得……

阿芝婶回来了。本德婆婆看见她从房门口走过，一直到厨房去，手里提着一包东西。

又买吃的东西！钱当水用了！水，也得节省，防天旱！穷人家哪能这样浪费！

本德婆婆气得动不得了。她像失了心似的，在椅子上一直呆坐了半天。

她不想吃晚饭，也吃不下，但想知道又添了一碗什么菜，她终于沉着脸，勉强地坐到桌子边去。

没有添什么菜。芋艿还原样地摆在桌上。黄鱼不见了。吃中饭的时候，它还没有动过。现在可被倒给狗吃了。

本德婆婆站起来，气愤地往厨房走去。

"婆婆要什么东西，我去拿来。"

"自己去拿的！"

她掀开食罩，没有看见黄鱼。开开羹橱，也没有。碗盏桶里一只带腥气的空碗，那正是盛黄鱼的！

她怒气冲天的正想走出厨房，突然嗅到一阵香气。她又走回去，揭开煨在火缸里的瓦罐。

红枣！

现在本德婆婆可绝对不能再忍耐了！再放任下去，会弄得连糠也没有吃！年纪轻轻，饭有三碗好吃，居然吃起补品来了！她拔起脚步，像吃了人参一般，毫不踉跄，走回房里。

"我牙齿缝里省下来！你要一天败光它！……"她咬着牙齿，声音尖锐得和刺刀一样。"你丈夫赚得多少钱？你有多少嫁妆？……这样好吃懒做！……"她说着，痉挛地倒在椅子上，眼睛火一般的红，一脸苍白。

阿芝婶的头上仿佛落下了一声霹雳，完全骇住了。脸色一阵红，一阵青。浑身战栗着。为了什么，婆婆这样生气，没有机会给她细想,也不能够问婆婆。

"我错了,婆婆,"她的声音颤动着,"你不要气坏了身体,我晓得听你的话……"她说着,眼泪流了下来。

"今天黄鱼明天肉!……你在娘家吃什么!……哼!还要补!……"

阿芝婶现在明白了:一场好意变成了恶意,原来婆婆以为是她贪嘴了。天晓得!她几时为的自己!婆婆爱吃什么,该吃什么,全是丈夫再三叮嘱过来的。不信,可以去问他!

"婆婆!……"阿芝婶打算说个明白,但一想到婆婆正在发气,解释不清反招疑心,话又缩回去了。

"公婆比不得爹娘,"她记起了母亲常常说的话,"没有错,也要认错的。"现在只有委屈一下,认错了,她想。

"婆婆,我错了,以后不敢了……"她抑住一肚子苦恼,含着伤心的眼泪,又说了一遍。

"你买东西可问过我!……"

"我错了!婆婆。"

本德婆婆的气似乎平了一些,挺直了背,望着阿芝婶,眼眶里也微湿起来。

"嗨,"她叹着气,说,"无非都是为的你们,你们的日子正长着。我还有多少日子,样子早已摆出了的。"

"为的你们?"阿芝婶听着眼泪涌了出来。她自己本也是为的婆婆,也正因为她样子早已摆出了的。……

"你可知道,我怎样把你丈夫养大?"本德婆婆的语气渐渐和婉了。"不讲不知道……"

她开始叙述她的故事。从她进门起,讲到一个一个生下孩子,丈夫的死亡,抚养儿女的困难,工作的劳苦,一直到儿子结婚。她又夹杂些人家的故事,谁怎样起家,谁怎样败家,谁是好人，谁是坏人。她有时含着眼泪，有时含着微笑。

阿芝婶低着头，坐在旁边倾听着。虽然进门不久，关于婆婆的事，丈夫早已详细地讲给她听过了。阿芝婶自己的娘家，也并不曾比较的好。她也是从小就吃过苦的。阿芝叔在家的时候，她曾要求过几次，让她出去给人家做娘姨，但是阿芝叔不肯答应。一则爱她，怕她受苦，二则母亲衰老，非她侍候不可。她很明白，后者的责任重大而且艰难，然而又不得不担当。今天这一番意外的风波，虽然平息了，日子可正长着。吃人家饭，随时可以卷起铺盖；进了婆家，却没有办法。媳妇难做，谁都这样说。可是每一个女人得做媳妇，受尽不少磨难。阿芝婶也只得忍受下去。

本德婆婆也在心里想着：好的媳妇原也不大有，不是好吃懒做，便是搬嘴吵架，或者走人家败门风。媳妇比不得自己亲生的女儿，打过骂过便无事，大不了，早点把她送出门；媳妇一进来，却不能退回去，气闷烦恼，从此鸡犬不宁。但是后代不能不要，每个儿子都须给他讨一个媳妇。做婆婆的，好在来日不多，譬如早闭上眼睛。本德婆婆也渐渐想明白了。

"人在家吗？"门口忽然有人问了起来，接着便是脚步声。

"乾生叔吗？"本德婆婆回答着，早就听出了是谁的声音。

阿芝婶慌忙拿了一面镜子，走到厨房去。

"夜饭用过吗？"

"吃过了。你们想必更早吧。"本德婆婆站了起来。

"坐下，坐下。……正在吃饭，挂号信到了，阿芝真争气，中秋还没有到，钱又寄来了。"

"怕不见得呢，信在哪里？就烦乾生叔拆开来，看一看吧。——阿芝老婆！倒茶来！点起灯！"

"不必，不必，天还亮。"乾生叔说着，从衣袋里取出信和眼镜，凑近窗边。

"公公吃茶！"阿芝姊托着茶盘，从里面走出来，端了一杯给乾生叔。

"手脚真快，还没坐定，茶就来了。"

"便茶。"随后她又端了一杯给本德婆婆："婆婆，吃茶。"

"啊，又是四十元！"乾生叔取出汇票，望了一下，微笑地说，一手摸着棕色的胡髭。"生意想必很得意。——年纪到底老了，要不点灯，戴着眼镜看信，还有点模糊。——真是一个孝子，不负你辛苦一生！要老婆好好侍候你，常常买好的菜给你吃，身体这样坏，要快点吃补药，要你切不可做事情，多困困，钱，不要愁，娘的身上不可省。不肯吃，逼你吃。从前三番四次叮嘱过她，有没有照办？倘有错处，要你骂骂她。近来船上客人多，外快不少，不久可再寄钱来。问你近来身体可好了一点？——唔，你现在总该心足了，阿嫂，一对这样的儿媳！"

"哪里的话，乾生叔，倘能再帮他们几年忙就好了。谁晓得现在病得这样不中用！"本德婆婆说着，叹了一口气。

但是本德婆婆的心里却非常轻松了。儿子实在是有着十足的孝心的。就是媳妇——她转过头去望了一望，媳妇正在用手巾抹着眼睛，仿佛在那里伤心。明明是刚才的事情，她受了委屈了。儿子的信一句句说得很清楚，无意中替她解释得明明白白，媳妇原是好的。可是，这样的花钱，绝对错了。

"两夫妻都是傻子哩，乾生叔，"本德婆婆继续的说了。"那个会这样说，这个真会这样做，鱼呀肉呀买了来给我吃！全不想到积谷防饥，浪用钱！"

"不是我阿叔批评你，阿嫂，"乾生叔摘下眼镜，说，"你只知其一，不知其二；积谷防饥，底下是一句养儿防老,你现在这样,正是养老的时候了。他们很对。否则,要他们做什么!"

"咳,还有什么老好养,病得这样!有福享,要让他们去享了!我只要他们争气,就心满意足了。"

真没办法,阿芝婶想,劝不转来,只好由她去,从此就照着她办吧,也免得疑心我自己贪嘴巴。说是没问过她,这也容易改,以后就样样去问她,不管大小里外的事——官样文章!自己又乐得少背一点干系。譬如没当家。婆婆本来比不得亲生的娘。

媳妇到底比不得亲生的女儿,本德婆婆想。自从那次事情以后,她看出阿芝婶变了态度了。话说得很少,使她感到冷淡。什么事情都来问她,又使她厌烦。明明第一次告诉过她,第二次又来问了。仿佛教不会一样。其实她并不蠢,是在那里作假,本德婆婆很知道。这情形,使本德婆婆敏锐地感到:她是在报复从前自己给她的责备:你怪我没问你,现在便样样问你——我不负责!这样下去,又是不得了。倒如十五那天,就给她丢尽了脸了。

那天早晨,本德婆婆吃完饭,走到乾生叔店里去的时候,凑巧家里来了一个收账的人。那是贳器店老板阿爱。他和李阿宝是两亲家。李阿宝和阿芝叔在一只轮船上做茶房,多过嘴。这次阿芝叔结婚,本不想到阿爱那里去贳碗盏,不料总管阿芳叔没问他,就叫人去通知了阿爱,送了一张定单去。待阿芝叔知道,东西已经送到,只好用了他的。照老规矩,中秋节的账,有钱付六成,没钱付三四成。八月十五已经是节前最末一日,没有叫人家空手出门的。却不料阿芝婶竟回答他要等婆婆回来。大忙的日子,人家天还没亮便要跑出门,这家收账,那家收账,怎能在这里坐着等,晓得你婆婆几时回来。不近人情。给阿爱猜测起来，不是故意刁难他，便是家里没有钱。再把钱送去，还要被他猜是借来的。传到李阿宝耳朵里，又有背地里给他讲坏话的资料了："哪，有钱讨老婆，没钱付账！"

"钱箱钥匙是你管的！……"本德婆婆不能不埋怨了。

"没有问过婆婆……怎么付给他！"

本德婆婆生气了，这句话仿佛是在塞她的嘴。

"你说什么话！要你不必问，就全不问！要你问，就全来问！故意装聋作哑，拨一拨，动一动！"

阿芝婶红着脸，低下头，缄默着。她心里可也生了气，不问你，要挨骂！问你，又要挨骂！我也是爹娘养的！

看看阿芝婶不做声，本德婆婆也就把怒气忍耐住了。虽然郁积在心里更难受，但明天八月十六，正是中秋节，闹起来，六神不安，这半年要走坏运的。没有办法，只有走开了事。

然而这在阿芝婶虽然知道，可没有方法了。她藏着一肚皮冤枉气，实在吐不出来。夜里在床上，她暗暗偷流着眼泪，东思西想着，半夜睡不熟。

第二天，阿芝婶清早爬起床，略略修饰一下，就特别忙碌起来：日常家务之外，还要跑街买许多菜，买来了要洗，要煮，要做羹饭，要请亲房来吃。这些都须在上午弄好。本德婆婆尽管帮着忙，依然忙个不了。她年轻，本来爱困，昨夜没有睡得足，今天精神恍恍惚惚的好不容易支撑着。

客散后，一只久候着的黑狗连连摇着尾巴，缠着阿芝婶要东西吃。她正在收拾桌上的碗盏，便用手里的筷子把桌上一堆肉骨和虾头往地上划去。

"乓！"一只夹在里面的羹匙跟着跌碎了。

阿芝婶吃了一惊，通红着脸。这可闯下大祸了，今天是中秋节!

　　本德婆婆正站在门口,苍白了脸,瞪着眼。她呆了半响,气得说不出话来。

　　"狗养的!偏偏要在今天打碎东西!你想败我一家吗?瞎了眼睛!贱骨头!它是你的娘,还是你的爹,待它这样好?啊!你得过它什么好处?天天喂它!今天鱼,明天肉!连那天没有动过筷的黄鱼也孝敬了它!……"本德婆婆一口气连着骂下去。

　　阿芝妠现在不能再忍耐了!骂得这样的恶毒,连爹娘也拖了出来!从来不曾被人家这样骂过!一只羹匙到底是一只羹匙!中秋节到底是中秋节!上梁不正,下梁错!怎能给她这样骂下去!

　　"啊唷妈哪!"阿芝妠蹬着脚,哭着叫了起来,"我犯了什么罪,今天这样吃苦!我也是坐着花轿,吹吹打打来的!不是童养媳,不是丫头使女!几时得过你好处!几时亏待过你!……"

　　"我几时得过你好处!我几时亏待过你!"本德婆婆拍着桌子。"你这畜生!你瞎了眼珠!你故意趁着过节寻祸!你有什么嫁妆?你有什么漂亮?啊!几只皮箱?几件衣裳?你这臭货!你这贱货!你娘家有几幢屋?几亩田?啊!不要脸!还说什么吹吹打打!你吃过什么苦来?打过你几次?骂过你几次?啊!你吃谁的饭?你赚得多少钱?我家里的钱是偷的还是盗的,你这样看不起,没动过筷的黄鱼也倒给狗吃!……"

　　"天晓得,我几时把黄鱼喂狗吃!给你吃,骂我!不给你吃,又骂我!我去拿来给你看!"阿芝妠哭号着走进厨房,把羹橱下的第三只瓯捧出来,顺手提了一把菜刀。"我开给你看!我跪在这里,对天发誓,"她说着,扑倒在阶上,

"要不是那一条黄鱼,我把自己的头砍掉给你看!……"

她举起菜刀,对着甑上的封泥。……

"灵魂哪里去了!灵魂?阿芝姆!"一个女人突然抱住了她的手臂。

"咳,真没话说了,中秋节!"又一个女人叹息着。

"本德婆婆,原谅她吧,她到底年纪轻,不懂事!"又一个女人说。

"是呀,大家要原谅呢,"别一个女人的话,"阿芝姆,她到底是你的婆婆,年纪又这样老了!"

邻居们全来了,大的小的,男的女的。有些人摇着头。有些人呆望着。有些人劝劝本德婆婆,又跑过去劝劝阿芝姆。

阿芝姆被拖倒在一把椅上,满脸流着泪,颜色苍白得可怕。长生伯母拿着手巾给她抹眼泪,一面劝慰着她。

本德婆婆被大家拥到别一间房子里。她的眼睛愈加深陷,颊骨愈加突出了。仿佛为了这事情,在瞬息间便老了许多。她滴着眼泪,不时艰难地嗳着抑阻在胸膈的气。口里还喃喃的骂着。几个女人不时用手巾扪着她的嘴。过了一会,待邻居们散了一些,只有三四个要好的女人在旁边的时候,她才开始诉说她和媳妇不睦的原因,一直从她进门说起。

"总是一家人,原谅她点吧。年纪轻,都这样,不晓得老年人全是为的他们。将来会懊悔的。"老年的女人们劝说着。

阿芝姆也在房间里诉着苦,一样地从头起。她告诉人家,她并没有把那一次的黄鱼倒给狗吃。她把它放了许多盐,装在甑里,还预备等婆婆想吃的时候拿出来。

"总是一家人,原谅她点吧。年纪老了,自然有点悖,能有多少日子!将来会明白的。"

过了许久,大家劝阿芝姆端了一杯茶给本德婆婆吃,并且认一个错，让她消气了事。

"大事化小事，小事化无事，媳妇总要吃一些亏的！"

"倒茶可以，认错做不到！"阿芝婶固执地说。"我本来没有错！"

"管它错不错，一家人，日子长着，总得有一个人让步，难道她到你这里来认错？"

于是你一句，我一句，终于说得她不做声了。人家给她煮好开水，泡了茶，连茶盘交给了她。

阿芝婶只得去了，走得很慢。低着头。

"婆婆，总是我错的，"她说着把茶杯放在本德婆婆的面前，便急速地退出来。

本德婆婆咬着牙齿，瞪了她一眼。她的气本来已经消了一些，现在又给闷住了。"总是我错的！"什么样的语气！这就是说：在你面前，你错了也总是我错的！她说这话，哪里是来认错！人家的媳妇，骂骂会听话，她可越骂越不像样了。一番好意全是为的她将来，哪晓得这样下场。

"不管了，由她去！"本德婆婆坚决的想。"我空手撑起一个家，应该在她手里败掉，是天数。将来她没饭吃，该讨饭，也是命里注定好了的。"于是她决计不再过问了。摆在眼前看不惯，她只好让开她。她还有一个亲生的女儿，那里有两个外孙，乐得到那里去快活一向。

第二天清晨，本德婆婆捡点了几件衣服，提着一个包袱，顺路在街上买了一串大饼。搭着航船走了。

"去了也好，"阿芝婶想，"乐得清静自在。这样的家，你看我弄不好吗？年纪虽轻，却也晓得当家，并且还要比你弄得好些。"

只是气还没有地方出，邻居们比不得自己家里的人，阿芝婶想回娘家了,那里有娘有弟妹,且去讲一个痛快。看起来,婆婆会在姑妈那里住上一两个月,横直丈夫的信才来过,没什么别的事,且把门锁上一两天。打算定,收拾好东西,过了一夜,阿芝婶也提着包袱走了。

娘家到底是快活的。才到门口,弟妹们就欢喜地叫了起来,一个叫着娘跑进去,一个奔上来抢包袱。

"阿唷!"露着笑容迎出来的娘一瞥见阿芝婶,突然叫着说,"怎么颜色这样难看呀!彩凤!又瘦又白!"

阿芝婶低着头,眼泪涌了出来,只叫一声"妈",便扑在娘的身上,抽咽着。这才是自己的娘,自己从来没注意到自己的憔悴,她却一眼就看出来了。

"养得这样大了,还是离不开我,"阿芝婶的娘说,仿佛故意宽慰她的声音。"坐下来,吃一杯茶吧。"

但是阿芝婶只是哭着。

"受了什么委屈了吧?慢慢好讲的。早不是叮嘱过你,公婆不比自己的爹娘,要忍耐一点吗?"

"也看什么事情!"阿芝婶说了。

"有什么了不得,她能有多少日子?"

"我也是爹娘养的!"

"不要说了,媳妇都是难做的,不挨骂的能有几个!"

"难道自己的爹娘也该给她骂!"

阿芝婶的娘缄默了。她的心里在冒火。

"骂我畜生还不够,还骂我的爹娘是……狗!"

"放她娘的屁!"阿芝婶的娘咬着牙齿。

她现在不再埋怨女儿了。这是谁都难受的。昏头昏脑的婆婆是有的,昏得这样可少见,她咬着牙齿,说,倘若就在眼前,她一定伸出手去了。上梁不正,下梁错,就是做媳妇的动

手,也不算无理。

这一夜,阿芝婶的娘几乎大半夜没有合眼。她一面听阿芝婶的三番四次的诉说,一面查问着,一面骂着。

第二天中午,她们家里突然来了一个女客。那是阿芝叔的姊姊。她艰难地拐着一对小脚,通红着脸,气呼呼地走进门来。阿芝婶的娘正在院子里。

"亲家母,弟媳妇在家吗?"

阿芝婶的娘瞪了她一眼。好没道理,她想,空着手不带一点礼物,也不问一句你好吗,眼睛就往里面望,好像人会逃走一样!女儿可没犯过什么罪!不客气,就大家不客气!

"什么事呢?"她慢吞吞的问。

"门锁着,我送妈回家,我不见弟媳妇,"姑妈说。

"晓得了,等一等,我叫她回去就是。"

"叫她同我一道回去吧。"

"没那样容易。要梳头换衣,还得叫人去买礼物,空手怎好意思进门!昨天走来,今天得给她雇一只划船。你先走吧。"

姑妈想:这话好尖,既不请我进去吃杯茶,也不请我坐一下,又不让我带她一道去,还暗暗骂我没送礼物。却全不管我妈在门外等着,吵架吵到我身上来了。

"亲家母,妈和弟媳妇吵了架,气着到我那里去,我平时总留她住上一月半月,这次情形不同,劝了她一番,今天特陪她回家,想叫弟媳妇再和她好好的过日子。……"

"那么你讲吧,谁错?"

"自然妈年纪老,免不了悖,弟媳妇也总该让她一些。……"

"我呢?哼!没理由骂我做狗做猪,我也该让她!"

"你一定误会了,亲家母,还是叫弟媳妇跟我回去,和妈和好吧。"

"等一等我送她去就是,你先去吧。"

"那末,钥匙总该给我带去,难道叫我和妈在门外站下去!"姑妈发气了,语气有点硬。

"好,就在这里等着吧,我进去拿来!"阿芝婶的娘指着院子中她所站着的地方,命令似的,轻蔑的说。

倘不为妈在那里等着,姑妈早就拔步跑了。有什么了不得,她们的房子里?她会拿她们一根草还是一根毛?

接到钥匙,她立刻转过背,气怒地走了。没有一句话,也不屑望一望。

"自己不识相,怪哪个!"阿芝婶的娘自语着,脸上露出一阵胜利的狡笑。她的心里宽舒了不少,仿佛一肚子的冤气已经排出了一大半似的。

吃过中饭,她陪着阿芝婶去了。那是阿芝婶的夫家,也就是阿芝婶自己的永久的家,阿芝婶可不能从此就不回去。吵架是免不了的。趁婆婆不在,回娘家来,又不跟那个姑妈回去,不用说,一进门又得大吵一次的,何况姑妈又受了一顿奚落。可是这也不必担心,有娘在这里。

"做什么来!去了还做什么来!"本德婆婆果然看见阿芝婶就骂了。"有这样好的娘家,满屋是金,满屋是银!还愁没吃没用吗,你这臭货!"

"臭什么?臭什么?"阿芝婶的娘一走进门限,便回答了。"偷过谁,说出来!瘟老太婆!我的女儿偷过谁?你儿子几时戴过绿帽子?拿出证据来!你这狗婆娘!亏你这样昏!臭什么?臭什么?"她骂着,逼了近去。

"还不臭?还不臭?"本德婆婆站了起来,拍着桌子,

"就是你这狗东西养出来，就是你这狗东西教出来，就是你这臭东西带出来！还不臭？还不臭？……"

"臭什么？证据拿出来！证据拿出来！证据！证据！证据！瘟老太婆！证据！……"她用手指着本德婆婆，又逼了近去。

姑妈拦过来了，她看着亲家母的来势凶，怕她动手打自己的母亲。

"亲家母，你得稳重一点，要知道这里是什么地方！你女儿要在这里吃饭的！……"

"你管不着！我女儿家里！没吃你的饭！你管不着！我不怕你们人多！你是泼出了的水！……"

"这算什么话！这样不讲理！……"姑妈睁起了眼睛。

"赶她出去！臭东西不准进我的门！"本德婆婆骂着，也逼了近来。"你敢上门来骂人？你敢上门来骂人？啊！你吃屙的狗老太婆！滚出去！滚出去！滚出去！……"

"骂你又怎样？骂你？你是什么东西？瘟老太婆！"亲家母又抢上一步，"偏在这里！看你怎样！……"

"赶你出去！"本德婆婆转身拖了一根门闩，踉跄地冲了过来。

"你打吗？给你打！给你打！给你打！"亲家母同时也扑了过去。

但别人把她们拦住了。

邻居们早已走了过来，把亲家母拥到门外，一面劝解着。她仍拍着手，骂着。随后又被人家拥到别一家的檐下，逼坐在椅子上。阿芝婶一直跟在娘的背后哭号着。

本德婆婆被邻居们拖住以后，忽然说不出话来了。她的气拥住在胸口，透不出喉咙，咬着牙齿，满脸失了色，眼珠向上翻了起来。

"妈！妈！"姑妈惊骇地叫着，用力摩着她的胸口，邻居们也慌了，立刻抱住本德婆婆，大声叫着。有人挖开她的牙齿，灌了一口水进去。

"唔……"过了一会，本德婆婆才透出一口气来，接着又骂了，拍着桌子。

亲家母已被几个邻居半送半逼的拥出大门，一直哄到半路上，才让她独自拍着手，骂着回去。

现在留下的是阿芝婶的问题了，许多人代她向本德婆婆求情，让她来倒茶说好话了事，但是本德婆婆怎样也不肯答应。她已坚决的打定主意：同媳妇分开吃饭，当做两个人家。她要自己煮饭，自己洗衣服。

"呃，这哪里做得到，在一个屋子里！"有人这样说。

"她管她，我管我，有什么不可以！"

"呃，一个厨房，一头灶呢？"

"她先煮也好，我先煮也好。再不然，我用火油炉。"

"呃，你到底老了，还有病，怎样做得来！"

"我自会做的，再不然，有女儿，有外孙女，可以来来去去的。"

"那么，钱怎样办呢？你管还是她管？"

"一个月只要五块钱，我又不会多用她的，怕阿芝不寄给我，要我饿死？"

"到底太苦了！"

"舒服得多！自由自在！从前一个人，还要把儿女养大，空手撑起一份家产来，现在还怕过不得日子！"本德婆婆说着，勇气百倍，她觉得她仿佛还很年轻而且强健一样。

别人的劝解终于不能挽回本德婆婆的固执的意见，她立刻就实行了。姑妈懂得本德婆婆的脾气，知道没办法，只好由她去，自己也就暂时留下来帮着她。

"也好，"阿芝婶想，"乐得清静一些。这是她自己要这样，儿子可不能怪我！"

于是这样的事情开始了。在同一屋顶下，在同一厨房里，她们两人分做了两个家庭。她们时刻见到面，虽然都竭力避免着相见，或者低下头来。她们都不讲一句话。有时甚至在和别人说话的时候，走过这个或那个，也就停止了话，像怕被人听见，泄漏了自己的秘密似的。

这样的过了不久，阿芝叔很焦急地写信来了。他已经得到了这消息。他责备阿芝婶，劝慰本德婆婆，仍叫她们和好，至少饭要一起煮。但是他一封一封信来，所得到的回信，只是埋怨，诉苦和眼泪。

"锅子给她故意烧破了，"本德婆婆回信说。

"扫帚给她藏过了，"阿芝婶回信说。

"她故意在门口泼一些水，要把我跌死，"本德婆婆的另一信里这样写着。

"她又在骂我，要赶我出去，"阿芝婶的另一信里写着。

"……"

"……"

现在吵架的机会愈加多了。她们的仇是前生结下的，正如她们自己所说。

阿芝叔不能不回来了。写信没有用。他知道，母亲年老了，本有点悖，又加上固执的脾气。但是她的心，却没一样不为的他。他知道，他不能怪母亲。妻子呢，年纪轻，没受过苦。也不能怪她。怎样办呢？他已经想了很久了。他不能不劝慰母亲，也不能不劝慰妻子。但是，怎样说呢？要劝慰母亲，就得先骂妻子，要劝慰妻子，须批评母亲的错处。这又怎样行呢？

"还是让她受一点冤枉罢，在母亲的面前。暗中再安慰她。"他终于决定了一个不得已的办法。

于是一进门，只叫了一声妈，不待本德婆婆的诉苦，他便一直跑到妻子的房里大声骂了：

"塞了廿几年饭，还不晓得做人！我亏待你什么，你这样薄待我的妈！从前怎样三番四次的叮嘱你！……"

他骂着，但他心里却非常痛苦。他原来不能怪阿芝婶。然而，在妈面前，不这样，又有什么办法呢？

阿芝婶哭着，没回答什么话。

本德婆婆在外面听得清清楚楚，那东西在唏唏唬唬的哭。她心里非常痛快。儿子到底是自己养的，她想。

随后阿芝叔便回到本德婆婆的房里，躺倒床上，一面叹着气，一面愤怒的骂着阿芝婶。

"阿弟，妈已经气得身体愈加坏了，你应该自己保重些，妈全靠你一个人呢！"他的姊姊含着泪劝慰说。

"将她退回去！我宁可没有老婆！"阿芝叔仍像认真似的说。

"不要这样说，阿弟！千万不能这样想！我们哪里有这许多钱，退一个，讨一个！"

"咳，悔不当初！"本德婆婆叹着气，说，"现在木已成舟，还有什么办法！总怪我早没给你拣得好些！"

"不退她，妈就跟我出去，让她在这里守活寡！"

"哪里的话，不叫她生儿子，却白养她一生！虽说家里没什么，可也有一份薄薄的产业。要我让她，全归她管，我可不能！那都是我一手撑起来的，倒让她一个人去享福，让她去

败光!这个,你想错了,阿芝,我可死也不肯放手。"

"咳,怎么办才好呢?妈,你看能够和好吗,倘若我日夜教训她?"

"除非我死了!"本德婆婆咬着牙齿说。

"阿姊,有什么法子呢?妈不肯去,又不让我和她离!"

"我看一时总无法和好了。弟媳妇年纪轻,没受过苦,所以不会做人。"

"真是贱货,进门的时候,还说要帮我忙,宁愿出去给人家做工,不怕苦。我一则想叫她侍候妈,二则一番好意,怕她受苦,没答应。哪晓得在家里太快活了,弄出祸事来!"

"什么,像她这样的人想给人家做工吗?做梦!叫她去做吧!这样最好,就叫她去!给她吃一些苦再说!告诉她,不要早上进门,晚上就被人家辞退!她有这决心,就叫她去!我没死,不要回来!我不愿意再见到她!"

"妈一个人在家怎么好呢?"阿芝叔说,他心里可不愿意。

"好得多了!清静自在!她在这里,简直要活活气死我!"

"病得这样,怎么放心得下!"

"要死老早死了!样子不对,我自会写快信给你。你记得:我可不要她来送终!"

阿芝叔呆住了。他想不到母亲就会真的要她出去,而且还这样的硬心肠,连送终也不要她。

"让我问一问她看吧,"过了一会,他说。

"问她什么!你还要养着她来逼死我吗?不去,也要叫她去!"

阿芝叔不敢做声了。他的心口像有什么在咬一样。他怎能要她出去做工呢？母亲这样的老了。而她又是这样的年轻，从来没受过苦。他并非不能养活她。

"怎么办才好呢？"他晚上低低的问阿芝婶，皱着眉头。

"全都知道了，你们的意思！"阿芝婶一面流着眼泪，一面发着气，说。"你还想把我留在家里，专门侍候她，不管我死活吗？我早就对你说过，让我出去做工，你不答应，害得我今天半死半活！用不着她赶我，我自己也早已决定主意了。一样有手有脚，人家会做，偏有我不会做！"

"又不是没饭吃！"

"不吃你的饭！生下儿子，我来养！说什么她空手起家，我也做给你们看看！"

"你就跟我出去，另外租一间房子住下吧。"阿芝叔很苦恼的说，他想不出一点好的办法了。

"你的钱，统统寄给她去！我管我的！带我出去，给我找一份人家做工，全随你良心。不肯这样做，我自己也会出去，也会去找事做的！一年两年以后，我租了房子，接你来！十年二十年后，我对着这大门，造一所大屋给你们看！"

阿芝叔知道对她也没法劝解了。两个人的心都是一样硬。他想不到他的凭良心的打算和忧虑都成了空。

"也好，随你们去吧，各人管自己！"他叹息着说。"我总算尽了我的心了。以后可不要悔。"

"自然，一样是人，都应该管管自己！悔什么！"阿芝婶坚决地说。

过了几天，阿芝叔终于痛苦地陪着阿芝婶出去了。他一路走着，不时回转头来望着苦恼而阴暗的屋顶，思念着孤独的老母，一面又看着面前孤傲地急速地行走着的妻子，不觉流下眼泪来。

本德婆婆看着儿媳妇走了,觉得悲伤,同时又很快活。她拔去了一枝眼中钉。她的两眼仿佛又亮了。她的病也仿佛好了。"这种媳妇,还是没有好!"她嘘着气,说。

　　阿芝婶可也并不要这种婆婆。她的年纪也不小了,她得自己创一份家业。她现在已经走上了这条路,她正在想着怎样刻苦勤俭,怎样粗衣淡饭的支撑起来,造一所更大的屋子,又怎样的把儿子一个一个的养大成人,给他们都讨一个好媳妇。她觉得这时间并不远,眨一眨眼就到了。

(选自短篇小说集《屋顶下》,1934年3月,上海现代书店)

岔　路

　　希望滋长了，在袁家村和吴家村里。没有谁知道，它怎样开始，但它伸展着，流动着，现在已经充塞在每一个人的心的深处。

　　有谁能把这两个陷落在深坑里的村庄拖出来吗？有的，大家都这样的回答说，而且很快了。

　　关爷的脸对着红的火光在闪动，额上起了油汗，眉梢高举着，睡着似的眼睛一天比一天睁大开来。他将站起来了。不用说，他的心已被这些无穷数的善男信女所打动，每天每夜的诉苦与悲号，已经激起了他的愤怒。

　　没有谁有这样的权威，能够驱散可恶的魔鬼，把袁家村和吴家村救出来，除了他。人们的方法早已用遍了：熟食，忌荤，清洁，注射……但一切都徒然。魔鬼仍在街头，巷角，屋隅，甚至空气里，不息地播扬着瘟疫的种子。白发的老人，强壮的青年，吮乳的小孩，在先后的死亡。一秒钟前，他在工作或游息，一秒钟后，他被强烈的燃烧迫到了床上，两三天后，灵魂离开了他的躯壳。

　　这是鼠疫，可怕的鼠疫！它每年都来，一到春将尽夏将始的时候，它毁灭了无数的生命，直至夏末。它不分善和恶，不姑恤老和幼，也不选择穷或富。谁在冥冥中给它撞到，谁就完了。决没有例外。袁家村里常常发现，一个家庭里不止死亡一个人。在吴家村，有一个大家庭，一共十六个人，全都断了气。乡间的木匠一天比一天缺乏，城里的棺材也已供不应求。

倘若没有那些不怕死的温州小工从城里来,每天七八十个死尸怕没有人埋葬了。尸车在大路上走过,轧轧的声音刺着每个人的心,白的幡晃摇着,像是死神的惨白的面孔。

恐怖充满在袁家村和吴家村。人口虽多,这样的持续到夏末,人烟将绝迹了。山谷,树木,墙屋,土地,都在战栗着,齐声发出绝望的呻吟。

然而,希望终于滋长了。

关爷已在那里发气,他要站起来了。

出巡!出巡!抬他出来!大家都一致的说着。

两个村长已经商议了许多次,这事情必须赶紧办起来。谁到县府去说话?除了袁家村的村长袁筱头,没有第二个。他和第一科科长有过来往。谁来筹备一切杂务?除了吴家村的村长吴大毕,也没有第二个。他的村里有许多商人和工人。费用预定两万元,两村平摊。

一天黎明,袁筱头坐着轿子进城了。

名片送到传达室,科长没有到。下午等到四点钟,来了电话,科长出城拜客去了,明天才回。袁筱头没法,下了客栈。然而第二天,科长仍没有来办公。他焦急地等待着,询问着。传达的眼睛从他的头上打量到脚跟,随后又瞪着眼睛望了他一眼。

第三天终于见到了。但是科长微笑地摇一摇头,说,"做不到!"袁筱头早已明白,这在现在是犯法的。如果在五年前,自己就不必进城,要怎样就怎样;倘使不办,县知事就会贴出告示来,要老百姓办的,在鼠疫厉行的时候。可是现在做官的人全反了。他们不相信菩萨和关爷,说这是迷信,绝对禁止。告示早已贴过好几次。年年出巡的关爷一直有三年不曾抬出来了,谁都相信,今年的鼠疫格外厉害,就是为的这个。三年前，曾经秘密地举行过一次，虽然捕了人，罚了款，前两年的鼠疫到底轻了许多。袁筱头不是不知道这些。正因为知道，才进城。老百姓非把关爷抬出来不可，捕人罚款，这时成了很小的事。

"人死的太多……"

"关爷没有灵。"

"没有灵，老百姓也要抬出来……"

"违法的。"

"人心不安……"

"徒然多花钱。"

袁筱头宁可多花钱。他早已和吴大毕看到这一点，商决好了，才进城的。现在话锋转到了这里，他就请科长吃饭了。一次两次密谈后，他便欣然坐着轿子回到村里。

袁家村和吴家村复活了。忙碌支配着所有的人。扎花的扎花，折纸箔的折纸箔，买香烛的买香烛，办菜蔬的办菜蔬。从前行人绝迹的路上，现在来往如梭地走着背的抬的捐的乡人，骡马接踵地跟了来。锣和鼓的声音这里那里欢乐地响了起来，有人在开始练习。年轻的姑娘们忙着添制新衣，时时对着镜子修饰面孔，她们将出色地打扮着，成群结队的坐在骡马上，跟着关爷出巡。男子们在洗刷那些积了三年尘埃的旗子，香亭，彩担。老年人对着金箔，喃喃地诵着经。小孩子们在劈拍地偷放鞭炮。牛和羊，鸡和猪，高兴地啼叫着，表示它们牺牲的心愿。虽然村中的人仍在不息地倒下，不息地死亡，但整个的空气已弥漫了生的希望，盖过了创痛和悲伤。每一个人的心已经镇定下来。他们相信，在他们忙碌地预备着关爷出巡的时候，便已得到了关爷的保护了。

没有什么能够比这更迅速，当大家的心一致，所有的手

一齐工作的时候。只忙碌了三天,一切都已预备齐全。谁背旗子,谁敲锣,谁放鞭炮,谁抬轿,按着各人的能力和愿意,早已自由认定,无须谁来分配。现在只须依照向例,推定总管和副总管了。这也很简单,照例是村长担任的。袁家村的村长是袁筱头,吴家村的是吴大毕。只有这两个人。总管和副总管应做的职务,实际上他们已经同心合力的办得十分停当了。名义是空的,两个人都说,"还是你正我副,"两个人都推让着。

在往年,没有这情形,总是年老的做正。但现在可不同了。袁筱头虽然比吴大毕小了十岁,县府里的关节却是他去打通的。没有他,抬不出关爷。吴大毕非把第一把交椅让给他不可。然而袁筱头到底少活了十年,不能破坏老规矩。他得让给吴大毕。

"但是,县府里说这次是我主办的,岂不又要多花钱?"

吴大毕说出最有理由的话来,袁筱头不能再推辞了。

名义原是空的,吴大毕说。然而是老规矩,吴家村的人都这样说,当他们听见了这决定以后。年轻的把年老的挤到下位,这是大大的不敬,吴大毕怎样见人?若论功绩,拿着大家的钱,坐着轿子去送给别人,你我都会做,何况还有酒喝?吴大毕可为了这样那样小问题,忙得一刻没有休息,绞尽了脑汁!他们纷纷议论着。吴家村的空气立刻改变了。它变得这样快,电一般,胜过鼠疫的传播千万倍。大家的脸上都现着不快乐的颜色。吴大毕丢了脸,就是全村的人丢脸。这事情一破例,从此别的事情也不堪设想了。吴家村和袁家村相隔只有半里路,可以互相望到炊烟,山谷,森林和墙屋,可以听到鸡犬的叫声。往城里去的是一条路,往关帝庙去的也是一条路。人和人会碰着脚跟,牲畜和畜生会混淆,尤其每天不可避免的,总有小孩子和小孩子吵架。在吴家村的人看起来,袁家村的人本来已经够凶了，而现在又给他们添了骄傲。以后很难抬头了，大家忧虑地想着。

　　吴大毕也在忧虑地想着，在他自己的庭中徘徊，当天晚上。外面的空气，他全知道。而且他是早已料到的。在他个人，本来并不打紧。他的胡须都白了，一个人活到六十七岁，还有什么看不透，何况总管一类的头衔也享受过不晓得多少次数。袁筱头虽然小了十岁，可是也已白了头发，同是一个老人。有什么高下可争。在做事方面，袁筱头的本领比他大，是事实。他自己到底太老了，不大能活动。打通县府的关节，就是最眼前的一个实例。他觉得把这个空头衔让给袁筱头是应该的。然而这在全村的人，确实很严重，他早已看到，本村人会不服，会对袁家村生恶感。平日两村的青年，是常常凭着血气，免不了冲突的。谦让是老规矩，他当时可并不坚决地要把总管让给了袁筱头。但袁家村有几个青年却已经骄傲地睁着蔑视的眼光，在推袁筱头的背，促他答应了。他想避免两村的恶感，才再三谦让，决心把总管让给了袁筱头。可是现在，自己一村的人不安了。

　　"你这样的老实，我们以后怎样做人呢？"吴大毕的大儿子气愤地对着自己的父亲说。

　　"你哪里晓得我的苦衷！"

　　"事实就在眼前，我们吴家村的人从此抬不起头了！"他说着冲了出去。

　　他确实比他的父亲强。他生得一脸麻子，浓眉，粗鼻，阔口，年轻，有力，聪明，事前有计划，遇事不怕死，会打拳，会开枪。村里村外的人都有点怕他，所以他的绰号叫做吴阿霸。

　　吴阿霸从自己的屋内出去后，全村的空气立刻紧张了。

忧虑已经变成了愤怒。有一种切切的密语飞进了每个年轻人的耳内。

同时在袁家村里，快乐充满了到处，有人在吃酒，在歌唱，在谈笑。尤其是袁载良，袁筱头的儿子，满脸光彩的在东奔西跑。"现在吴家村的人可凶不起来了，尤其是那个吴阿霸！"他说。他有一个瘦长的身材，高鼻，尖嘴，凹眼，脾气急躁，喜欢骂人。他最看不上吴阿霸，曾经同他龃龉过几次。"单是那一脸麻子，也就够讨厌了！"他常常这样说。在袁家村的人看起来，吴家村的人本来是凶狠的，自从吴阿霸出世后，觉得愈加蛮横无理了。这次的事情，可以说是给吴阿霸一个大打击，也就是给吴家村的人一个大打击。到底哪一村的力量大，现在可分晓了，他们说。

但是吴家村的人同时在咬着牙齿说，到底哪一村的力量大，明日便分晓！这一着我让你，那一着你可该让我！明天，看明天！

明天来到了。

吴家村的人很像没有睡觉，清早三点钟便已挑着抬着背着扛着一切东西，络绎不绝的从大道上走向虎头谷。关帝庙巍立在丛林中，阴森而且严肃。在火炬的照耀下，关爷的脸显得格外的红了。他在愤怒。

天明时，袁家村的人也到了。袁筱头和吴大毕穿着长袍马褂，捧着香，跪倒在蒲团上，叩着头。炮声和锣鼓声同时响了起来。外面已经自由地在排行列。

"还是请老兄过去，"袁筱头又向吴大毕谦让着说。

"偏劳老弟。"

在浓密的烟雾围绕中，袁筱头严肃地走进神龛，站住在神像前，慢慢抬起低着的头。锣鼓和炮声暂时静默下来。吴大毕领着所有的人跪倒在四周的阶上。一会儿，袁筱头睁着朦胧似的眼睛，虔诚地说了：

"求神救我们袁家村和吴家村！"他说着，战颤地伸出右手，拍着神像的膝盖。

关爷突然站起来了。

锣鼓和炮声又响了起来，森林和山谷呼号着。伏在阶上的人都起了战栗。

有两个童男震惊地献上一袭新袍，帮着袁筱头加在神像上。

袁筱头战栗地又拍着神像的另一膝盖，神像复了原位。

有几个人扶着神像，连坐椅扛出神龛，安置在神轿里。

袁筱头挥一挥手，表示已经妥贴，四周的人便站了起来，呐喊着。

队伍开始动了。

为头的是大旗，号角，鞭炮，香亭，彩担，锣鼓，旗帜，花篮，乐队，随后又是各色的旗帜，彩担，松柏扎成的龙虎和各种动物，锣鼓，鞭炮，香亭，各种各样草扎的人，木牌，灯龙……随后捧着香的吴大毕，袁筱头，关爷的神轿……二三十个打扮着各色人物骑马的童男，百余个新旧古装的骑骡的童女……队伍在山谷和大道上蜿蜒着，呼号着，鞭炮声鼓声震撼着两旁的树木，烟雾像龙蛇似的跟着队伍一路行进。路的两旁站立着许多由邻村而来的男女和过客，惊异地观望着。他们知道这是为的什么，但是他们毫不恐惧，他们仿佛已经忘记了不幸的悲剧了。

是哪，就是袁家村和吴家村的人也全忘记了。行进着，行进着，他们忽然走错了路了。在袁家村和吴家村分路的大道上，队伍忽然紊乱起来。有一部分人一直向吴家村走去，一部

分人在叫喊，警告他们走错了路。但他们像被各种嘈杂声蒙住了耳朵似的，仍叫喊着前进。有些人在岔路上停住了。他们警告着，阻挡着后来的队伍。可是后面仍有人冲上来。人撞着人，脚踏着脚，东西碰着了东西。辱骂的声音起来了。有人在大叫着："往吴家村去！往吴家村去！"

谁叫着往吴家村去呀？袁家村的人明白了：全是吴家村的人！这简直发了疯！老规矩也不记得吗？每年每年，都是先到袁家村的！每年每年都是先把神像在袁家村供奉一天，然后顺路转到吴家村去，而今天，却有人要先到吴家村了！袁家村的人不是早已杀好了猪羊，预备好了鸡鸭？要是给耽搁一天，这些东西还能吃？而且关爷迟一天巡到袁家村，不要多死一些人？该打，该打！袁家村人叫起来了。

"前面什么事情呀，这样的闹，这样的乱？"袁筱头和吴大毕惊异地查问着。

"吴家村的人要先到吴家村去，不肯依照老规矩！"袁载良愤怒地回答说，对着站在吴大毕身边的吴阿霸圆睁着眼睛。

"他们说，老规矩已经被袁家村的人破坏，所以也要翻新花样哩！"吴阿霸回答说，讥笑的眼光直射到袁载良的面上。

"这话怎样讲？"吴大毕吃惊地问。他已经有了不好的预感了。

"问你自己！"袁载良的愤怒的眼光移到了吴大毕面上。"你是村长，你该晓得！"

"不许闹！"袁筱头厉声地喊住了自己的儿子。

"问你父亲去吧！"吴阿霸说，"他是总管老爷哩！"

袁筱头已经明白了。他的脸突然苍白起来。显然这事情是极其严重的。前面的队伍早已紊乱，喊打声代替了炮声和鼓声，恐怖遍彻了各处。

"就传令过去，先到吴家村！"他大声的喊着。

"不行！父亲！"袁载良坚决地回答说。"全村的人不能答应！"

"为了两村的平安！"

"袁家村人宁可死光！"

"抽签！由关帝爷决定！好吗，老兄？"袁筱头转过头去问吴大毕。

"也好，老弟，由你决定吧！吴家村人太不讲理了！"

"不行！父亲！谁也不能答应的！吴老伯晓得自己的人错了，当然依照老规矩！"

"老规矩早就给你们破坏了！现在须照我们的新规矩。"吴阿霸说着，握紧了拳头，"不必抽签！我们比一比拳头，看谁的硬吧！"

"打死你这恶霸！"袁载良握着拳，跳起来，冲了过去。

"不准闹！为了两村的平安！"袁筱头把自己的儿子拦住了。

"滚开去！你这畜生！"吴大毕愤怒地紧锁了一脸的皱纹，骂起自己的儿子来。"你忘记吴家村死了多少人了！你忘记今天为什么要求关帝爷出巡了！……"

"没有办法，父亲！你可以退步，全村的人不能退步！你看我滚开了以后怎样吧！"吴阿霸说，咬着牙齿，立刻隐入在人丛中。

尖锐的哨子声接二连三的响了。打骂声，呼号声，到处回答着。队伍完全紊乱了。扁担，木杠，旗子，石头，全成了武器。年轻的从后面往前冲，年老的和妇女们往后退，连路旁的看客们也慌张地跑了开去，有的人打破了头，有的踏伤了脚，有的撕破了衣，有的挤倒在地上……山谷，森林，空气,道路,全呼号着,战栗着……鲜红的血在到处喷洒……

袁筱头和吴大毕已经被疯狂的人群挤倒在路旁的烂田中,呻吟着,低微的声音从他们受伤的口角边颤动了出来:

"关帝爷救我们两村的人!……"

关帝爷愤怒地在路旁蹲着,他的一只眼睛已经受了石子的伤,他的一只手臂和两只腿子被木杠打脱了。他本威严地坐在神轿的椅子里,可是现在神轿和椅子全被拆得粉碎,变成了武器。强烈的太阳从上面晒到他的脸上,他的脸同火一样的红,愤怒地睁着左眼,流着发光的汗……

真正的械斗开始了。两村的人都擦亮了储藏着的刀和枪,堆起了矮墙和土垒,子弹在空中呼啸着……

瘟疫在两个村庄里巡行,敲着每一家的门,但人们开大了门,听它自由出入,只封锁了各个村庄的周围,同时又希冀着突破别人的土垒。

每个村庄里的人在加倍的死亡,没有谁注意到。仇恨毁灭了生的希望。

"宁可死得一个也不留!"吴阿霸这样说,袁载良这样说,两村的人也这样说。

(选自短篇小说集《屋顶下》,1934年3月,上海现代书店)

桥　上

轧轧轧轧……

轧米船又在远处响起来了。

伊新叔的左手刚握住秤锤的索子，便松软下来。他的眼前起了无数的黑圈，漫山遍野的滚着滚着，朝着他这边。

"咻！……"这声音从他的心底冲了出来，但立刻被他的喉咙梗住了，只从他的两鼻低微地迸了出去。

"四十九！"他定了一定神，大声的喊着。

"平一点吧，老板！还没有抬起哩！"卖柴的山里人抬着柴，叫着说，面上露着笑容。

"瞎说！称柴比不得称金子！——五十一！——五十五！——五十四！——六十……这一头夹了许多硬柴！叫女人家怎样烧？她家里又没有几十个人吃饭！——四十八！"

"可以打开看的！不看见底下的一把格外大吗？"

"谁有闲工夫！不要就不要！——五十二！——一把软柴，总在三十斤以内！一头两把，那里会有六十几斤！——五十三！——五十！——"

"不好捆得大一点吗？"

"你们的手什么手！天天捆惯了的！我这碗饭吃了十几年啦！五十一！——哄得过我吗？——五十！"

轧轧轧轧……

伊新叔觉得自己的两腿在战栗了。轧米船明明又到了河南桥这边，薛家村的村头。他虽然站在河北桥桥上，到村头还有

半里路，他的眼前却已经有无数的黑圈滚来，他的鼻子闻到了窒息的煤油气，他看见了那只在黑圈迷漫中的大船。它在跳跃着，拍着水。埠头上站着许多男女，一箩一箩的把谷子倒进黑圈中的口一样的斗里，让它轧轧的咬着，啃着，吞了下去……

伊新叔呆木地在桥上坐下了，只把秤倚靠在自己的胸怀里。

他自己也是一个做米生意的人……不，他是昌祥南货店的老板，他的店就开在这桥下，街头第一家。他这南货店已经开了二十三年了。十五岁在北碚市学徒弟，二十岁结亲，二十四岁上半年生大女儿，下半年就自己在这里挂起招牌来。隔了一年，大儿子出世了，正所谓"先开花后结果"，生意便一天比一天好了。起初是专卖南货，带卖一点纸笔，随后生意越做越大，便带卖酱油火油老酒，又随后带卖香烟，换铜板，最后才雇了两个长工砻谷舂米，带做米生意。但还不够，他又做起"称手"来。起初是逢五逢十，薛家村市日，给店门口的贩子拿拿秤，后来就和山里人包了白菜，萝菔，毛笋，梅子，杏子，桃子，西瓜，脆瓜，冬瓜……他们一船一船的载来，全请他过秤，卖给贩子和顾客。日子久了，山里人的柴也请他兜主顾，请他过秤了。

他忙碌得几乎没有片刻休息。他的生意虽然好，却全是他一个人做的。他的店里没有经理，没有账房，也没有伙计和徒弟。他的唯一的帮手，只有伊新婶一个人。但她不识字，也不会算账，记性又不好。她只能帮他包包几个铜板的白糖黄糖，代他看看店。而且她还不能久坐在店里，因为她要洗衣煮饭，要带孩子。而他自己呢，没有人帮他做生意，却还要去帮别人的忙，无论谁托他，他没有一次推辞的。譬如薛家村里有人家办喜酒，做丧事，买菜，总是请他去的，因为他买得最好最便宜。又如薛家村里的来信，多半都由昌祥南货店转交。谁家来了信，他总是偷空送了去，有时念给人家听了，还给他们写好回信，带到店里，谁到北碶市去，走过店外，便转托他带到邮局去。

　　他吃的是咸菜，穿的是布衣，不爱赌也不吸烟，酒量是有限的，喝上半斤就红了脸。他这样辛苦，年轻的时候是为的祖宗，好让人家说说，某人有一个好的儿孙；年纪大了，是为的自己的儿孙，好让他们将来过一些舒服的日子。他是最爱体面的人，不肯让人家说半句批评。当他第二个儿子才出世的时候，他已经做了一桩大事，把他父母的坟墓全造好了。"钱用完了，可以再积起来的，"他常常这样想。果然不到几年，他把自己的寿穴也造了起来，而且把早年死了的阿哥的坟也做在一道。以后他便热热闹闹的把十六岁的大女儿嫁出去，给十岁的儿子讨了媳妇。到大儿子在上海做满三年学徒，赚得三元钱一月，他又在薛家村尽头架起一幢三间两衕的七架屋了。

　　然而他并不就此告老休息，他仍和往日一样的辛苦着，甚至比从前还辛苦起来。逢五逢十，是薛家村的市日，不必说。二四七九是横石桥市日，他也站在河北桥桥上，拦住了一二只往横石桥去的柴船。

　　"卖得掉吗？"山里人问他说。

　　"自然！卸起来吧！包你们有办法的！"

　　怎样卖得掉呢，又不是逢五逢十，来往的人多？但是伊新叔自有办法。薛家村里无论哪一家还有多少柴，他全知道。他早已得着空和人家说定了。

　　"买一船去！阿根嫂！"他看见阿根嫂走到桥上，便站了起来，让笑容露在脸上。

　　"买半船吧！"

　　"这柴不错，阿根嫂，难得碰着，就买一船吧！五元二角算,今天格外便宜,总是要烧的,多买一点不要紧!——喂!来抬柴,长生!"他说着,提起了秤杆。

"五十一!——四十九!——五十三!……"

轧轧轧轧……

轧米船在薛家村的河湾那里响了。

伊新叔的耳朵仿佛塞了什么东西,连自己口里喊出来的数目,也听不清楚了。黑圈掩住了手边的细小的秤花,罩住了柴担和山里人,连站在旁边的阿根嫂也模糊了起来。

"生意真好!"有人在他的耳边大声说着,走了过去。

伊新叔定了一定神,原来是辛生公。

"请坐,请坐!"他像在自己的店里一样的和辛生公打着招呼。

但是辛生公头也不回的,却一径走了。

伊新叔觉得辛生公对他的态度也和别人似的异样了。辛生公本是好人,一见面就惯说这种吉利话的。可是现在仿佛含了讥笑的神情,看他不起了。

轧轧轧轧……

轧米船又响了。

它是正在他造屋子的时候来的。房子还没有动工的时候,他已经听到了北碚市永泰米行老板林吉康要办轧米船的消息。他知道轧米船一来,他的米生意就要清淡下来,少了一笔收入。但是他的造屋子的消息也早已传了开去,不能打消了。倘若立刻打消,他的面子从此就会失掉,而且会影响到生意的信用上来。

"机器米,吃了不要紧吗?"他那时就听到了一些人对他试探口气的话。

"各有各的好处!"他回答说,装出极有把握的样子,而且索性提早动工造屋了。

他知道轧米船一来，他的米生意会受影响，但他不相信会一点没有生意。

他知道薛家村里有许多人怕吃了机器米生脚气病，同时薛家村里的人几乎每一家都和他相当有交情。万一米生意不好，他也尽有退路。他原来是开南货店兼做杂货的。这样生意做不得，还有那样。他全不怕。

但是林吉康仿佛知道了他提早动工的意思，说要办轧米船，立刻就办起来了。正当他竖柱上梁的那一天好日子，轧米船就驶到了薛家村。

轧轧轧轧……

这声音惊动了全村的男女老小，全到河边来看望这新奇的怪物了。伊新叔只管放着大爆仗和鞭炮，却很少人走拢来。船正靠在他的邻近的埠头边，仿佛故意对他来示威一样。那是头一天。并没有人抬出谷子来给它轧。它轧的谷子是自己带来的。

轧轧轧轧……

这样的一直响到中午，轧米船忽然传出话来，说是今天下午六点钟以前，每家抬出一百斤谷来轧的，不要一个铜板。于是这话立刻传了开去，薛家村里像造反一样，谷子一担一担的挑出来抬出来了。不到一点钟，谷袋谷箩便从埠头上一直摆到桥边，挤得走不通路。

轧轧轧轧……

这声音没有一刻休息。黑圈呼呼的飞绕着，一直迷漫到伊新叔的屋子边。伊新叔本来是最快乐的一天，觉得他的一生大事，到今天可以说都已做完了，给轧米船一来，却弄得落入了地狱里一样，眼前一团漆黑，这轧轧轧轧的声音简直和刀砍没有分别。他的年纪已经将近半百,什么事情都遇到过,一只小小的轧米船本来不在他眼里,况且他又不是专靠卖米过日子的。但是它不早不迟,却要在他竖柱上梁的那一天开到薛家村来,这预兆实在太坏了!他几乎对于一切事情都起了恐慌,觉得以后的事情没有一点把握,做人将要一落千丈了似的。他一夜没有睡熟。轧米船一直响到天黑,就在那里停过夜。第二天天才亮,它又在那里响了。这样的一直轧了两天半,才把头一天三点半以前抬来的谷子统统轧完。有些人家抬出来了又抬回去,抬回去了又抬出来,到最后才轧好。

伊新叔的耳内时常听见一些不快活的话,这个说这样快,那个说这样方便。薛家村里的人没有一个不讲到它。

"看着吧!"他心里暗暗的想。他先要睁着冷眼,看它怎样下去。有些东西起初是可以哄动人家的,因为它稀奇,但日子久了,好坏就给人家看出了。这样的事情,他看见过好多。

轧米船以后常常来了。它定的价钱是轧一百斤谷,三角半小洋。伊新叔算了一算,价钱比自己请人砻谷舂米并不便宜。譬如人工,一天是五角小洋,一天做二百斤谷,加上一斤老酒一角三分,一共六角三分就够了。饭菜是粗的,比不得裁缝。咸齑,海蜇,龙头蛴,大家多得很,用不着去买,米饭也算不得多少。有时请来的人不会吃酒,这一角三分就省去了。轧出来的比舂出来的白,那是的确的。可是乡下人并不想吃白米,米白了二百斤谷就变不得一石米。而且轧出来的米碎。轧米船的好处,只在省事,只在快。可是这有什么关系呢?请人砻谷舂米,一向惯了,并不觉得什么麻烦。快慢呢,更没有关系,决没有人家吃完了米才砻谷的。

伊新叔的观察一点不错,轧米船的生意有限得很。大家的计算正和伊新叔的一样,厉害全看得出来,而且许多人还在讲着可怕的话，谁在上海汉口做生意，吃的是机器米，生了好几年脚气肿病，后来回到家里吃糙米，才好了。

一个月过去了，伊新叔查查账目，受到的影响并不大。只有五家人家向来在他这里籴米的，这一个月里不来了。但是他们的生意并不多，一个月里根本就吃不了几斗。薛家村里的人本来大半是自己请人砻的。籴米吃的人或者是因为家里没有砻谷的器具，或者是因为没有现钱买一百斤两百斤谷，才到他店里来另碎的籴米吃，而且他这里又可以欠账。轧米船抢去的这五家生意，因为他们比较的不穷，却是家里还购不起砻谷器具的，轧米船最大的生意还是在那些有谷子有砻具的人家。但这与他并没有关系。

两个月过去，五家之中已经有两家又回到他店里来籴米，轧米船的生意也已比不上第一个月，现在来的次数也少了。

"哪里抢得了我的生意！"伊新叔得意的暗暗地说。他现在全不怕了。他只觉得轧米船讨厌，老是乌烟瘴气的轧轧轧轧响着。尤其是他竖柱上梁的那天，故意停到他的埠头边来，对他做出吓人的样子。但是他虽然讨厌它，他却并不骂它。他觉得骂起它来，未免显得自己的度量太小了。

"自有人骂的。"他心里很明白，轧米船抢去的生意并不是他的。它抢的是那些给人家砻谷舂米的人的生意。轧米船在这里轧了二百斤谷子，就有一个人多一天闲空，多一天吃，少收入五角小洋。

"饿不死我们！"伊新叔早已听见有人在说这样又怨又气的话了。

那是真的，伊新叔知道，他们有气力拉得动砻，拿得动舂，挑得动担子，那一样做不得，何况他们也很少人专门靠这碗饭过日子的。

"一只大船，一架机器，用上一个男工，一个写账的，一个徒弟，看它怎样开销过去吧！"他们都给它估量了一下，这样说。

但是这一层，轧米船的老板林吉康早已注意到了。他有的是钱。他在北碚市开着永泰米行，万馀木行，兴昌绸缎庄，隆茂酱油店，天生祥南货店，还在县城里和人家合开了一家钱庄。他并不怕先亏本。他只要以后的生意好。第三个月一开始，轧米船忽然跌价了。以前是一百斤谷，三角半小洋，现在只要三角了。

这真是大跌价，薛家村里的人又哄动了。自己请人砻谷的人家都像碰到了好机会，纷纷抬了谷子到埠头边去。

"吃亏的不是我！"伊新叔冷淡的说。他查了一查这个月的米生意，一共只有六家老主顾没有来往。他睁着冷眼旁看着，轧米船的生意好了一回，又慢慢的冷淡下去了。许多人已经在说轧出来的砻糠太碎，生不得火；细糠却太粗，喂不得鸡，只能卖给养鸭子的，价钱卖不到五个铜板，只值三个铜板一斤，还须自己筛了又筛。要砻糠粗，细糠细，大家宁愿请人来先把谷砻成糙米，然后再请轧米船轧成熟米。但这样一来，不能再叫人家出三角一百斤，只能出得一角半。

轧米船不能答应。写账的说，拿谷子来，拿米来，在他们都是一样的手续。一百斤谷子只能轧五斗米，一百斤糙米轧出来的差不多仍有百把斤米，这里就已经给大家便宜了，那里还可以减少一半价钱。一定要少，就少到二角半，不能再少了。薛家村里的人不能答应，宁可仍旧自己请人砻好舂好。

于是伊新叔亲眼看见轧米船的生意又坏下去了。

"还不是开销不过去的！"他说，心里倒有点痛快。

"这样赚不来，赚那样！"轧米船的老板林吉康却忽然想出别的方法来了。

他自己本来在北碶市开着永泰米行的，现在既然发达不开去，停了又不好，索性叫轧米船带卖米了。

现在轧米船才成了伊新叔的真正的对头了。它把价钱定得比伊新叔的低。伊新叔历来对人谦和，又肯帮别人的忙，又可以做账，他起初以为这项生意谁也抢他不过，却想不到轧米船把米价跌了下来，大家争着往那里去买了。上白，中白，倒还不要紧，吃白米的人本来少，下白可不同了，而轧米船的下白，却偏偏格外定得便宜。

"这东西害了许多人，还要害我吗？"他自言自语的说。扳起算盘来一算，照它的价钱，还有一点钱好赚。

"就跌下来，照你的价钱，看你抢得了我的生意不能！"伊新叔把米价也重新订过了，都和轧米船的一样：上白六元二角算，中白五元六角算，下白由五元算改成了四元八角。

伊新叔看见轧米船的生意又失败了，薛家村里的人到底和伊新叔要好，这样一来，又全到昌祥南货店来籴米了，没有一个人再到轧米船去籴米。

"机器米，滑头货！吃了生脚气病，哪个要吃！"

林吉康看见轧米船的米生意又失败了，知道是伊新叔也跌了价的原因，他索性又跌起价来。他上中白的米价再跌了五分，下白竟又跌了一角。

伊新叔扳了一扳算盘，也就照样的跌了下来。

生意仍是伊新叔的。

然而林吉康又跌米价了：下白四元六。

伊新叔一算，一元一角算潮谷，燥干扇过一次，只有九成。一石米，就要四元谷本，一天人工三角半，连饭菜就四元四角朝外了，再加上屋租，捐税，运费，杂费，利息，只有亏

本，没有钱可赚。

跟着跌不跌呢？不跌做不来米生意。新谷又将上市了，陈谷积着更吃亏。他只得咬着牙齿，也把米价跌了价。

现在轧米船的老板林吉康仿佛也不想再亏本了。轧米船索性不来了。他让它停在北碶市的河边，休了业。

伊新叔透了一口气过来，觉得亏本还不多，下半年可以补救的。

"瞎弄一场，想害人还不是连自己也害进在内了！"他嘘着气说，"不然，怎么会停办呢！"

但是他却没有想到林吉康已经下了决心，要弄倒他。

轧轧轧轧……

秋收一过，轧米船又突然出现在薛家村了。

它依然轧米又卖米。但两项的价钱都愈加便宜了。拿米去轧的，只要一角五分，依照了薛家村从前的要求。米价却一天一天便宜了下来，一直跌到下白四元算。

伊新叔才进了一批新谷，拼了命跟着跌，只是卖不出去。薛家村里的人全知道林吉康在和伊新叔斗花样，亏本是不在乎的，伊新叔跌了，林吉康一定还要跌。所以伊新叔跌了价，便没有人去买，等待着第二天到轧米船上去买更便宜的米。

伊新叔觉得实在亏本不下去了，只得立刻宣布不再做米生意，收了一半场面，退了工人，预备把收进来的谷卖出去。

"完啦，完啦！"他叹息着说，"人家本钱大，亏得起本，还有什么办法呢！"

然而林吉康还不肯放过他。他知道伊新叔现在要把谷子卖出去了，他又来了一种花样。新谷一上场，他早已收入许多谷，现在他也要大批的出卖了。

他依然不怕亏本，把谷价跌得非常的低。伊新叔不想卖了，然而又硬不过他。留到明年，又不知道年成好坏，而自己大批的谷存着，换不得钱，连南货店的生意也不能活动了。他没有办法，只得又亏本卖出去。

轧轧轧轧……

轧米船生意又好了。不但抢到了米生意，把工人的生意也抢到了。它现在三天一次，二天一次，有时每天到薛家村来了。

"恶鬼！"伊新叔一看见轧米船，就咬住了牙齿，暗暗的诅咒着。他已经负上了一笔债，想起来又不觉恐慌起来。他做了几十年生意，从来不曾上过这样大当。

伊新叔看着轧米船的米生意好了起来，米价又渐渐高了，他的谷子卖光，谷子的价钱也高了。

"不在乎，不在乎！"伊新叔只好这样想，这样说，倘若有人问到他这事情。"这本来是带做的生意。这里不赚那里赚！我还有别的生意好做的！"

真的，他现在只希望在南货杂货方面的生意好起来了。要不是他平时还做着别的生意，吃了这一大跌，便绝对没有再抬头的希望了。

他这昌祥南货店招牌老，信用好之外，还有一点最要紧的是地点。它刚在河北桥桥头第一家，街的上头，来往的人无论是陆路水路，坐在柜台里都看得很清楚。市日一到，担子和顾客全拥挤在他的店门口，他兼做别的生意便利，人家问他买东西也便利。房租一年四十元，双间门面，里面有栈房厨房，算起来也还不贵。米生意虽然不做了，空了许多地方出来，但伊新叔索性把南货店装饰起来，改做了一间客堂，样子愈加阔气了。到他店里来坐着闲谈的人本就不少，客堂一设，闲坐的人没有在柜台内坐着那样拘束，愈加坐得久了。大家都姓薛，伊新叔向来又是最谦和的，无论他在不在店里，尽可坐在他的店里，闲谈的闲谈，听新闻的听新闻，观望水陆两路来往的也有，昌祥南货店虽然没有经理、账房、伙计、学徒，给他们这么一来，却一点不显得冷落，反而格外的热闹了。

但这些人中间有照顾伊新叔的，也有帮倒忙的人。有一天，忽然有一个人在伊新叔面前说了这样的话：

"听说轧米船生意很好，林吉康有向你分租一间店面的意思呢！"

伊新叔睁起眼睛，发了火，说：

"——哼！做梦！出我一百元一月也不会租给他！除非等我关了门！"他咬着牙齿说。

"这话不错！"大家和着说。

说那话的是薛家村的村长，平时爱说笑话，伊新叔以为又是和他开玩笑，所以说出了直话，却想不到村长说这话有来因，他已经受了林吉康的委托。伊新叔不答应，丢了自己的面子，所以装出毫无关系似的，探探伊新叔的口气。果然不出他所料，伊新叔一听见这话不管是真是假，就火气直冲。

"就等他关了门再说！"林吉康笑了一笑说。他心里便在盘算，怎样报这一口气。

他现在不再显明的急忙的来对付伊新叔，他要慢慢的使伊新叔亏本下去。最先他只把他隆茂酱油店的酱油减低了一两个铜板的价钱。

北碚市到薛家村只有二里半路程，眨一眨眼就到。每天每天薛家村里的人总有几个到北碚市去。虽然隆茂的酱油只减低了一两个铜板，薛家村里的人也就立刻知道。大家并不在乎这二里半路，一听到这消息，便提着瓶子往北碚市去了。

"年头真坏！"伊新叔叹息着说，他还没有想到又有人在捉弄他。他觉得酱油生意本来就不大，不肯跟着跌，想留着看看风色。

过了不久，老酒的行情却提高了。许多人在讲说是今年的酒捐要加了，从前是一缸五元，今年会加到七元。糯米呢，因为时局不太平，又将和南稻谷一齐涨了起来。

"这里赚不来，那里赚！"伊新叔想。他打了一下算盘，看看糯米的价钱还涨得不多，连忙办好一笔现款，收进了一批陈酒。

果然谷价又继续涨了，伊新叔心里很喜欢。老酒的行情也已继续涨了起来，伊新叔也跟着行情走。

但是不多几天，隆茂的老酒却跌价了。伊新叔不相信以后会再便宜，他要留着日后卖，宁可眼前没有生意，也不肯跟着跌。于是伊新叔这里的老酒主顾又到北碶市去了。

北碶市的隆茂酱油店跌了几天，又涨了起来，涨了一点，又跌了下来，伊新叔愈加以为林吉康没有把握，愈加不肯跟着走。

九月一到，包酒捐的人来了。并没有加钱。时局也已安定下来。老酒的行情又跌了，伊新叔这时才知道上了当，赶快跟着人家跌了价。但隆茂仿佛比他更恐慌似的，卖得比别人家更便宜，跌了又跌，跌了又跌，三十个铜板一斤的老酒，竟会一直跌到二十个铜板。

伊新叔现在不能不跟着走了。别的店铺可以把酒积存起来，过了一年半载再卖，他可不能。他的本钱要还，利息又重，留上一年半载，谁晓得那时还会再跌不会呢！单是利上加利也就够了。

这一次亏本几乎和米生意差不多，使他起了极大的恐慌。他现在连酱油也不敢不跌价了。

然而伊新叔是一生做生意的，人家店铺的发达或倒闭，他看见了不晓得多少次。他一方面谨慎，一方面也有着相当的

胆量。他现在虽然已经负了债，他仍有别的希望。

"二十几岁起到现在啦！"他说。"头几年单做南货生意也弄得好好的！"

"看着吧！"林吉康略略的说，"看你现在怎样！"

他又开始叫天生祥南货店廉价了。从北碚市到薛家村，他叫人一路贴着很触目的大廉价广告。这时正是年关将近，家家户户采购南货最多的时候，往年逢到配货的人家送一包祭灶果的，现在天生祥送两包了，而且价钱又便宜了许多。薛家村里的人又往北碚市去了。到了十二月十五，昌祥南货店还没有过年的气象。伊新叔跟着廉起价来，但还是生意不多。平日常常到他店堂里来坐着闲谈的那些人，现在也几乎绝迹了，他们一到年关，也有了忙碌的事情。同时银根也紧缩起来，上行一家一家的来了信，开了清单来，钱庄里也来催他解款了。

伊新叔看看没有一点希望了。这一年来为了造屋子，用完了钱还借了一些债，满以为一年半载可以赚出来还清，却不料米和酒亏了本，现在南货又赚不得钱。倘不是他为人谦和，昌祥南货店的招牌老，信用好，早已没有转折的余地，关上门办倒账了。幸亏薛家村里的一些婆婆嫂嫂对他好，信任他，儿子丈夫寄来的过年款或自己的私钱，五十一百的拿到他那里来存放，解了他的围。

年关终于过去了。伊新叔自己知道未来的日子更可怕，结果怎样几乎不愿想了。但他也不能不自己哄骗着自己，说："今年再来过！一年有一年的运气！林吉康不见得会长久好下去，他倒起来更快！那害人的东西，他倒了，没有一点退路，我倒了还可以做'称手'过日子的！"

真的，伊新叔没有本钱，可以做"称手"过日子的。一年到头有得东西称。白菜，萝卜，毛笋，梅子，杏子，桃子，西瓜，脆瓜，冬瓜……还有逢二四五七九的柴。

单是称柴的生意也够忙碌了，今天跑这里兜主顾，明天跑那里兜主顾。

"这柴包你不潮湿！"他看见品生婶在用手插到柴把心里去，就立刻从桥上站起来，止住了她，说。"有湿柴，我会给你拣出的！价钱不能再便宜了，五元二角算。"

"可以少一点吗？"品生婶问了。

"给你称得好一点吧，"伊新叔回答说。"价钱有行情，别地方什么价钱，我们这里也什么价钱，不能多也不能少的。买柴比不得买别的东西。我自己家里烧的也是柴，巴不得它便宜一点的。就是这两担吗？——来，抬起来！——四十八！——你看，这样大的一头柴，只有四十八斤，燥得真可以了！——五十！——五十一！——四十九！……"

轧轧轧轧……

轧米船在河北桥的埠头边响起来了。

伊新叔的眼前全是窒息的黑圈，滚着滚着，笼罩在他的四围，他透不过气，也睁不开眼来，他觉得自己瘫软得非常可怕，连忙又拖着秤坐倒在桥上。

轧轧轧轧……

他听见自己的心也大声的响了起来。它在用力的撞着。他觉得他身内的精力，全给它撞走了，那里面空得那么可怕，正像昌祥南货店一样，门开着，东西摆着，招牌挂着，但暗地里已经亏了本钱，栈房里的货旧的完了，新的没有进，外面背了一身债，毛一样的多……

"称一斤三全，伊新叔！"吉生伯母来买东西了。

伊新叔开开柜屉来，只剩了半斤龙眼。

他跑到栈房里，那里只有生了白花的黑枣。

再跑到柜台内，拉出几只柜屉来看，那里都是空的。他连忙遮住了吉生伯母的眼光，急速地推进了柜屉。

"卖完了，下午给你送来，好么？"

吉生伯母摇了摇头，走了。

他看见她的眼光里含着讥笑的神情。仿佛在说："你立刻要办倒账啦！我知道！"

"一听罐头笋！"本全婶站在柜台外，说。

"请坐！请坐！"伊新叔连忙镇定下来，让笑容露在脸上，说。一面怕她看见不自然的神色，立刻转过身来，走到了橱边。

他呆了一会，像在思索什么似的，总算找到了一听。抹了一抹灰。

"怎么生了锈？拣一听好的吧！"本全婶瞪起奇异的眼光，说。

"外面不要紧，外面不要紧！运货的时候下了雨，所以生锈啦。你拿去不妨，开开来坏了再来换吧！"他这么说着，心里又起了恐慌。他看见本全婶瞪着眼在探看他的神色，估量店内的货物。她拿着罐头笋走了，她仿佛在暗地说："昌祥南货店要倒啦！"

"要倒啦！要倒啦！"伊新叔听见她走出店门在对许多人说。

"要倒啦！要倒啦！"外面的人全在和着，向他这边走了过来。

伊新叔连忙开开后门，走到了桥上。

"柴钱一总多少，请你代我垫付了吧！"品生婶说。

这话不对，她有钱存在他这里，现在要还了！

"我五十！"

"我一百！"

"我三百！"

"还给我！伊新叔！"

"……"

"……"

"……"

轧轧轧轧……

"把新屋子卖给我偿债！"

轧轧轧轧……

"把店屋让给我！"

轧轧轧轧……

长生嫂，万福婶，咸康伯母，阿林侄，贵财叔，明发伯，本全婶，辛生公，阿根嫂，梅生驼背，阿李拐脚，三麻皮……上行，钱庄……全来了，黑圈似的漫山遍野的向他滚了过来。

伊新叔从桥栏上站了起来，把柴秤丢在一边。他知道现在连这一分行业也不能再干下去了。他必须立刻离开这里。

"好吧，好吧，明天是市日。明天再来！包你们有办法的！"他说着从桥上走了下来。

轧轧轧轧……

他听见自己的脚步也在大声的响着。

（选自短篇小说集《雀鼠集》，1935年12月，文化生活出版社）